CRIME À LA CARTE

CRIME À LA CARTE

E. V. HUNTER

Traduit de l'anglais
par Noélie Garreau

City
Roman

Publié pour la première fois en Grande-Bretagne sous le titre
A Contest to Kill for par Boldwood Books Ltd.
Couverture : Studio City
ISBN : 978-2-8246-2951-3
Code Hachette : 82 9744 1

Collection dirigée par Christian English & Frédéric Thibaud
Catalogues et manuscrits : city-editions.com

Dépôt légal : Juillet 2025

1

— Quel froid de canard !

Alexi frappa le sol couvert de givre du talon de sa botte et enfonça ses mains dans les poches de sa veste en peau lainée.

— Il ne fait jamais aussi froid à Londres.

— Arrête un peu de te plaindre, la réprimanda Cheryl. On est seulement en novembre. Attends encore quelques semaines, tu auras vraiment de quoi grogner.

— Les températures descendent encore plus ? s'enquit Alexi avec un frisson.

— C'est à cause de la pollution que tu as l'impression qu'il fait plus chaud à Londres.

— Rien de mieux qu'une bonne dose de monoxyde de carbone pour repousser le gel.

Alexi attrapa le coude de Cheryl pour l'empêcher de glisser sur une plaque de verglas.

— CQFD.

— Allez, avoue, tu te plais bien ici. En tout cas, lui a l'air heureux, répondit Cheryl en désignant du menton le chat d'Alexi.

— Seulement parce qu'il a plus de victimes à terroriser ici.

— Étant donné les monstres que j'ai pu voir la dernière fois que je suis allée à Londres, je ne suis pas sûre d'être d'accord.

Un nuage de buée s'échappa de la bouche d'Alexi lorsqu'elle gloussa.

— Je veux bien te croire.

Cosmo, le chat d'Alexi, trottait devant les deux amies tandis que Toby, le petit terrier de Cheryl, gambadait joyeusement autour de lui.

— On croirait presque qu'ils ne se sont pas vus depuis des semaines, alors que ça ne fait que quelques jours à peine, dit Cheryl avec un sourire bienveillant.

Cosmo était deux fois plus grand et plus gros que Toby, et ses empreintes de pattes sur le sol verglacé faisaient le double de celles du petit chien. Alexi menait une enquête que seuls les sans-abri dormant sous les arches de Waterloo pouvaient l'aider à élucider lorsque Cosmo, un chat sauvage qui résidait au même endroit, s'était attaché à elle et laissé adopter. Ils formaient depuis un duo inséparable.

— Tout va bien ? demanda Alexi en ralentissant le pas lorsqu'elle remarqua que Cheryl devait trottiner pour la rattraper. Tu aurais dû rester à l'intérieur avec ton petit bout de chou.

Un grand sourire apparut sur les lèvres de Cheryl à la mention de sa fille de deux mois.

— Et priver Drew d'une excuse pour la choyer ?

— Depuis quand a-t-il besoin d'une excuse pour cela ?

— Tu marques un point, répondit Cheryl en levant les yeux au ciel.

Alexi laissa échapper un rire en pensant au mari de Cheryl, une véritable montagne humaine, devenu un vrai papa gâteau avec sa petite Verity. Tout nouveau parent, il aurait dû être terrifié à l'idée de la laisser tomber ou de rater quelque chose. Pourtant, Drew n'avait pas fait une seule erreur jusque-là, et s'occupait de sa fille comme un pro.

— Cette enfant va clairement être la petite fifille à son papa, prédit Alexi.

— Ne m'en parle pas ! répliqua Cheryl avec un sourire. Il me…

— Oh non ! s'exclama Alexi en lâchant le bras de Cheryl pour se précipiter en avant. Cosmo, arrête ça tout de suite !

Cosmo avait posé les yeux sur un technicien en train de préparer l'enregistrement du premier épisode d'une émission de cuisine téléréalité à Hopgood Hall, et avait vraisemblablement décidé de se distraire en terrorisant le pauvre homme. Celui-ci avait lâché son équipement – probablement quelque chose de très cher et d'irremplaçable – et s'était enfui vers la porte la plus proche. Lorsqu'il entendit la voix d'Alexi, Cosmo abandonna la poursuite et se métamorphosa en une parfaite image de l'innocence en se frottant aux jambes de sa maîtresse.

— Vilain matou ! Je t'ai déjà dit de ne pas faire ça.

— Qu'est-ce que c'est que ce monstre ? demanda le technicien, bien protégé par une porte fermée. On dirait qu'il sort tout droit de la savane ! Il ne fait pas peur… aux chevaux ?

— Je suis vraiment désolée. Il est inoffensif en vérité, s'excusa Alexi en croisant les doigts dans son dos.

Et malgré les rumeurs, ce n'est pas une panthère noire. C'est seulement qu'il leur ressemble, et il veut faire honneur à cette réputation.

— C'est ça…

L'homme jeta un coup d'œil prudent de l'autre côté de la porte et examina Cosmo d'un air dubitatif, faisant de son mieux pour trouver une contenance après avoir eu peur d'un simple chat.

— Si cette bête est vraiment inoffensive, je mets un billet sur le cheval de la stalle extérieure dans la course de cet après-midi à Kempton Park.

Alexi leva les yeux au ciel. Ils se trouvaient en terre de course hippique : tout le monde ici parlait pour ne rien dire. L'homme récupéra son équipement, maugréa quelques jurons supplémentaires et disparut dans le studio improvisé. Cosmo de nouveau sous contrôle, Alexi retourna aux côtés de Cheryl.

— Ne sois pas trop dure avec lui, dit celle-ci en essuyant des larmes de rire. Cela faisait longtemps que ton matou n'avait pas marqué son territoire.

— Il causera ma mort, un jour.

— Il ne fait que s'amuser comme un adolescent qui s'ennuie et qui fait des bêtises pour attirer l'attention.

— J'imagine que je vais devoir lui interdire le périmètre.

— Mais non, répondit Cheryl avec un mouvement désinvolte de la main. Je dirai à tout le monde de ne pas faire de chichis. C'est la campagne ici. Qui peut bien avoir peur d'un mignon petit chat ?

Cheryl tendit la main pour caresser la large tête de Cosmo. Ce dernier se frotta contre sa main en ronronnant, tel le modèle d'innocence qu'il prétendait être.

— Petite fripouille ! s'exclama Alexi, incapable de masquer l'affection dans sa voix.

Elle observa d'un œil critique le bâtiment dans lequel avait disparu le technicien, encore étonnée de la vitesse à laquelle les changements s'étaient opérés en seulement sept mois. Hopgood Hall se trouvait à Lambourn, la vallée des courses de chevaux. La boutique-hôtel appartenait à Cheryl et Drew. Alexi et Cheryl étaient amies depuis l'université, mais Cheryl avait épousé Drew juste après avoir obtenu son diplôme de gestion hôtelière, tandis qu'Alexi se tournait vers le journalisme. Elle avait consacré chaque heure de ses journées à cette carrière pour devenir la meilleure, mais tout cela avait pris fin au printemps dernier lorsque le journal où elle travaillait, le *Sunday Sentinel*, avait réduit ses effectifs – étant ainsi nivelé par le bas – et Alexi, sérieuse journaliste d'investigation, avait compté parmi les coupes.

Elle était venue à Lambourn avec Cosmo afin de panser ses blessures et d'évaluer ses possibilités, mais s'était retrouvée mêlée à une affaire de disparition lorsqu'une amie de Cheryl s'était volatilisée. Il s'était ensuite avéré que la disparue avait été tuée par un dresseur du coin, un homme que beaucoup de locaux considéraient comme un héros. Alexi avait résolu l'affaire avec l'aide d'un séduisant détective local, Jack Maddox.

Alexi avait ensuite touché une belle avance de la part d'un éditeur pour écrire un livre sur l'affaire. Elle avait emménagé dans une petite maison à Lambourn et s'était acclimatée à la vie dans le village, un endroit calme où travailler et décider de l'avenir. Véritable citadine, elle avait été surprise par la facilité avec laquelle elle avait pris goût à la campagne, et comment les habitants l'avaient acceptée. Étant donné qu'elle avait démasqué l'un des leurs et révélé qu'il était un meurtrier, elle s'était pourtant attendue à être ostracisée.

L'hôtel de Cheryl et Drew était en faillite lorsqu'Alexi était arrivée. Le bâtiment auquel elle faisait maintenant face, construit en briques anciennes pour s'accorder avec la façade de la belle maison géorgienne, n'était alors qu'une horrible extension de préfabriqués logeant les palefreniers qui travaillaient pour le dresseur en disgrâce. En suivant les conseils d'Alexi, ils l'avaient transformée en une véritable annexe, avec des salles de conférences et davantage de chambres. Alexi avait rejoint l'entreprise et financé la construction ; Drew avait usé de son influence pour faire valider le permis de construire, et le bâtiment avait été achevé à peine un mois plus tôt.

— J'ai hâte d'être au printemps pour voir à quoi ressembleront les jardins et l'aménagement paysager, reprit Cheryl. Tu as eu une bonne idée en proposant Fay pour leur réalisation.

— Ça lui a donné un but, répondit Alexi à propos de la mère de la victime de l'assassinat qui vivait maintenant dans la maison de sa fille. Allons vite à l'intérieur. J'ai hâte de voir comment tout cela fonctionne. Non, pas toi.

Alexi fit un signe pour arrêter Cosmo, qui miaula d'un air indigné.

— Tu as déjà fait mauvaise impression. Et ne t'avise pas de grignoter toutes les chevilles qui passent en notre absence, hein ! continua-t-elle tandis que Cosmo la fixait d'un air malicieux. On ne sera pas très longues.

On avait accéléré les travaux pour finir l'extension rapidement, et l'avenir du bâtiment se trouvait maintenant dans la balance. Afin qu'il soit rentable, l'émission de télévision se devait de le montrer sous son meilleur jour et d'être un véritable succès. Le pari était osé et Alexi craignait chaque jour d'avoir poussé ses amis à prendre trop de risques. Après l'affaire de meurtre, les recettes de l'hôtel avaient explosé pendant un moment. « Tous ces curieux voulaient se vanter d'avoir aperçu la scène du crime », avait supposé Drew en tirant avantage de leur curiosité morbide pour augmenter les tarifs. Alexi avait saisi l'occasion pour faire la publicité des salles de conférences, dans l'optique de les utiliser pour des retraites de journalisme et d'écriture, des mariages, et toute autre occasion de faire payer le prix fort.

Elle n'avait cependant pas prévu que son ancien compagnon, Patrick Vaughan, le rédacteur politique du *Sentinel*, se révélerait un atout supplémentaire. Porté par son désir désespéré de regagner Alexi, il n'avait pas lâché le morceau. Elle avait accepté d'écrire des articles pour le journal, mais mettait un point d'honneur à en rédiger aussi pour ses concurrents. Elle devait asseoir sa décision. Patrick lui proposait des offres de plus en plus alléchantes si elle acceptait de revenir au *Sentinel*, à Londres, et dans son lit.

Mais Alexi n'irait nulle part.

Le *Sentinel* appartenait à un magnat qui possédait aussi des intérêts dans une chaîne de télévision câblée suffisamment importante pour concurrencer les chaînes nationales. Elle préparait une émission de téléréalité de cuisine depuis cinq lieux différents dans le pays : un par jour, pendant six semaines. Les gagnants régionaux s'affronteraient ensuite dans un concours culinaire pour gagner le premier prix. Patrick avait entendu dire que l'un des lieux choisis avait eu des démêlés avec les autorités sanitaires ; il avait eu vent de l'extension de Hopgood Hall, et avait convaincu Alexi, à condition que le bâtiment soit prêt à temps. Tout était possible, pour un hôtelier motivé par la perspective de voir son établissement quasiment complet pendant six semaines. Alexi n'aimait pas être redevable à Patrick, mais elle avait conscience qu'il faisait autant cela pour obtenir des faveurs de son supérieur en tirant d'affaire l'émission que pour marquer des points avec elle. Patrick pensait toujours à son propre bénéfice.

Même si elle rechignait à l'admettre, Patrick avait eu raison de recommander l'hôtel de Cheryl, et surtout son chef caractériel, Marcel, pour apparaître dans l'émission. L'hôtel se trouvait dans l'une des régions les plus pittoresques du pays, avec plus de chevaux de course que d'habitants. Le bâtiment lui-même constituait un très beau cadre, avec son mobilier composé d'antiquités bien conservées. Marcel était quant à lui un excellent concurrent pour Gordon Ramsay en matière de grosses colères, mais avec un accent français qui donnait aux insultes une touche exotique. Ses sautes d'humeur et sa beauté ténébreuses faisaient de lui l'homme idéal pour le petit écran. La caméra l'adorait, et il en jouait comme la diva qu'il était.

— Tu penses qu'ils se sont préparés à Marcel ? demanda Cheryl. C'est vrai qu'il donne le change avec son accent et ses manières à la française, mais nous savons toutes les deux qu'il vient de la banlieue est de Londres, et qu'il est un cockney authentique.

— Je crois qu'il n'a jamais vraiment prétendu être français, répondit Alexi après un temps de réflexion. Seulement qu'il a grandi en France et a été formé là-bas, ce qui est vrai. Les gens supposent juste…

— Mais il ne les corrige pas.

— Honnêtement, la compétition est rude dans ce milieu. Il faut saisir n'importe quel avantage.

— Oui, j'imagine.

Cheryl poussa la porte menant à la réception et essuya ses pieds. Alexi l'imita, en sachant pertinemment que cela ne servait à rien : leurs nouveaux parquets immaculés seraient très bientôt salis par toutes les allées et venues. Elle pensa à la somme astronomique qu'ils touchaient pour autoriser l'équipe de tournage à maltraiter leurs locaux et se sentit tout de suite bien mieux.

— Les quatre candidats devraient bientôt arriver, indiqua-t-elle avec un mouvement de tête vers le producteur débordé qui parlait à la fois à un interlocuteur par téléphone et à un homme en costume. J'ai hâte de voir quel genre de masochiste peut bien accepter d'être épié vingt-quatre heures sur vingt-quatre pendant six semaines.

— Ils le font bien dans *Big Brother*.

— Oui, mais aucun de ceux-ci ne sera éliminé. Ils s'engagent pour l'aventure entière, pour être maltraité par notre faux chef français et vivre avec des caméras partout sauf dans les salles de bains, expliqua Alexi en haussant les épaules. J'imagine qu'il faut être déterminé à devenir un grand chef pour renoncer à son intimité.

— Pense à notre compte en banque, répliqua Cheryl avec un large sourire. Et au fait que nous n'avons pas besoin de passer devant les caméras.

— Ne t'inquiète pas, j'y pense bien !

Les deux amies pénétrèrent dans une petite salle de réception où les candidats allaient rencontrer Marcel pour la première fois, devant les caméras. Alexi et Cheryl s'installèrent sur des chaises hors champ. Alexi fit un signe de tête à l'homme que Cosmo avait traumatisé et s'excusa de nouveau.

— Pas de problème, dit-il en tendant la main. Je suis Gerry Salter, ingénieur du son.

— Alexi Ellis, copropriétaire, répondit Alexi en lui serrant la main. Et voici Cheryl Hopgood, la vraie propriétaire.

— Bienvenue dans notre petit coin de paradis, renchérit Cheryl en lui serrant la main à son tour.

— Est-ce que j'ai raté le début ? demanda Drew en accourant avec une Verity emmitouflée et endormie dans un porte-bébé matelassé rose contre son torse. Les vrais hommes n'ont pas peur de porter du rose, ajouta-t-il avec un sourire en voyant l'air surpris d'Alexi.

— Comment fait-il ça ? s'enquit Cheryl en s'extasiant devant sa fille endormie. Elle n'est jamais aussi calme avec moi.

— C'est un don, se targua Drew en déposant un baiser sur le nez de sa femme. Enfin, en vérité, je lui chante des berceuses. Ça marche à chaque fois.

— Mais tu chantes comme une casserole ! s'exclama Cheryl, bouche bée.

— Verity n'est pas difficile, répliqua-t-il avec un sourire.

— Elle n'a pas trop le choix.

— Non, l'émission n'a pas encore commencé, répondit Alexi à la question initiale de Drew.

— Et Jack n'est pas là, renchérit Drew. Je pensais qu'il viendrait.

Alexi haussa les épaules, hésitant encore à avouer qu'elle espérait aussi le voir. Elle n'avait pas beaucoup aperçu Jack depuis qu'ils avaient bouclé l'affaire du meurtre de Natalie Parker. Il n'y avait de toute façon aucune raison qu'elle le voie… Quelque chose était né entre eux lors de leur rencontre, mais rien ne s'était concrétisé. Durant les derniers mois, ils étaient allés dîner ensemble quelquefois, mais c'était tout. Alexi avait peut-être mal lu les signes qu'il lui envoyait, ou alors il n'était plus un cœur à prendre. La possessivité dont faisait preuve la belle associée de Jack lui vint immédiatement à l'esprit. Finalement, peut-être était-ce aussi bien qu'il ne se soit rien passé, pensa-t-elle. Après s'être brûlé les ailes avec Patrick, Alexi n'était pas prête à retenter l'expérience d'une relation amoureuse, même si Jack cochait tous ses critères.

— La dernière fois que je lui ai parlé, il était très occupé avec une grosse enquête à Newbury, expliqua-t-elle.

— C'est dommage.

— Coucou, ma belle.

— Qu'est-ce que tu fais là ? s'enquit Alexi lorsque Patrick se glissa à côté d'elle.

Il passa son bras autour de sa taille et déposa un baiser sur sa joue. Elle eut un mouvement de recul face à son audace. Elle avait tout sauf besoin de ces marques d'affection en public, qui lui donnaient l'impression que Patrick tentait de prouver quelque chose.

— Tu veux dire : « Merci d'avoir organisé tout ça et permis à l'hôtel de gagner une fortune », non ?

— Non, je veux vraiment dire : « Qu'est-ce que tu fais là » ? Tu gères un journal, pas une émission de télé.

— Je me suis dit que je pourrais écrire moi-même un article sur la présentation des candidats.

Alexi lui lança un regard incrédule : cela représentait le travail d'un journaliste débutant.

— Les grands de ce monde sont décidément tombés bien bas, répliqua-t-elle. Et je suis surprise que tu aies pu échapper à la sentinelle Cosmo.

— Ah, c'est parce que j'ai rusé.

Alexi se débarrassa du bras qui s'était glissé autour de sa taille et agita un doigt menaçant en direction de Patrick.

— Si tu fais du mal à mon chat, j'aurai ta peau, Vaughan.

Le producteur, Evan Southgate, monta sur le plateau, et le silence s'installa sur l'assemblée. Il introduisit Marcel auprès du présentateur, un homme du nom de Paul Dakin qui arborait un bronzage artificiel, une coiffure gonflée avec trop de laque, et des implants dentaires éblouissants.

Alexi avait déjà eu le déplaisir de le rencontrer et l'avait immédiatement détesté. Son charme superficiel n'avait pas plus d'effet sur elle que son sourire qui n'atteignait même pas ses yeux. Paul Dakin était sans conteste son plus grand admirateur. Elle avait même bâillé lorsqu'il lui avait parlé en boucle de sa personne pendant dix minutes, puis avait essayé, sans succès, de la convaincre d'écrire un article sur lui pour le *Sentinel*.

Alexi sourit en voyant Marcel en rajouter plusieurs couches pour les caméras, affirmant qu'il était passionné par tout ce que la vie avait à offrir et que la cuisine n'était qu'une chose parmi d'autres.

— Il va pousser toutes les femmes du pays à regarder l'émission, même celles qui n'aiment pas cuisiner, murmura Cheryl. Il est vraiment fait pour les caméras, et son accent français, c'est la cerise sur le gâteau. Je comprends pourquoi les producteurs avaient tellement envie de le faire figurer au casting. Heureusement que tu as eu la présence d'esprit de lui faire signer un contrat avec nous, sinon…

— Les candidats arrivent, l'interrompit Alexi.

Elle s'avança au bord de son siège, intriguée par les participants. Leur identité avait été gardée secrète, et elle savait seulement qu'il y avait deux hommes et deux femmes.

Le silence tomba à nouveau sur le public, composé de techniciens, de cadres de Far Reach – la compagnie de production que Patrick tenait tant à impressionner – et de tout un éventail de personnalités locales, dont le maire.

— Mince alors ! souffla Drew.

La première « victime », une femme du nom de Juliette Hammond, s'avança avec difficulté sur le plateau, perchée sur une paire de talons de dix centimètres et vêtue d'une jupe tellement courte qu'on aurait pu la confondre avec une ceinture, laissant très peu de place à l'imagination. Elle était plus attirante qu'un buffet quatre étoiles, et à en juger par son air assuré, elle le savait. Il y eut une exclamation collective du public masculin. Alexi comprenait pourquoi tous les hommes de l'assistance s'étaient redressés et étaient devenus attentifs : la candidate était petite, arborait une généreuse poitrine et respirait la féminité jusqu'au bout de ses ongles parfaitement manucurés. Une cascade de cheveux blonds tombait élégamment sur l'une de ses épaules, et ses yeux étaient d'un vert suspect ; Alexi aurait parié qu'elle portait des lentilles colorées. Mince, même elle commençait à penser comme un bookmaker !

Alexi décida de pardonner à Mlle Hammond son maquillage excessif, probablement nécessaire pour apparaître devant les caméras. Tous les candidats allaient-ils devoir être maquillés nuit et jour, même hors des sessions programmées ? Adieu, le naturel. Juliette avait une silhouette svelte mais présentait des courbes qui respiraient le sex-appeal. Même Marcel semblait avoir perdu la parole, ce qui, selon Alexi, n'était encore jamais arrivé.

— Je me demande si elle est capable de cuisiner, chuchota Cheryl.

— Qu'est-ce que ça peut bien faire ? répliqua l'un des techniciens.

Greta Reid était l'exact inverse de Juliette : grande, en surpoids, et banale. Les deux candidats masculins, John Shelton et Anton Heston, étaient eux aussi des spécimens différents. Anton avait la peau couleur caramel d'un Caribéen, avec les dreadlocks et l'attitude décontractée qui allaient avec. John était petit, avait le crâne dégarni et une bonne quarantaine d'années. Ils déclamèrent tour à tour leur baratin pour les caméras, détaillant leur expérience en restauration, leur amour de la nourriture, et ce que représenterait pour eux une victoire à cette étape de la compétition.

— Je souhaite bien du courage au pauvre gagnant, marmonna Drew.

Le ou la gagnante aurait le privilège de travailler pendant un an avec Marcel, si tant est qu'il ou elle supporterait son mauvais caractère aussi longtemps, afin de poursuivre son apprentissage sous sa tutelle peu bienveillante. Le vainqueur de la compétition globale remporterait une grosse somme d'argent et la chance de participer à une émission de cuisine régulière.

Lorsque Dakin lui demanda ce qu'il pensait des candidats, Marcel leur jeta à tous, même à une Juliette qui faisait la belle, un regard méprisant, et annonça qu'il n'émettrait un jugement qu'après les avoir passés à la moulinette. Si Juliette s'attendait à un traitement de faveur comme elle en avait l'habitude de la part des hommes, elle allait probablement avoir une mauvaise surprise, pensa Alexi. À ses yeux, les personnes séduisantes et charismatiques tel Marcel n'appréciaient pas la concurrence. L'avenir seul lui dirait si elle avait raison ou tort.

Paul leur rappela qu'à partir de cet instant, ils seraient tous filmés en continu : chaque mot et acte seraient enregistrés pour la postérité… ou plutôt, pour l'édification du public. Le producteur cria : « Coupez ! » sur ces paroles, clôturant le segment en direct. Les candidats semblèrent perdus, incertains de ce qu'ils devaient alors faire. Ils s'affairèrent dans la salle, buvant une coupe de champagne, échangeant des banalités, l'air inquiet.

— Tout cela paraît déjà beaucoup moins incroyable, marmonna Drew.

— Ne dis pas ça, lui répondit Cheryl. Je vais étrangler Marcel s'il fait tout capoter en étant… un peu trop lui-même.

— C'est autant une chance pour lui que pour eux, dit Alexi en espérant fortement avoir raison.

Alexi et ses compagnons s'apprêtaient à partir lorsqu'un cri strident de protestation s'éleva du côté des candidats, et plus particulièrement de Juliette.

— Tu l'as fait exprès, sale garce ! cracha-t-elle en épongeant du champagne sur sa poitrine.

— Désolée, répondit Greta d'une voix hypocrite. C'était un accident.

— Eh bien reste loin de moi, tu seras gentille. On se demande ce que tu fais ici, en plus. On va te confondre avec un gros morceau de saindoux à l'écran. Respecte-toi, enfin !?

— Mon Dieu, souffla Cheryl en se tournant avec ses amis vers le bâtiment principal sous la surveillance de Cosmo et Toby qui venaient d'apparaître. Tu parles d'une réaction ! En voilà une qui ne se mouche pas du coude. C'était clairement un accident, pas la peine d'en faire un fromage.

— J'imagine qu'elle aime être le centre de l'attention, répondit Alexi qui avait immédiatement développé une aversion pour Juliette. Je pense que tout doit toujours tourner autour d'elle. J'en ai rencontré beaucoup, des femmes comme elle, dans mon travail.

— Au moins, ils vont devoir rester confinés là-bas pendant le tournage, ajouta Drew en indiquant l'annexe par-dessus son épaule, et on pourra garder nos distances. Si Juliette a envie de faire une crise et d'insulter ses concurrents, on n'aura pas à l'entendre.

— Sauf que tout sera filmé, *a priori*, renchérit Cheryl. Avec quatre candidats aussi différents vivant et travaillant les uns sur les autres, Alexi voyait déjà l'hôtel à feu et à sang. C'était évidemment ce sur quoi la chaîne comptait, afin de faire monter l'audience.

— Qui va réussir à se faire Juliette ? demanda Patrick. Quelqu'un a ouvert les paris ?

— Il ne sert à rien de parier là-dessus, répliqua Drew. C'est Marcel qui décidera du gagnant, donc c'est lui qu'elle visera.

— Je parierais plutôt sur Paul, renchérit Alexi d'un air songeur. Il a plus d'influence sur les productions Far Reach puisqu'il est présentateur. Ou bien Evan, le producteur lui-même. Mais peut-être que nous ne sommes que de sales commères et qu'elle est vraiment là pour faire ses preuves en tant que cuisinière. La jupe et les talons pourraient juste être une manière pour la chaîne de faire monter l'audimat.

— Et peut-être que mon bébé fera une nuit complète ce soir, répliqua Cheryl en levant les yeux au ciel.

— Puis-je t'inviter à déjeuner ? demanda Patrick en aparté à Alexi.

— Pourquoi ? hésita Alexi.

Elle n'avait aucune envie de déjeuner avec Patrick, mais il était possible qu'il s'agisse d'autre chose que d'une énième tentative de s'attirer ses bonnes grâces.

— Il faut qu'on discute de ton article, lui rappela-t-il.

Alexi acquiesça. Elle avait eu l'idée de ce reportage après l'affaire Natalie Parker. Cette dernière avait été violée par son père adoptif, et avait fini par se faire assassiner, ce qui avait poussé Alexi à s'intéresser au terrain miné que représentait la maltraitance parentale. Elle estimait que cet article était l'un de ses plus réussis, et Patrick était d'accord. Les avocats du journal, cependant, avaient plus d'une réserve. Comme toujours.

— Alors ce sera un déjeuner d'affaires, et tu pourras faire une belle note de frais ?

— Mais oui, un déjeuner d'affaires, répondit-il d'un air satisfait.

2

Jack Maddox ouvrit une canette de bière, enleva ses chaussures et s'installa dans son fauteuil avant de boire une longue gorgée. Il laissa échapper un rire lorsque le générique de l'épisode de la deuxième semaine de *Qu'est-ce qu'on mange ?* apparut sur l'écran de sa télévision. Malgré son nom insipide, l'émission était déjà en tête des sondages de popularité, et il lui semblait impossible d'allumer la télé ou d'ouvrir un journal sans découvrir une nouvelle anecdote fascinante sur l'un des candidats.

Il était très heureux que Cheryl, Drew, et surtout Alexi, aient pu saisir cette opportunité en or pour Hopgood Hall, même s'il regrettait que l'ex-petit ami d'Alexi en soit à l'origine. Il restait néanmoins perplexe face à l'intérêt que portait le pays entier à la téléréalité, même en mettant de côté sa rancœur personnelle.

Marcel était, il est vrai, un excellent chef. Il débordait de charisme et la caméra l'adorait. Il méprisait équitablement les efforts des quatre candidats – il n'y avait pas de place pour le favoritisme devant ses fourneaux. Mais ses interactions hors de la cuisine en compagnie de la jolie blonde étaient d'un tout autre calibre. Impossible de nier l'alchimie entre eux. Le badinage allait bon train entre ces deux-là, et Jack était persuadé que les téléspectateurs avaient commencé à parier sur le moment où on apercevrait Marcel se faufiler dans la chambre de Juliette pour une autre sorte de dégustation.

Les critiques de Marcel étaient parfois à la limite de l'insulte, et il avait manqué de faire pleurer l'autre candidate à plusieurs reprises. Comment pouvait-on accepter de subir une telle humiliation pour quelques minutes de célébrité ? Soit les participants étaient vraiment déterminés à atteindre le monde de l'excellence culinaire, soit ils souhaitaient juste avoir leur moment de gloire.

Au sujet de la candidate blonde, Jack n'était pas certain du choix qu'elle ferait.

Marcel n'avait pas eu besoin de beaucoup changer sa manière de faire pour les caméras. Jack savait pertinemment qu'il traitait tous ses employés avec le même mépris cinglant. Et pourtant, les apprentis chefs de la région affluaient à chaque fois qu'il avait un poste à pourvoir. Allez comprendre !

Lorsqu'Alexi s'était associée à Cheryl et Drew, Jack lui avait déconseillé de proposer à Marcel un contrat lui offrant un pourcentage sur les recettes. Il n'avait pas réussi à donner une explication valable à ses doutes ; il avait juste affirmé que les divas comme Marcel étaient insupportables à diriger. Ce dernier était sans conteste un cuisinier hors pair. Il n'en était pas moins caractériel, grossier et arrogant.

Jack ne pensait pas avoir fait preuve de jalousie. Il n'avait pas le souvenir que Marcel ait une seule fois essayé de draguer Alexi. Et Jack n'avait de toute façon pas son mot à dire. Il avait tenté sa chance avec elle, mais Alexi n'avait pas été très réceptive. Il la soupçonnait d'être encore amoureuse de son ancien supérieur, et de toujours souffrir de la manière dont il l'avait traitée. Elle n'avait plus d'emploi stable, avait déménagé loin de son ancienne vie et s'était immédiatement retrouvée mêlée à une affaire de meurtre qui avait fait la une et secoué tout le pays. C'était déjà beaucoup à encaisser.

Jack lui-même n'était pas sûr d'être prêt à s'engager dans une nouvelle relation sérieuse : il avait donc pris ses distances pour la laisser respirer. Peut-être plus que prévu. Ils ne s'étaient pas beaucoup vus ces derniers mois. Il avait été bien occupé par une grosse affaire d'espionnage industriel, mais il avait eu l'intention d'appeler Alexi après l'avoir résolue pour l'inviter à dîner. Et puis cette foutue enquête était tombée, et il avait passé les deux dernières semaines à jouer les vendeurs dans une boutique qui était à la fois une bijouterie et un mont-de-piété au cœur de Newbury. Il n'aurait jamais pensé qu'il y avait autant de choses à connaître sur les boucles d'oreilles, les bracelets, ou le cours de l'or.

Le générique de fin de l'émission se mit à défiler au moment où son portable sonna. Il jeta un coup d'œil à son écran avant d'accepter l'appel.

— Salut Cass, quoi de neuf ? demanda-t-il à sa partenaire.

— Comment va mon vendeur préféré ?

— Tu connais la différence entre la forme princesse et la forme poire ?

— Je ne sais pas, dis-moi.

— Plusieurs centaines de livres sterling.

— Vraiment ? Pour une question de forme ?

— Visiblement, soupira Jack. Dis-moi que tu as découvert quelque chose qui m'évitera de mourir d'ennui.

— C'est bien possible.

— Je t'ai déjà dit que je t'aime ?

Jack regretta d'avoir ouvert la bouche à peine ces mots prononcés. Cassie était une amie de son ex-femme, mais lorsque leur mariage avait battu de l'aile, elle avait voulu offrir à Jack un peu plus qu'un simple réconfort amical. Il était heureux d'avoir rejoint sa nouvelle agence de détectives privés, mais il ne cherchait qu'un accord professionnel. De nouveau célibataire, il souhaitait un nouveau départ après avoir quitté son poste d'inspecteur de police. En théorie, son partenariat avec Cassie fonctionnait bien. Elle était un génie informatique et pouvait pirater pratiquement n'importe quoi. Lui était un bon enquêteur : il cernait les gens et était capable de détecter le moindre mensonge.

Mais Cassie avait commencé à se montrer jalouse lorsque Jack et Alexi avaient travaillé ensemble sur le meurtre de Natalie Parker. Jack avait alors dit à Cassie qu'il refusait qu'on lui dicte sa conduite sur le plan privé, et avait eu un échange franc avec elle. Depuis, ils marchaient sur des œufs, et évitaient soigneusement d'aborder leur vie en dehors du travail.

Jack n'avait de toute façon pas grande vie privée ces derniers temps. L'enquête sur laquelle il travaillait concernait une entreprise spécialisée dans les prêts urgents, dont le siège se situait à Newbury. Elle tentait de se faire une place dans le Berkshire face aux grosses agences. Mick Bailey, l'associé principal, avait contacté Jack à propos de nombreux prêts bidon que l'entreprise avait dû couvrir dernièrement. Ils avaient préféré cela plutôt qu'avouer avoir été arnaqués, mais Mick soupçonnait une agence nationale d'être à l'origine de l'escroquerie. Jack en doutait fortement : Cash Out était une petite compagnie insignifiante pour les gros bonnets qui faisaient la publicité de leurs pratiques douteuses à travers le pays.

Lorsqu'une personne souhaitait faire un premier prêt, elle n'avait qu'à contacter l'un des vingt et un points Cash Out situés à Newbury et ses alentours. Il fallait fournir une pièce d'identité, un historique de travail et quelques autres documents, qui étaient ensuite envoyés par e-mail au bureau de Mick. Le siège social vérifiait la solvabilité du client, et en moins de dix minutes, le point de vente recevait une approbation ou un refus. Le client se voyait alors offrir une carte d'identification plastifiée pour l'encourager à répéter l'opération, et c'était parti. Le problème, comme Cassie l'avait rapidement découvert, était que la base de données de Mick avait été piratée, et que plusieurs profils avaient été copiés. Des gens avaient alors commencé à se présenter dans divers Cash Out en donnant une fausse carte et obtenaient leur argent. Mick avait dû couvrir près de vingt mille livres de faux prêts en deux mois.

L'escroc qui se cachait derrière cette opération était malin mais pas cupide, et ne prélevait que quelques centaines de livres à chaque fois. Pas assez pour sonner l'alerte. Il avait aussi attendu l'hiver pour lancer son arnaque, une période où les jeunes cachés sous leur capuche et emmitouflés pour combattre le froid n'avaient rien à voir avec leur photo d'identité. Mais qui ressemblait vraiment à ses papiers, au fond ? Jack pensa au cliché de son propre passeport et se dit qu'il était méconnaissable dessus, fort heureusement.

Quand il devint évident que quelque chose n'allait pas, les employés de Mick envoyèrent par e-mail un avertissement à tous leurs points de vente pour les mettre en garde. Jack secoua la tête en y repensant : c'était une décision stupide. Si les escrocs avaient piraté la base de données de l'entreprise, il était évident qu'ils avaient aussi accès à cette mise en garde, et pouvaient donc changer leur plan d'action en conséquence. Jack mit notamment en place un embargo sur la moindre mention de l'arnaque sur Internet. Si les problèmes de Cash Out étaient révélés au grand jour, les clients perdraient immédiatement confiance.

— Si nous voulons attraper les coupables, il faut leur faire croire que nous ne sommes pas sur leur piste, avait alors dit Jack à Mick.

Jack s'était penché sur les fausses transactions et avait découvert que la majorité d'entre elles avaient eu lieu dans le magasin où il était ensuite allé travailler sous couverture. La plupart avaient lieu pendant les heures d'affluence, et quasiment toutes étaient réalisées par le même vendeur, un jeune homme du nom de Dean Davis. Il avait été embauché trois ans plus tôt, à la sortie du lycée ; il vivait avec sa mère dans une petite maison près de là et n'avait pas de casier judiciaire. Il était plutôt avenant et ne montrait pas le moindre signe d'anxiété contrairement à l'idée que s'en était faite Jack. Il ne parlait que peu de sa vie privée avec ses collègues, et jamais de loisirs, de petite amie ou de futures vacances, des sujets pourtant courants pendant les moments creux. Il avait aussi toujours une bonne excuse pour ne pas se joindre aux sorties entre collègues après le boulot. Cela n'avait évidemment rien d'illégal, mais restait tout de même étrange. Enfin, Jack était peut-être un peu suspicieux.

Sûrement, même.

Davis suivait les règles à la lettre, et les prêts avaient été accordés à un large éventail de personnes, mais Jack devait bien reconnaître qu'aucune d'entre elles ne semblait suspecte après qu'il ait parcouru des heures et des heures de vidéosurveillance. On ne pouvait pas reprocher à Davis de ne pas s'être aperçu d'une supercherie. Tous les clients avaient des papiers qui semblaient en règle – et Davis les photocopiait à chaque prêt, comme le demandait la procédure. Il était donc impossible de le mettre en cause. Pour l'instant.

— Malheureusement, les progrès que j'ai faits ne méritent pas ton amour éternel, répondit Cassie. J'appelais juste pour te dire que j'ai réussi à examiner les comptes de Davis. Il dépense toujours tout son salaire la première moitié du mois, et la banque lui court après pendant la seconde.

— Donc s'il est dans le coup, il est assez malin pour ne pas encaisser l'argent, enchaîna Jack en souriant à la description des habitudes de découvert du jeune homme.

— On dirait bien, et si ce n'est pas lui, je n'ai plus idées. Je n'ai personne d'autre en ligne de mire dans la boutique, et j'ai tout passé au peigne fin. Mais c'est Davis qui a géré le plus de faux prêts, ça ne peut quand même pas être un hasard, si ?

— J'ai remarqué sur les caméras de surveillance que certains des clients qui veulent un prêt patientent, ils regardent les vitrines, par exemple, jusqu'à ce que Davis soit disponible. Les gens qui ont besoin d'un prêt n'ont généralement pas d'argent pour acheter des bijoux et veulent juste faire la transaction le plus vite possible.

— Alors il va falloir se pencher un peu plus sur Davis.

— J'imagine que je vais aller faire un tour ce soir, soupira Jack.

— Un rendez-vous galant ? demanda Cassie sur un ton faussement décontracté.

— On peut dire ça. Je vais suivre Davis, et ça caille dehors.

— Arrête de te plaindre. Enfile des vêtements chauds et tout ira bien. Où vas-tu aller ?

— Aucune idée. J'ai entendu Davis au téléphone dans la salle de pause aujourd'hui, il doit voir quelqu'un à 21 heures ce soir. Il a raccroché quand je suis arrivé, donc je ne sais ni qui il va voir, ni où.

— Fais attention sur ton engin de malheur.

La moto n'était pas la plus brillante des idées par ce froid polaire, mais c'était la meilleure façon de se déplacer facilement et, étrangement, un bon véhicule pour suivre quelqu'un. Les gens ne faisaient pas attention aux deux-roues. Le casque de Jack était un parfait déguisement, l'engin était rapide même dans les bouchons, et facile à garer.

— Qu'est-ce que je ne ferais pas pour gagner ma croûte.

— Sois prudent, et tiens-moi au courant.

— Oui M'dame.

Avec un soupir, Jack décida de suivre le conseil de Cassie et enfila des vêtements chauds en plus de son équipement de protection. Il voulait bien donner de sa personne, mais il refusait de se transformer en glaçon s'il devait rester longtemps planqué.

Il savait déjà où habitait Davis et se gara dans une ruelle en face de chez lui avant d'éteindre le moteur. Une lumière était allumée dans le salon : Jack croisa les doigts pour que le mystérieux rendez-vous de Davis ne se déroule pas chez lui. Heureusement pour lui, la porte d'entrée s'ouvrit vingt minutes plus tard. Davis sortit de chez lui, monta dans une Vauxhall qui n'était plus toute neuve et s'éloigna, sans vérifier que personne ne traînait dans le coin et sans faire preuve de discrétion. À l'intérieur de la maison, la lumière était toujours allumée, et Jack aperçut une silhouette bouger derrière les rideaux fins. Probablement la mère de Davis.

Si Jack ne s'intéressait pas à la situation de l'hébergement de Davis, sa destination ce soir-là était une tout autre question. Il lui laissa un peu d'avance avant de faire démarrer sa moto et de le suivre en prenant soin de garder une certaine distance. Davis se fraya un chemin à travers les voies à sens unique de Newbury et prit ensuite la route de Lambourn.

— Mais où vas-tu ? s'interrogea Jack.

La route se vidait et Jack dut s'éloigner. Heureusement, il n'y avait que peu de feux de circulation sur leur chemin, et il était facile pour lui de ne pas perdre les feux arrière de Davis de vue. Dans le coin, 21 heures étaient l'équivalent de minuit en ville. Les habitants de la région se levaient avant l'aube pour s'occuper des chevaux, et avaient donc un rythme différent.

Après près de quinze minutes, Davis mit son clignotant et se gara dans l'allée d'une grande maison. Jack continua sa route et s'arrêta un peu plus loin. Il fit demi-tour à pied pour lire le nom de la bâtisse sur le montant en briques du portail : Smithfield. Les lumières extérieures devant le bâtiment laissaient voir qu'il s'agissait d'une grande bâtisse, même si, dans les environs, la plupart des maisons individuelles valaient une fortune. Il ne serait pas difficile de découvrir à qui celle-ci appartenait ; comprendre ce qu'un simple vendeur venait y faire la nuit, en revanche...

Davis ressortit vingt minutes plus tard, et prit la route de Newbury. Jack récupéra sa moto et, sur un coup de tête, se dirigea vers la maison d'Alexi. Elle était sûrement encore debout, et il pourrait lui rendre une visite surprise, s'il ne trouvait pas la voiture d'un visiteur devant chez elle. Après tout, il pouvait dire en toute bonne foi qu'il se trouvait dans le coin. Peut-être même pourrait-elle lui apprendre à qui appartenait la demeure où s'était rendu Davis.

Déçu de trouver la maison d'Alexi plongée dans le noir et sa voiture absente, Jack se résolut à rentrer chez lui. Le chemin du retour le ferait passer devant Hopgood Hall ; autant faire un petit arrêt pour écouter Drew s'extasier sur les nombreuses qualités de sa chère petite fille. Jack sourit en repensant au baptême, auquel il avait assisté quelques semaines auparavant, la dernière fois qu'il avait vu Alexi. Il avait déjà rencontré nombre de parents gagas de leur enfant, mais Drew et Cheryl étaient hors compétition. Il enviait leur bonheur, et regretta un instant de ne jamais avoir connu la joie d'avoir une famille heureuse.

Même lorsque Hopgood Hall était à deux doigts de la faillite, Drew et Cheryl n'avaient pas laissé leurs finances entacher leur relation, d'après ce que Jack avait pu voir.

C'était très inhabituel. Il avait déjà vu beaucoup de couples se déchirer devant de tels obstacles. Heureusement qu'Alexi avait trouvé des idées pour les aider.

Jack sentit les problèmes arriver avant même d'apercevoir les gyrophares et les véhicules d'urgence bloquant l'accès à Hopgood Hall.

— Qu'est-ce que…

Il arrêta sa moto et termina le chemin à pied. La Mini d'Alexi, difficile à rater avec son toit rose vif, était garée sur le parking, et Jack se demanda immédiatement s'il lui était arrivé quelque chose, ou à Cheryl, ou à Drew. Un policier gardait la porte d'entrée, et des gens fourmillaient. Il reconnut un inspecteur du commissariat de Reading, et… mince, le fourgon du médecin légiste.

— L'accès est interdit, l'informa le policier lorsque Jack essaya d'entrer comme s'il était chez lui. Sauf pour les résidents, ajouta-t-il en scrutant un calepin.

— Je suis avec Mlle Ellis.

— Ah, elle n'a pas…

— Jack ?

Alexi dévala les marches avant de se jeter à son cou.

— Il me semblait avoir entendu ta voix. Je suis tellement heureuse de te voir !

— Qu'est-ce qu'il se passe ? demanda Jack en l'attrapant.

— Oh, je pensais que tu étais au courant.

Elle leva les yeux vers lui, et il vit combien elle était choquée et bouleversée.

— Pourquoi es-tu venu si ce n'est pour ça ? reprit-elle.

Ce n'était pas le moment de lui dire qu'il passait dans le coin. La lumière vive du porche éclairait le visage d'Alexi. Bien loin de la journaliste courageuse et indépendante qu'il avait côtoyée et admirée pendant l'affaire Natalie Parker, elle était pâle comme un linge et tremblait comme une feuille. Rien ne semblait alors la toucher. Pas même le fait de se faire pratiquement étrangler par le meurtrier de Natalie.

— Explique-moi, dit-il en l'enveloppant de ses bras. Tout va bien se passer.

— Pas pour une des candidates de l'émission, non, répondit-elle d'une voix aussi tremblante que le reste de son corps. Cheryl m'a appelée et je suis venue tout de suite. Je suis arrivée en même temps que la police.

Alexi marqua une pause et leva ses yeux écarquillés par le choc vers Jack.

— Elle a été assassinée.

3

— Tout va bien.

Les mains rassurantes de Jack dans le dos d'Alexi la serrèrent contre lui jusqu'à ce qu'elle arrête de trembler. Elle ferma les yeux et posa son front contre son épaule, bien consciente qu'au contraire, tout était parti de travers. Elle était déjà épuisée rien qu'en pensant à la quantité de travail qui les attendait, sans parler du meurtrier en liberté. Néanmoins, avec Jack à ses côtés – même si elle ne s'expliquait pas le timing impeccable de son arrivée –, elle avait l'impression que les choses n'étaient pas si terribles et hors de contrôle.

Quelle égoïste elle faisait ! Une jeune femme avait perdu la vie, mais Alexi ne pensait qu'à préserver l'hôtel.

— Allons à l'intérieur, tu vas tout m'expliquer.

Jack glissa un bras autour de sa taille. Il inscrivit son nom sur la fiche de l'officier de garde avant d'être autorisé à entrer sur les lieux. Alexi évita de regarder vers le bar où les candidats restant, quelques employés de Far Reach Productions, et Marcel, étaient réunis en attendant d'être interrogés. Elle attrapa plutôt la main de Jack pour le guider vers la cuisine privée de Cheryl.

— J'étais à la maison, expliqua-t-elle sans pouvoir se rappeler si elle l'avait déjà dit. Cheryl m'a appelée, dans un état épouvantable, et je suis revenue immédiatement.

— Tu aurais dû me téléphoner.

— Pourquoi ça ? lui demanda-t-elle d'un air perplexe. Ça n'a pas d'importance, de toute façon. Tu es là, maintenant. Tu dois avoir un sixième sens pour les mauvaises nouvelles. On ne te voit pas pendant plusieurs semaines, et d'un coup…

Alexi s'interrompit abruptement lorsqu'elle se rendit compte qu'elle avait l'air de l'accuser. Cheryl et Drew étaient assis à table quand ils atteignirent la cuisine. Cheryl semblait aussi perdue qu'Alexi avait l'impression de l'être. Drew tentait de la rassurer.

— Jack, s'exclamèrent-ils à l'unisson. Qu'est-ce que tu fais là ?

Cosmo et Toby étaient tous les deux installés dans le panier du chien. Cosmo releva la tête, aperçut Jack, et laissa échapper un bruit à mi-chemin entre le miaulement et le ronronnement. Il bondit avec sa grâce féline directement dans les bras de Jack, et Alexi aurait juré que ce traître de matou révéla ses canines dans un semblant de sourire. Cosmo était on ne peut plus grincheux à chaque fois qu'il venait à l'hôtel et trouvait les lieux envahis par les techniciens du tournage, qu'il avait tous pris en grippe. À la demande du producteur, il avait été banni des alentours de l'annexe. Tout le monde avait peur de lui. Juliette avait même essayé de lui donner un coup de pied. Sa réaction à l'arrivée de Jack offrait une légèreté bienvenue dans cette soirée morbide.

— Coucou, mon grand, dit Jack en caressant la tête d'un Cosmo ronronnant. Tu m'as manqué, toi aussi.

Il reposa Cosmo par terre, tira d'abord une chaise pour Alexi avant de s'installer à côté d'elle.

— Croyez-le ou non, reprit-il, j'étais dans le coin pour une autre affaire. Je pensais passer rapidement pour dire bonjour, puis j'ai vu ce remue-ménage et j'ai voulu savoir ce qu'il se passait.

— On est foutus, c'est ça qu'il se passe, répondit Drew d'un air abattu. La star de l'émission a réussi à se faire assassiner. D'abord on se retrouve mêlés à l'affaire Natalie Parker, et maintenant ça. Personne ne va vouloir venir ici quand ça se saura.

— Marcel ? s'enquit Jack, interloqué. Je viens juste de le voir…

— Non, pas Marcel. Juliette, la blonde.

Jack secoua la tête.

— Mais je viens de la voir, elle aussi. Dans l'épisode de ce soir.

— Il a été filmé il y a deux jours, indiqua Cheryl.

— J'ai été un peu insensible tout à l'heure, enchaîna Drew, à ne parler que de l'hôtel alors que Juliette vient de mourir. Ne faites pas attention à moi, c'est le choc. Elle n'était pas toujours facile à vivre ; ses colères n'étaient pas réservées aux caméras. Elle était obnubilée par l'idée de gagner la compétition et elle se fichait d'écraser les autres pour se faire remarquer. Ça ne l'a pas rendue très populaire, mais personne ici ne souhaitait sa mort.

— Heureusement qu'on pense à l'hôtel ! répliqua Alexi. Et traitez-moi de cynique si vous voulez, ou d'insensible, mais je pense que ça nous fera un bon coup de pub.

— Et ce sera aussi très bon pour l'audimat, ajouta Jack. Peut-être que c'est un des techniciens qui a fait le coup.

— Il n'y en a qu'un ou deux sur place, sauf les jours de tournage, expliqua Cheryl. Nous avons un référent si les candidats ont quelque chose à dire, et il y a toujours quelqu'un pour se plaindre.

— Juliette, le plus souvent, souligna Drew.

— Eh bien, plus maintenant, dit Cheryl d'une voix triste. Il y a aussi quelqu'un qui surveille les écrans et s'occupe de l'aspect technique. C'est tout. La veille du montage de l'épisode, plein de gens débarquent à l'hôtel, et c'est l'apocalypse.

— Ils visionnent les rushes à distance, ajouta Alexi, pour décider quelles images mettre dans l'épisode de la semaine. Par exemple, quand les candidats crachent les uns sur les autres ou sur le dos de quelqu'un. Ou quand Marcel passe du temps avec eux. Il est obligé de passer une heure chaque jour en leur compagnie, en dehors de la cuisine. En tout cas, c'est une machine bien rodée.

— C'est le technicien qui a trouvé son corps, reprit Drew. Les trois autres étaient en train de se détendre, mais Juliette a piqué une crise et est partie comme une furie dans sa chambre. Ça n'avait rien de bizarre. Elle fait ça depuis le premier jour. Bref, tout ce qu'on sait, c'est que Gerry Salter, le technicien de garde, a remarqué que l'écran de la chambre de Juliette était noir. Il pensait qu'elle avait mis un vêtement dessus pour avoir un peu d'intimité pendant qu'elle se calmait. Elle avait déjà fait ça.

— Mais pas cette fois, soupira Cheryl.

Drew posa sa main sur celle de sa femme.

— Gerry l'a retrouvée nue sur son lit, avec un couteau de cuisine dans la poitrine.

— Aïe ! grimaça Jack.

Drew acquiesça sombrement.

— On a appelé les renforts, ils sont arrivés en foule, et on nous a dit de patienter. C'était il y a plus d'une heure.

— Qui pourrait vouloir sa mort ? s'interrogea Jack. Vous avez une idée ?

— Eh bien, elle n'était pas très populaire, comme on l'a dit, répondit Alexi. J'aurais pu la tuer moi-même avec beaucoup d'entrain quand elle a essayé de frapper mon chat. Je ne supporte pas la cruauté envers les animaux. Nous en avons discuté, elle et moi. Je lui ai dit que je la ferais virer de l'émission si elle recommençait, et elle s'est immédiatement calmée, elle s'est même excusée. Elle a dit qu'elle avait toujours eu peur des bêtes. Quand elle ne faisait pas son cirque pour les caméras, elle paraissait presque humaine.

— Qui dirige l'enquête ? demanda Jack.

— Je ne sais pas, réfléchit Alexi. Est-ce que ça a de l'importance ?

— Si c'est quelqu'un que je connais, ce sera plus simple, c'est tout. Une connaissance me donnera plus facilement les détails de l'enquête.

Le portable d'Alexi sonna alors.

— Oh non, souffla-t-elle après un coup d'œil à l'écran. C'est Patrick. Quand on dit que les mauvaises nouvelles s'enchaînent.

— Ne réponds pas, grogna Jack en levant les yeux au ciel.

— Je ferais mieux de savoir ce qu'il veut, sinon il va venir, répondit-elle en décrochant. Oui, Patrick ?

— Mais qu'est-ce qu'il se passe, bon Dieu ?!

— Je vais bien, merci. Et toi ?

— Pardon, mon cœur. C'est ce que je voulais savoir. Je suis devenu fou quand j'ai entendu qu'une femme avait été retrouvée morte à l'hôtel. Je pensais que peut-être... c'était...

— C'est Juliette.

— Bordel, tu tiens le coup ? Ce n'est pas toi qui l'as trouvée, hein ? Qu'est-ce que tu fais là-bas, en plus ?

— Comment en as-tu entendu parler ? l'interrompit-elle en ignorant ses questions. La presse n'est pas encore au courant, on serait submergés par les journalistes sinon.

— La chaîne a entendu dire que quelque chose était arrivé, et on m'a demandé ce que je savais.

Ah, pensa Jack en entendant Patrick, même si Alexi ne l'avait pas mis sur haut-parleur. Le technicien avait dû appeler les studios en premier.

— On ne nous a rien dit pour le moment.

— Je voulais juste être sûr que tu allais bien.

— J'imagine que l'émission sera annulée.

Alexi jeta un coup d'œil curieux à Jack lorsque celui-ci étouffa un rire ironique.

— Il est trop tôt pour le savoir, répondit Patrick d'un ton évasif. Les directeurs de la chaîne vont envoyer quelques-uns de leurs avocats pour protéger leurs intérêts. Ils veulent assister à tous les interrogatoires des candidats avec la police.

— Je crois qu'ils sont interrogés en ce moment même.

— Demande-leur de ne rien dire.

— Je ne pense pas qu'ils sachent quoi que ce soit, Patrick. De toute façon, je n'ai pas le droit d'aller les voir. Je n'étais même pas là quand le corps a été découvert. Cheryl m'a appelée et je suis venue immédiatement.

— J'arrive dès que je peux partir.

— Pourquoi donc ?

— Je n'aime pas l'idée que tu te retrouves impliquée dans un meurtre. Une seconde fois, ajouta-t-il après une courte pause. Tu étais bien plus en sécurité en ville, là où se trouve ta place.

— C'est un coup bas, ça, Vaughan, et ce n'était pas nécessaire.

— Désolé, mais tu dois bien admettre… Mince, c'est mon autre téléphone, il faut que je décroche. Je dois y aller. Appelle-moi si tu as besoin de quoi que ce soit.

Alexi raccrocha et jeta son portable sur la table.

— On ne va quand même pas annuler l'émission, hein ? demanda-t-elle en se tournant vers Jack. Je sais que ça fait mauvaise impression, mais ce n'est pas notre faute. Et la pauvre Juliette ne méritait pas ça, malgré tous ses défauts.

— Amen, renchérit Cheryl en baissant la tête.

— Je ne pense pas qu'on annule, répondit Jack. L'émission était déjà en tête de l'audimat. D'après ce que j'ai pu voir, le public aimait Juliette autant qu'il la détestait. Sans compter sa capacité à réchauffer impeccablement ses plats.

— Il n'y a pas que la nourriture qu'elle chauffait bien, souffla Drew. Et je ne parle pas du four.

— Vous, les hommes, vous ne pensez vraiment qu'à ça, soupira Cheryl. Même là, alors qu'une pauvre femme a perdu la vie si jeune, il n'y a que le sexe qui vous intéresse.

Drew leva les mains comme pour se défendre.

— Je ne fais que dire ce qu'on pense tous. Ce qu'on pensait, plutôt, ajouta-t-il d'un air plus sérieux.

— De toute façon, peu importe ce qui attirait le public jusque-là, vous pouvez être sûrs que le nombre de spectateurs va s'envoler pendant que la populace cherche un coupable. Ça fera un vrai carton, grimaça Jack. Faites-moi confiance. Il n'y a rien de mieux que des mauvaises nouvelles pour les chiffres, surtout, désolé de dire ça, Cheryl, quand la victime d'un meurtre brutal est une vraie bombe avec du caractère.

— Mon Dieu, souffla Drew en se levant pour attraper une bouteille de brandy. C'est tellement déprimant.

Il versa une bonne dose dans trois verres. Cheryl allaitait toujours Verity et n'avait donc pas le droit de boire de l'alcool, mais il insista tout de même pour lui en donner un peu.

— Ça ne te fera pas de mal, lui dit-il. Et ça t'aidera à te remettre.

Elle avait à peine pris une gorgée que des pleurs se faisaient entendre depuis le babyphone.

— Elle a faim, déclara Cheryl en se levant.

— Je vais venir avec toi pour te tenir compagnie, répondit Drew. Excusez-nous.

— Pas de problème.

— Comment vas-tu ? s'enquit Jack lorsque le silence s'installa de nouveau en attrapant la main d'Alexi. Tu m'as manqué.

Alexi hocha la tête, tentée de lui demander s'il avait entendu parler d'une superbe invention appelée le téléphone. Elle décida de se retenir. La distance entre eux l'avait beaucoup affectée, même si elle rechignait à l'admettre ne serait-ce qu'une heure plus tôt. Après la mort violente de Juliette, cela lui semblait insignifiant. Elle n'appréciait pas Juliette – qui était trop directe à son goût – mais elle ne voulait pas sa mort.

— Qu'est-ce qu'il s'est passé ce soir ?

Le choc commençant enfin à s'estomper, une humeur combative qui aurait fait pâlir d'envie Cosmo envahit Alexi. Les idées enfin claires, elle prit conscience qu'en essayant d'aider Drew et Cheryl, en les incitant à agrandir et en leur prêtant l'argent nécessaire, elle avait peut-être sonné le glas pour leur affaire. *Bien joué, Alexi.* Elle se retrancha dans un silence bouillonnant.

— Comment ça se passait avec l'émission, avant cette catastrophe ?

Alexi poussa un soupir. Bouder n'avait pas l'air de fonctionner avec Jack, notamment car, s'il s'en était rendu compte, il n'en avait rien à faire. Et il avait bien raison. Elle n'était plus à l'école primaire et ses colères d'enfant gâtée n'avaient aucune importance, d'autant plus lorsqu'une jeune femme avait perdu la vie dans des circonstances aussi tragiques et brutales.

— Pour être honnête, commença-t-elle, l'ambiance était à couper au couteau. Je pensais que les candidats avaient été choisis car ils étaient tous très différents, mais je n'avais pas pris conscience au début qu'ils avaient tous autant la gagne. Leur seul point commun, c'était leur amour pour la cuisine. Ils étaient très sérieux à ce sujet. Ils voulaient tous être reconnus par le monde de la cuisine…

— C'était frappant, à l'écran, que Juliette voulait simplement réussir.

— C'est vrai, concéda Alexi en hochant la tête. Tu savais qu'elle avait engagé un agent ?

— Elle a quoi ? s'exclama Jack, bouche bée.

— Je t'assure, après la diffusion du premier épisode et son succès fulgurant, les agents ont commencé à la contacter.

— Une cheffe a un agent ?

— Marcel en a une aussi, maintenant, ajouta Alexi avec un sourire.

— C'est pas vrai !

— Beaucoup des coups de gueule à l'écran sont sortis du contexte. La plupart du temps, les candidats s'ignorent ou s'entendent bien hors de la cuisine, malgré leurs différences de caractère. Juliette s'énervait bel et bien pour la moindre contrariété mais tout le monde l'ignorait, c'est pour ça qu'elle allait toujours bouder dans sa chambre. Et puis, les gens du studio venaient de temps en temps, posaient deux ou trois questions pour se disputer, et le résultat passait à la télévision. Ce n'est absolument pas représentatif de la réalité.

— Les spectateurs s'ennuieraient face à la réalité, j'imagine. Autant regarder de la peinture sécher.

— C'est sûr.

— Comment était Juliette, en réalité ? demanda Jack.

— Très égocentrique, très sûre d'elle, et selon Marcel, une cheffe à peu près acceptable. Mais comme je l'ai déjà dit, ils le sont tous. J'ai goûté quelques-unes de leurs préparations, donc je sais de quoi je parle. Elle pouvait se montrer plus douce, comme tout le monde, mais elle ne le montrait pas très souvent. Je pense que son agent lui disait de mettre son côté « princesse » en avant.

— Il n'y a pas eu de disputes entre les chefs ?

— Pas que je sache. Marcel est le seul à avoir le droit de piquer une colère dans la cuisine.

— Certaines choses ne changent pas, répondit Jack en souriant.

Comme s'il avait entendu qu'on parlait de lui, Marcel entra dans la cuisine ; il avait le teint pâle, les cheveux ébouriffés et sa barbe de trois jours paraissait négligée. Il ne ressemblait en rien au chef tyrannique de la télévision que le pays avait appris à détester ou désirer.

— Jack. J'ai entendu dire que tu étais là.

— Mince, murmura Jack.

Alexi savait pourquoi il était surpris. Marcel avait retrouvé son accent cockney naturel – qu'il ne laissait pas entendre à beaucoup de gens, et dont Jack n'avait pas encore été témoin. Cela montrait à quel point il était secoué, pensa Jack, et il avait raison de l'être.

— Assieds-toi avant de t'effondrer, Marcel, dit Alexi en pointant la chaise de Cheryl du doigt. La police t'a déjà interrogé ?

— Oui, on vient de finir de me cuisiner, répondit Marcel d'un air grave. On n'y est pas allé avec le dos de la cuillère.

Jack acquiesça avec compassion ; il voulait bien croire que cela n'avait pas été facile pour Marcel, habitué à être celui qui cuisinait les autres. Suspicieux de nature et incapable de faire confiance à qui que ce soit, Jack savait que les premières heures suivant un meurtre étaient cruciales pour trouver de bons indices, avant que le choc disparaisse et que les gens apprennent à se taire.

— À ce point ? s'enquit-il.

— Ils ne te considèrent pas comme suspect, quand même ? demanda Alexi au même instant. Je sais bien qu'ils doivent soupçonner tout le monde, mais pourquoi irais-tu saboter ta chance de devenir célèbre ?

— Ben…

Marcel frotta son visage de ses mains avant de les fixer tous les deux de ses yeux injectés de sang ; il n'était plus que l'ombre de l'homme arrogant qu'ils connaissaient.

— Comme c'est mon couteau qu'on a retrouvé dans la poitrine de Juliette, je ne peux pas leur en vouloir de me suspecter.

— Oh merde ! souffla Alexi.

— C'est exactement ce que je me suis dit. Je ne savais même pas que ce couteau manquait avant que la police me demande de vérifier.

— Tu as bien fait comprendre dans l'émission que personne n'a le droit de toucher les couteaux d'un chef, lui rappela Alexi. Tu les gardes plus jalousement que la recette de fudge cake de ta grand-mère, selon tes propres dires.

— Et personne ne toucherait mes couteaux sans craindre d'y perdre un doigt, soupira Marcel. Pourtant, quelqu'un l'a fait.

— Où se trouvent-ils ? l'interrogea Jack.

— Les miens sont aimantés au mur de la cuisine, et n'importe qui pourrait les prendre. Tous mes commis et les candidats gardent les leurs dans des trousses, à leur poste, pour qu'ils ne puissent pas tomber ni être égarés.

— Il y a des caméras dans la cuisine, qui filment en continu, fit remarquer Alexi d'une voix douce. Si quelqu'un a pris ton couteau, la police le verra sur les images.

— Pas forcément, grogna Marcel.

Il tendit la main vers la bouteille de brandy que Drew avait laissée sur la table et en versa une large dose dans le verre de Cheryl, qu'il vida d'une traite.

— C'était le chaos dans la cuisine cet après-midi. On a eu deux services complets au déjeuner, et les gens couraient dans tous les sens. N'importe qui aurait pu le prendre sans se faire voir par les caméras. Je ne me rappelle plus quand je l'ai vu la dernière fois, mais je pense qu'il a été volé vers la fin du service, quand je n'en avais plus besoin. Mais merci de sous-entendre que tu ne me crois pas coupable, ajouta-t-il en adressant une pâle imitation de son sourire charmeur habituel à Alexi.

Jack hocha la tête, déjà au courant que le restaurant avait recommencé à servir le déjeuner, alors que cela n'était pas rentable auparavant. Les candidats travaillaient en tant que chefs, sous la supervision tyrannique de Marcel, et les commis habituels se chargeaient des tâches ingrates. Les chefs employés apparaissaient en arrière-plan, mais ils n'étaient jamais le centre de l'attention. Peut-être avaient-ils été agacés par cela, et l'un d'eux avait-il tué Juliette par jalousie professionnelle. Les enquêteurs l'envisageraient probablement. Quoi qu'il en soit, le restaurant faisait salle comble au déjeuner car les services étaient filmés, et tout le monde voulait passer à la télévision. Alexi avait pensé que cela ferait un très bon retour sur son investissement.

Si elle avait su !

— Je sais que tu ne l'as pas tuée, répondit-elle en se penchant au-dessus de la table pour lui toucher la main. En plus, si ç'avait été le cas, tu n'aurais pas utilisé un de tes couteaux. Et puis, la seule chose que tu sais assassiner, c'est la réputation des jeunes chefs.

— Merci, grogna Marcel en riant. Je crois. Je fais juste semblant, continua-t-il en soupirant. Gordon Ramsay a placé la barre très haut, et maintenant, nous devons essayer de faire mieux. La seule chose qui m'intéresse, c'est la cuisine, mais ce n'est pas facile à notre époque. Il y a beaucoup de chefs assez bons. Pour se démarquer, il faut trouver une approche qui sorte du lot. Je joue de mon côté français et je me fais remarquer en étant insupportable.

— Pourquoi te suspecte-t-on ? s'enquit Jack. Quel serait ton mobile ?

— Aucune idée, répliqua Marcel en haussant les épaules. L'audimat ? Le besoin d'attention ?

— Ce serait une manière particulièrement radicale, murmura Alexi.

— Une querelle d'amoureux ? proposa Jack.

— Hein ?

Marcel releva soudainement la tête. L'inquiétude creusa son visage, mais il paraissait plus effrayé que sur la défensive.

— Comment as-tu deviné ?

— Une intuition, répondit Jack en haussant les épaules à son tour. J'ai bien vu l'alchimie entre vous deux quand vous traîniez ensemble dans le hall des résidents. Beaucoup de passages filmés étaient clairement mis en scène, mais vos interactions mettaient le feu à l'écran.

— Peut-être, mais je me suis bien gardé de le dire à la police, même si elle le découvrira bien assez tôt.

Alexi sentit sa mâchoire se décrocher.

— Tu avais vraiment une liaison avec elle ?

— Ce soir, pour la première fois, répondit Marcel en fuyant leur regard. Elle est venue dans mon appartement, au-dessus de la cuisine. Il n'y a pas de caméras dedans.

— Comment as-tu pu être aussi stupide ?! s'énerva Alexi. Tu pensais vraiment que personne ne s'en rendrait compte, et que ça ne menacerait pas l'avenir de l'émission alors que tu n'es plus impartial ? En plus, coucher avec Juliette et compromettre ton intégrité professionnelle avec elle me paraît plutôt solide comme mobile. La police le pensera aussi sûrement, et le fait que tu ne l'aies pas avoué paraîtra plus que suspect.

— Je ne l'avais pas prévu. C'est arrivé comme ça, répliqua Marcel, sur la défensive.

— Bon sang, tu te rends compte que ce que tu as fait…

Alexi avait enfin trouvé un moyen d'évacuer sa colère, mais elle s'interrompit au milieu de sa phrase lorsqu'elle sentit les doigts de Jack se poser sur son bras.

— Dis-moi que vous avez utilisé un préservatif, demanda Jack.

Alexi plaça une main devant sa bouche et poussa une exclamation en voyant l'air contrit de Marcel, qui semblait avouer qu'ils s'en étaient passés.

— Elle m'a assuré qu'elle n'avait pas besoin de contraceptif, se défendit-il.

Il se frotta le visage d'une main, comprenant enfin la gravité de la situation.

— Comment aurais-je pu deviner qu'elle allait se faire assassiner ?

— Tu aurais dû l'avouer à la police, dit Alexi. Ce serait mieux que tu le racontes volontairement, plutôt qu'attendre qu'elle le découvre. Ce qui ne saurait tarder si elles trouvent des traces de ton sperme.

— À quelle heure estime-t-on sa mort ? demanda Jack. Et quand se trouvait-elle dans tes quartiers ?

— Le restaurant était fermé ce soir, c'était notre soirée de repos. Elle est arrivée vers 6 heures, en disant qu'elle avait quelque chose à me demander.

— Est-ce que ça aurait pu être une tentative de faire pression sur toi ? l'interrogea Alexi.

— Je lui ai dit que je ne faisais pas de favoritisme dans la cuisine, répondit Marcel avec un haussement d'épaules.

Alexi secoua la tête : Marcel était-il donc si naïf ?

— Tu ne t'es pas dit qu'elle aurait pu se servir de votre relation pour s'assurer la victoire ?

— Il est trop tard pour faire comprendre à Marcel qu'il a été stupide sur ce coup, intervint Jack. Je pense qu'il a saisi. Il vaut mieux se concentrer sur le fait de le blanchir.

Cela avait du sens, en effet, pensa Alexi. Tant que l'hôtel gardait Marcel, et surtout que celui-ci n'était pas coupable, évidemment, il y avait encore de l'espoir.

— Tu crois que c'est encore possible ?

— Marcel, tu as dit que Juliette est venue te voir. Tu ne l'as pas invitée par téléphone ou par SMS, par exemple ?

Il fit non de la tête.

— Tu en es sûr ? Parce que si tu l'as contactée, la police le découvrira.

— Non, je vous le jure, je ne m'attendais pas à sa visite.

— Très bien, donc elle est venue te voir, sûrement en prétendant avoir besoin de quelque chose, et vous avez fini au lit, continua Jack pendant que Marcel acquiesçait. Combien de temps est-elle restée ?

— Environ une heure, et elle allait très bien quand elle est partie. Je le jure sur la recette de bouillabaisse de ma grand-mère.

Jack haussa un sourcil dubitatif.

— Sérieusement ?

— C'est l'équivalent du Saint Graal, pour Marcel, expliqua Alexi en levant les yeux au ciel.

— Il vaudrait mieux ne pas dire ça à la police, conseilla Jack. Elle penserait que tu te fiches d'elle, et ça ne lui plaira pas. Bref, vous êtes-vous séparés en bons termes, Juliette et toi ? Pas de dispute, ni rien que nous devrions savoir ? Pas de différend que quelqu'un aurait pu surprendre, et qu'on pourrait retourner contre toi ?

— Non, tout allait bien.

— Mais… ? s'enquit Alexi en sentant qu'il n'avait pas tout dit.

— Eh bien, avec Juliette, tout était matière à faire une scène. Elle pouvait être très sympa, mais elle restait une petite fille de riche pourrie gâtée.

— Vraiment ? s'étonna Jack. Une fille de riche qui aime cuisiner ?

— Oui, je te jure. C'est vrai qu'elle participait pour devenir célèbre, mais elle voulait aussi cuisiner. Le problème, c'est qu'elle avait l'habitude que tout lui tombe tout cuit dans le bec, et elle ne faisait pas la difficile quant aux moyens qu'elle employait pourvu qu'elle continue à obtenir ce qu'elle voulait.

— Elle pensait s'être assuré la victoire parce que tu avais couché avec elle ? demanda Jack.

— Oui, et j'ai tout de suite remis les pendules à l'heure. Ça ne lui a pas plu, mais on ne s'est pas disputés. Elle s'est mise à bouder, comme si elle pensait que je n'étais pas sérieux et qu'elle finirait par gagner, répondit Marcel avec désinvolture. Et puis, elle aurait très bien pu remporter la compétition au mérite. Elle en était capable.

— Tu fais sûrement partie des rares hommes à lui avoir tenu tête, poursuivit Alexi avec une grimace. Je suis surprise que tu ne sois pas la victime du meurtre.

Marcel poussa un grognement avant de remplir à nouveau son verre et de prendre une gorgée de brandy.

— Est-ce que tu es déjà allé dans sa chambre, là où elle a été tuée ? l'interrogea Jack.

— Pas une seule fois, affirma Marcel sans la moindre hésitation.

— Donc ils n'y trouveront pas tes empreintes ? clarifia Jack.

— Non. Il pourrait y en avoir sur mon couteau, par contre.

— Comme si tu étais suffisamment bête pour la tuer avec ton propre couteau et le laisser sur place pour la police, souffla Alexi en écho aux paroles de Marcel tout en secouant la tête.

— Je pense que c'est la seule raison qui explique qu'on ne m'ait pas arrêté et mis derrière les barreaux, s'offusqua Marcel. Dès qu'on saura que j'ai couché avec elle, la donne changera.

— Si elle était encore en vie à 19 heures, que son corps a été trouvé à 21 heures, et que tu n'as pas quitté l'hôtel, où seraient tes vêtements couverts de sang ? réfléchit Alexi à haute voix. Il y a toujours plein de sang dans les meurtres au couteau des *Experts*.

— Je ne vous ai pas encore tout dit. Elle n'a pas été tuée dans sa chambre, apparemment. On l'a assassinée autre part, et transportée jusqu'à son lit avec mon couteau dans la poitrine.

— Merde ! s'exclama Jack.

— Oui, je pense qu'il me faut un avocat. J'ai déjà eu mon agent au téléphone et elle m'a proposé d'engager quelqu'un. L'avocat est en chemin.

Une grimace déforma le visage de Marcel, qui avait clairement du mal à rester calme aux yeux d'Alexi. Même s'il disait la vérité et que Juliette était partie vivante de son appartement, cela n'empêcherait pas la police de le considérer comme le suspect principal. Jusque-là, tous les indices le pointaient du doigt, et Marcel était trop malin pour ne pas s'en être rendu compte. Ils n'étaient pas des personnages de série télévisée, et la célébrité de Marcel n'impressionnerait pas les enquêteurs. Bien au contraire, elle pourrait lui causer du tort. Sa popularité grandissait, en tout cas jusqu'à quelques heures auparavant. Qu'aurait-il fait si Juliette avait menacé de révéler leurs ébats pour entacher ce nouveau statut ? Telles étaient les interrogations auxquelles Alexi chercherait des réponses si elle travaillait sur cette enquête.

— La chaîne a envoyé ses avocats, reprit-elle. Tu devrais peut-être plutôt voir ça avec eux.

— Il faut que tu dises à la police que tu as eu une relation avec elle, tout de suite. Immédiatement, insista Jack. Je peux rester avec toi pendant que tu parles avec l'inspecteur, si tu veux. Qui est-ce, d'ailleurs ?

— Un gars qui s'appelle Vickery, de la brigade des affaires criminelles de Reading, répondit Marcel. Tu le connais ?

— Oui. Il est réglo. Mais ne le sous-estime pas, il est très malin.

4

L'inspecteur Mark Vickery était un homme de grande taille et d'environ 40 ans menant un combat contre un embonpoint augmentant au même rythme que sa calvitie. Jack avait déjà travaillé avec lui auparavant, et il était ravi qu'il soit chargé de cette enquête. Vickery était un homme invisible au milieu d'une foule, mais il possédait un esprit aiguisé et ne prenait pas de raccourcis pour boucler ses enquêtes. Il se doutait sûrement déjà que Marcel n'avait pas été tout à fait honnête pendant son interrogatoire. Jack ne l'avait pas vu depuis longtemps, mais il l'avait toujours apprécié et il respectait son professionnalisme. L'inspecteur ne choisirait pas la facilité en faisant correspondre de force un suspect aux indices qu'il possédait ; c'était toujours ça de pris.

Vickery arriva, accompagné d'une policière, dans la cuisine après que Marcel l'eut contacté pour modifier sa déposition. En voyant Jack, il laissa échapper un bruit qui aurait autant pu être un grognement qu'un soupir, et hocha la tête. Cosmo s'opposa avec véhémence à l'entrée des deux officiers ; ses feulements et grognements incessants obligèrent Alexi à l'enfermer dans l'arrière-cuisine. Mais le chat n'avait pas râlé lorsque Marcel était arrivé, ce qui intriguait Jack. Cela dit, il n'avait toujours pas compris ce qui décidait Cosmo à apprécier ou détester une personne. La plupart du temps, son instinct le poussait vers les « gentils », ce qui jouait en faveur de Marcel, en tout cas du point de vue de Jack.

— Mon Dieu, qu'est-ce que c'était que ça ? murmura la policière. Cet endroit est bizarre.

Jack dut se retenir de sourire en voyant l'air offusqué d'Alexi.

— Cosmo est assez protecteur, et il n'aime pas les étrangers, mais pour être honnête, c'est un vrai petit ange.

— Je vous crois sur parole, lui répondit l'officière avec un frisson.

— Je pensais bien vous croiser ici, intervint Vickery. Vous n'avez jamais appris à ne pas fourrer votre nez dans ce qui ne vous regarde pas.

— Ça me fait plaisir de vous revoir aussi, dit Jack.

Loin de se vexer, il accepta la main que lui tendit Vickery car il savait que ce n'était pas l'intention du policier. Jack lui-même ne savait s'il aurait aussi facilement accepté la présence d'un ancien officier sur une scène de crime, et il ne voulait pas faire de vagues.

— Voici l'inspectrice Hogan, reprit Vickery en désignant la séduisante policière derrière lui. Patti, je te présente Jack Maddox, c'est l'un des nôtres. Enfin, c'était.

— Ce nom me dit quelque chose, répondit Patti en observant Jack de la tête aux pieds d'un air appréciatif. Vous avez participé à l'affaire Parker, non ? Beau travail.

— Merci, lança Jack avant de désigner Alexi. Alexi Ellis, actionnaire de l'hôtel.

Les deux agents serrèrent la main d'Alexi.

— Actionnaire et journaliste, si je ne m'abuse. Vous ne devriez pas être ici, Mlle Ellis, indiqua Vickery. Nous devons nous entretenir avec vous séparément.

— Pour éviter que nous accordions nos violons, répliqua Alexi avec un sourire ironique.

Jack la soupçonnait d'être à deux doigts d'exploser. Il l'avait sentie bouillonner ces trente dernières minutes et il comprenait bien pourquoi. Elle avait investi beaucoup de temps et d'énergie pour faire connaître Hopgood Hall, et voilà que l'avenir de l'établissement se retrouvait menacé. Il lui donna un léger coup de coude. Cela n'arrangerait pas leurs affaires si elle se mettait Vickery à dos.

— Ne vous inquiétez pas, inspecteur. Je suis arrivée en même temps que les urgences. Je n'ai rien vu du meurtre.

— Quand bien même, vous n'êtes ici que par courtoisie, et parce que je respecte Jack. Si je retrouve un seul mot de ce qui se dit ici dans les journaux, je saurai qui accuser. Et croyez-moi, vous n'avez pas envie de faire de moi votre ennemi.

— Je comprends bien, inspecteur. Je ne suis pas à la recherche d'un scoop. Je veux juste protéger l'hôtel et, évidemment, trouver qui a tué Juliette, et pourquoi.

— Très bien.

Ils prirent place autour de la table.

— Quelque chose à rajouter à votre déclaration, monsieur Gasquet ?

— Pour votre information, l'avocat de Marcel est en chemin, indiqua Jack. Je surveille juste ses arrières en l'attendant.

Vickery afficha un air vaguement surpris, mais Jack savait que ce n'était que du bluff.

— Il a besoin d'un avocat ? Vous avez quelque chose à cacher, monsieur Gasquet ?

— Allons, Mark, dit Jack. Faites preuve de bon sens. La chaîne doit évidemment protéger ses atouts, et pour cela, elle a envoyé des représentants depuis Londres.

— Évidemment, répondit Vickery d'un air amusé.

L'officier Hogan s'assit et ouvrit son carnet, le stylo prêt à écrire.

— Nous vous écoutons, monsieur Gasquet.

— Alors, en fait…

— Qu'est-ce qui est arrivé à votre accent français ? s'enquit Vickery avec méfiance.

— Ma mère est française, mais elle n'est même pas capable de cuire un œuf, expliqua brièvement Marcel avec un haussement d'épaules. Mon père est un Cockney qui a tout oublié en matière de cuisine. Je suis né à Londres, mais j'ai grandi en banlieue parisienne, et je suis allé à l'école en France.

— Donc votre air de Français à la télé, ce n'est pas de la comédie ?

— Absolument pas, inspecteur, répondit Marcel sans mordre à l'hameçon. Je parlais français à ma mère et à l'école, mais je passais mon temps dans la cuisine avec mon père, et c'est de lui que vient mon côté cockney. Ce n'est pas un secret, mais je ne vais pas le crier sur tous les toits, ajouta-t-il en haussant les épaules.

— Votre père s'appelle Gasquet ?

— Non, c'est le nom de jeune fille de ma mère. Je l'ai pris quand j'ai décidé d'accentuer mes origines françaises.

— Quelle histoire ça va faire, quand ça se saura, marmonna Vickery. Très bien, que vouliez-vous ajouter à votre déposition ?

— Juliette… Mlle Hammond, reprit Marcel en s'éclaircissant la voix, est venue me voir, dans mon appartement au-dessus de la cuisine, vers 18 heures, aujourd'hui.

Les deux agents se redressèrent immédiatement.

— Elle est, euh… restée discuter, pendant une heure.

— Je vois, et de quoi avez-vous « discuté » pendant cette heure ?

— Nous avons eu une relation sexuelle, lâcha brutalement Marcel. Mais elle allait très bien quand elle est partie.

— Vers 19 heures, c'est ça ?

— Oui, à peu près.

Jack se doutait que la police vérifierait cette information grâce aux caméras de l'annexe, en partant du principe que Juliette était retournée directement dans sa chambre ensuite.

— Le médecin légiste va-t-il trouver des traces de votre aventure avec Mlle Hammond ?

— Est-ce que cela a vraiment de l'importance ? s'enquit Alexi. Puisque Marcel a déjà avoué avoir eu une relation avec elle.

— Au risque de donner une mauvaise image de la victime, elle pourrait bien avoir eu une aventure avec quelqu'un d'autre, répondit Vickery d'un ton neutre. Il est important pour nous de le savoir.

— Nous n'avons pas utilisé de préservatif, si c'est votre question.

Marcel passa une main dans ses cheveux ; aux yeux de Jack, toujours aussi suspicieux, il avait l'air aussi coupable que possible.

— Pourquoi avoir fait ça ? interrogea Vickery.

Un sourire s'épanouit sur le visage abattu de Marcel l'espace d'un instant.

— Vous avez vu à quoi elle ressemblait ?

— Mais vous êtes l'arbitre de la compétition. Vous n'avez pas pensé à la position précaire dans laquelle vous vous mettiez ?

— J'ai été très clair avec Juliette sur le fait que cela n'aurait aucune incidence sur mon jugement.

Marcel se pencha en avant, appuyé sur ses coudes, beaucoup plus assuré maintenant que la conversation était retournée sur le sujet de l'émission.

— Et ça n'aurait vraiment rien changé pour moi. Il y a beaucoup d'exagération pour l'émission, pour les caméras, mais le professionnalisme est à mes yeux une question de vie ou de mort… désolé, mauvaise formulation, s'empressa-t-il d'ajouter en pâlissant. Ce que je veux dire, c'est que je prenais la compétition très au sérieux. Je me suis beaucoup investi afin que cette émission soit un succès.

— Ce qui rend encore plus incompréhensible le fait que vous ayez couché avec l'une des candidates, fit remarquer Vickery.

— Je me suis dit que je pourrais gérer. Je n'aurais eu aucun mal à lui enlever des points si un autre participant avait été meilleur qu'elle. Et je le lui ai dit très clairement.

— Avant ou après avoir eu une relation avec elle ? demanda l'inspectrice Hogan.

Marcel lui jeta en réponse un regard acerbe, et Vickery n'insista pas.

— Si les autres avaient découvert que vous couchiez avec elle, ils auraient pu s'en servir contre vous, remarqua-t-il. Ils auraient pu vous obliger à être indulgent avec eux. Sans quoi – ce ne sont que des suppositions – ils auraient pu alerter la presse, et Juliette et vous auriez perdu toute crédibilité.

— Il n'est indiqué nulle part que les relations sont interdites.

— Voyons, monsieur Gasquet, souffla Vickery en secouant la tête. Est-ce vraiment nécessaire ? Vous devez bien comprendre pourquoi vous devez rester professionnel.

— C'était bête, je sais, soupira Marcel, mais je n'ai pas vraiment réfléchi avec mon cerveau. Ça ne se serait pas reproduit.

Il marqua une pause avant de secouer la tête à son tour.

— Enfin, sans doute.

— Cela veut aussi dire que Marcel n'a pas de raisons de vouloir tuer Juliette. Pas s'ils avaient eu une relation mais qu'elle n'attendait rien en échange, fit remarquer Alexi.

Vickery lui lança un regard qui semblait vouloir dire : « Vous n'êtes quand même pas sérieuse », évitant ainsi à Jack de devoir le faire lui-même.

— Laissez-moi raisonner, Mlle Ellis. Vous n'êtes présente que par politesse, pas pour m'assister dans mon travail.

— Désolée, répondit docilement Alexi.

— En plus, de mon point de vue, cela donne un très bon mobile à M. Gasquet. Il a pris son pied, puis s'est rendu compte de ce qu'il avait fait, Mlle Hammond a menacé de tout révéler s'il ne la faisait pas gagner, et… eh bien…

— Il l'a tuée avec son propre couteau, continua Alexi d'un air dépité. Voyons, inspecteur, Marcel a beaucoup de défauts, mais c'est loin d'être un idiot.

— Ça, ça reste à prouver, marmonna Jack.

Ils continuèrent à tourner en rond pendant un moment, mais Jack ne laissa pas Vickery interroger Marcel sur d'autres aspects de sa vie ou de son travail à Hopgood Hall.

— Tous les candidats ont reçu l'ordre, par SMS je suppose, de ne rien dire avant l'arrivée d'un représentant juridique, expliqua Jack. J'ai néanmoins convaincu Marcel de vous avouer sa liaison avec la victime car je savais que c'était important.

— Et que nous aurions fini par le savoir, d'une manière ou d'une autre.

— Vous auriez découvert qu'elle avait eu une relation sexuelle, confirma Jack, mais pas avec qui. Pas tout de suite, du moins.

— Est-il vrai qu'elle n'a pas été tuée dans sa chambre ? demanda Alexi.

— Très probablement, répondit Vickery. Il n'y a pas assez de sang.

Jack fronça les sourcils.

— Mais pourquoi l'avoir déplacée *dans* une salle truffée de caméras ? C'est un sacré risque à prendre.

— Pardonnez mon cynisme, répliqua Vickery avec une pointe de sarcasme, mais ça pourrait être un bon moyen de faire monter l'audimat.

— Comment quelqu'un aurait pu déplacer un corps à travers la salle de jeux, où il y a des caméras *et* où on risque de croiser les autres candidats, pour aller jusqu'à la chambre de Juliette sans se faire remarquer ? se demanda Jack à haute voix.

— Toutes les chambres ont des portes individuelles qui mènent au jardin, en plus d'avoir accès au salon collectif, répondit Alexi. Si le tueur voulait que le corps de Juliette soit découvert dans sa chambre, il paraît logique de se dire qu'il a éteint les caméras et…

— Il ? s'enquit Vickery.

— Eh bien, le coupable a dû la porter. Juliette n'était pas très grande, mais elle pesait quand même un certain poids. Je ne pense pas qu'une femme ait pu la soulever. En tout cas, moi, je n'aurais pas pu, et je suis plus grande que la moyenne.

— On aurait pu la pousser avec quelque chose, peut-être ? suggéra Jack.

— Ç'aurait été se donner beaucoup de mal et prendre de gros risques, dit Alexi en réfléchissant. J'imagine que vous avez examiné la porte et ses environs pour chercher des traces de pas, des signes qu'on a traîné quelque chose, etc. On l'a probablement amenée par là.

Vickery la fixa sans rien dire.

— Désolée, reprit Alexi. C'est complètement stupide d'avoir utilisé le couteau de Marcel. Même s'il avait voulu la tuer, et je le crois quand il dit que ce n'est pas le cas… mais même s'il l'avait voulu, toute personne ayant déjà regardé l'émission sait à quel point il tient à ses précieux couteaux. Les chefs sont très possessifs avec leur matériel. Je suis presque sûre qu'il n'en utiliserait pas un pour tuer quelqu'un, ajouta-t-elle avec un haussement d'épaules.

— Les gens font des choses étranges sous le coup de l'émotion, surtout quand il s'agit de crimes passionnels, répondit Vickery.

— Oh mon Dieu ! s'exclama Marcel en cachant son visage derrière ses mains. Vous pensez vraiment que je l'ai tuée.

— L'enquête n'en est qu'aux balbutiements, donc nous examinons toutes les possibilités, lui assura Vickery. Nous n'avons pas encore interrogé tout le monde.

— Vous nous avez dit tout à l'heure que deux de vos chefs habituels avaient assuré le service ce midi, continua l'inspectrice Hogan en tournant les pages de son carnet.

— Oui, mais ils sont partis à la fin du service.

— Il faudra quand même que nous les interrogions, souffla Vickery comme s'il se parlait à lui-même. Pour vérifier leurs déplacements.

— Ils ne peuvent pas être coupables, intervint Marcel. On les aurait remarqués s'ils étaient revenus dans la partie privée de l'hôtel…

— Mais ils savent comment y accéder, fit remarquer Vickery. Donc nous devons vérifier que ce n'est pas le cas. Je pensais que vous seriez content de nous savoir aussi minutieux.

— Évidemment, mais je ne vois pas pourquoi ils se seraient donné tout ce mal pour tuer Juliette. Ils n'ont rien à voir avec la compétition.

— Non, mais ils doivent supporter vos petites colères à longueur de temps, et n'en tirent aucune reconnaissance. Alors que les candidats, qu'ils considèrent sûrement comme moins doués qu'eux, sont sous le feu des projecteurs, expliqua Vickery en haussant les épaules. Ce n'est qu'une hypothèse.

— Je comprends, répondit Marcel. Vous avez les informations pour les contacter. Et sachez que je ne pique pas des « petites colères », je ne suis pas un enfant. Je n'ai simplement aucune patience quand on fait n'importe quoi dans ma cuisine, et ça arrive souvent.

Jack fit signe à Marcel de se taire, et ce dernier finit par fermer la bouche.

— Très bien. Oh, encore une chose, monsieur Gasquet. Je suppose que vous ne verrez aucun inconvénient à ce que nous inspections votre appartement ?

Marcel jeta un coup d'œil à Jack, qui hocha la tête. Il paraîtrait moins suspect s'il acceptait cette fouille. Si une chose compromettante pour lui se trouvait dans chez lui, il avait perdu l'occasion de s'en débarrasser, et la police finirait par la trouver.

— Faites comme chez vous, acquiesça Marcel en attrapant ses clés dans sa poche avant de les leur lancer.

— Merci pour votre coopération.

— Est-ce que l'un de vous deux a une idée des raisons pour lesquelles quelqu'un aurait pu vouloir tuer Mlle Hammond ? demanda Vickery en se tournant vers Marcel et Alexi.

— Elle n'était pas très populaire, répondit Alexi. Un peu trop diva. La plupart des hommes de l'équipe en pinçaient pour elle au début, mais ils se sont vite rendu compte qu'elle était pénible, en plus d'en demander beaucoup.

Marcel releva soudain la tête.

— Vous avez parlé à Paul Dakin ?

— Le présentateur de l'émission ?

— Oui, acquiesça Marcel. Il était toujours derrière elle hors caméra.

Vickery le toisa d'un air qui semblait dire : « Qui se ressemble s'assemble. » L'inspectrice Hogan gribouilla une nouvelle note dans son carnet.

— Écoutez, inspecteur, continua Marcel avec un geste nonchalant. Juliette était bien une petite pimbêche grincheuse, mais elle voulait gagner la compétition par n'importe quel moyen, même si cela ne respectait pas vraiment les règles. Elle est venue à moi parce qu'elle pensait que cela lui donnerait l'avantage sur ses concurrents. Je ne suis qu'un homme… que dire de plus ? J'ai cédé à la tentation. Mais qui dit qu'elle n'a pas essayé de manipuler d'autres gens ? Est-ce qu'elle me plaisait physiquement ? Bien sûr que oui, je n'aurais pas couché avec elle, sinon. Est-ce que j'en attendais davantage d'elle ? Non, je n'aime pas les filles comme elle. Tout lui tombait tout cuit dans le bec. Elle n'a jamais dû faire d'efforts pour quoi que ce soit, et ça m'énervait, mais elle avait aussi un côté fragile qu'elle ne montrait pas beaucoup et que j'ai pu voir en privé. Si vous voulez mon avis, elle n'agissait que dans le but d'obtenir l'approbation de ses parents, qu'elle n'a jamais vraiment eue, mais je n'en sais pas plus. C'est une impression. Est-ce que je l'ai tuée ?

— Est-ce que vous l'avez tuée ? répéta Vickery en affrontant le regard hostile de Marcel.

— Non.

Marcel parut perdre toute sa combativité et sembla exténué.

— Je n'avais aucune raison de faire ça. Peut-être que notre comportement n'était pas du meilleur goût, mais il ne nous aurait pas coûté notre place dans l'émission. Nous étions tous les deux célibataires, sans attaches… enfin, c'était mon cas, et elle m'a assuré que c'était aussi le sien, donc ça aurait pu faire monter l'audimat.

— Mais qu'en est-il de la suite ? interrogea Hogan, interrompant le lourd silence de sa voix mélodieuse. Lorsque vous lui avez clairement dit que vous ne feriez preuve d'aucun favoritisme dans la compétition, malgré ce qui s'était passé entre vous deux ? Cela a dû la rendre furieuse. Est-ce que vous vous êtes disputés à ce propos ? Peut-être que ça a dégénéré. Et vous n'aviez pas prévu de la tuer.

— Ne réponds pas, Marcel, dit Jack. Attends l'avocat de la chaîne.

— Ça ne me dérange pas. Je n'ai rien à…

Quelqu'un toqua à la porte, et un officier en uniforme passa la tête dans la cuisine.

— Le père de la victime est arrivé, inspecteur. Il a insisté pour venir immédiatement en apprenant la mort de sa fille.

— Juliette est du coin ? s'exclama Alexi. Je ne le savais pas.

— Oui, elle est née et a grandi à quelques kilomètres d'ici, répondit Vickery en se levant. Très bien, c'est tout pour le moment, monsieur Gasquet. Nous vous rendrons vos clés plus tard, mais il faudra que vous trouviez un autre endroit où dormir ce soir. Oh, et nous aimerions vous voir demain, au poste, pour prélever des échantillons d'ADN, etc.

Marcel hocha la tête.

— Hogan, continua-t-il. Allons-y, voyons pourquoi M. Hammond voulait absolument venir ici. Nos agents sont déjà allés lui rendre visite à Smithfield.

— Smithfield ? répéta Jack. La grosse maison sur la route de Newbury ?

La surprise dans la voix de Jack poussa l'inspecteur Vickery à se retourner depuis la porte, une expression légèrement méfiante sur le visage.

— Oui, c'est là qu'elle a grandi. Vous connaissez cet endroit ?

— Non, mais je l'ai vu.

Jack pesta contre sa propre bêtise. Il n'était pas prêt à dire à Vickery que l'affaire sur laquelle il travaillait l'avait mené à cette adresse moins de deux heures auparavant, et que c'était la raison pour laquelle il se trouvait dans le coin.

— Je suis passé plusieurs fois devant, et je me demandais à qui cette demeure appartenait.

L'explication n'était pas très convaincante, et Vickery ne la croyait visiblement pas.

— C'est ça, répondit-il, l'air mécontent. N'essayez pas de me cacher quelque chose, Maddox. Si vous avez des informations pertinentes, vous devez me les donner. Sinon, ex-flic ou pas, je vous fais tomber pour rétention d'information.

Jack leva les mains en signe d'apaisement.

— Je n'ai vraiment rien.

— D'accord, acquiesça Vickery après l'avoir observé un instant.

Cheryl et Drew les rejoignirent au moment où les policiers quittaient la cuisine. Alexi libéra Cosmo, et tous s'installèrent à table. Le chat se glissa entre leurs jambes, réaffirmant sa présence après avoir été enfermé dans l'arrière-cuisine.

— Est-ce que la police vous a déjà interrogés ? demanda Alexi à ses amis.

— Oui, deux officiers nous sont tombés dessus dès qu'on est sortis de la chambre de Verity.

Cheryl était visiblement bouleversée, comme si elle assimilait tout juste l'énormité de la situation.

— Mais nous n'avons pas pu leur en dire beaucoup plus que ce qu'ils savaient déjà. Ils voulaient savoir comment Juliette s'entendait avec les autres. Si elle s'était disputée avec quelqu'un, ce genre de choses.

— Oui, ils nous ont posé le même genre de questions, répondit Alexi.

— Qu'est-ce qu'il s'est passé, ici ?

Jack expliqua à Cheryl et Drew ce qu'ils avaient raté des révélations de Marcel. Il ne fut pas surpris lorsque le couple accepta l'explication du chef sans rechigner.

— Tu n'es qu'un imbécile, Marcel, lança Drew tandis que sa femme prenait leur chef dans ses bras en signe de soutien. Mais Juliette était une telle tentatrice qu'elle aurait pu faire flancher un moine trappiste. Elle le savait, elle le montrait, et tu n'as jamais fait vœu d'abstinence. Quand bien même, j'espère que votre liaison n'a rien à voir avec son décès, de façon directe ou non. Elle était peut-être calculatrice, mais elle ne méritait sûrement pas de mourir pour ça.

— Son père est arrivé, dit Cheryl en essuyant une larme. Je suis si triste pour lui. J'ai discuté avec Juliette une fois, alors qu'elle n'en faisait pas des tonnes pour les caméras.

On s'est assises ici même, à cette table. Elle s'est extasiée sur Verity. Elle a dit qu'elle adorait les enfants, et ça se voyait. J'ai vu une autre facette d'elle, ce jour-là. Bref, elle m'a confié qu'elle et son père étaient très proches avant. Il lui offrait tout ce qu'elle voulait. Elle s'est décrite elle-même comme une « gamine riche pourrie gâtée ». Mais apparemment, ils se sont fâchés parce qu'elle voulait faire de la cuisine son métier.

— Qu'est-ce qu'il fait ? demanda Alexi. Son père, je veux dire.

— Il est banquier d'affaires, quelque chose comme ça, je crois. Il brasse beaucoup d'argent, en tout cas. Il a divorcé avec la mère de Juliette quand elle était très jeune. Elle a toujours vécu avec lui. Elle a perdu le contact avec sa mère, et ne se souvenait pas vraiment d'elle, continua Cheryl avant de se plonger dans ses pensées. J'avais l'impression que son père était très strict, et qu'il la décourageait de contacter sa mère.

— Est-ce qu'il s'est remarié ? s'enquit Jack.

— Il a eu beaucoup de copines qui vivaient avec lui, mais il ne s'est jamais remarié. Et aucune d'entre elles n'est restée longtemps, selon Juliette…

— Vous avez beaucoup parlé, dis donc, fit remarquer Alexi. Elle semble t'avoir raconté toute sa vie. Tu en as parlé à Vickery ?

— Il ne m'en a rien demandé. J'aurais dû ? demanda Cheryl en se tournant vers Jack.

— Je pense que Vickery voudra de nouveau vous voir demain. Autant le lui dire. On ne sait jamais quel lien il pourrait établir avec d'autres éléments de l'enquête.

— D'accord, je le ferai.

Cheryl, visiblement en train de penser à Juliette, pencha la tête.

— J'aimais bien Juliette quand elle arrêtait de faire semblant d'être quelqu'un qu'elle n'était pas, continua-t-elle. Derrière le sex-appeal et son attitude de peste, elle n'était qu'une enfant à qui il manquait une figure maternelle. Comme je suis une jeune maman, mon instinct maternel est sur le qui-vive, donc peut-être que je surinterprète, ajouta-t-elle avec un sourire amusé.

— Tu disais que son père et elle se sont fâchés, reprit Jack. Est-ce que c'était récent ?

— C'était juste avant qu'elle s'inscrive aux éliminatoires de l'émission, il me semble. Son père était horrifié à l'idée de voir sa fille s'exhiber devant les caméras. Il a sous-entendu qu'elle ne serait retenue que pour son apparence plutôt que pour son talent en cuisine, et qu'on allait l'exploiter.

— C'était le cas, souligna Drew. Elle s'en est assurée, et elle adorait cette attention. Je sais que le producteur l'a encouragée à en faire des tonnes, mais elle était plus que d'accord. En plus, c'est elle qui est allée voir Marcel en pensant que ça lui donnerait un avantage.

— Vous êtes-vous seulement dit que c'est peut-être mon charme français qui l'a attirée ? demanda Marcel, dont l'impertinence faisant un timide retour au travers de son humeur morose.

— Pas du tout ! répondirent-ils d'une seule voix.

— Son père n'aimait pas du tout le concept de célébrité, j'imagine ? demanda Jack une fois qu'ils eurent fini de rire.

— Manifestement, non. Il a dit à Juliette que c'était de mauvais goût, et qu'elle valait mieux que ça. Il était prêt à lui offrir son propre restaurant apparemment pour qu'elle ne prenne pas part à la compétition.

— Mon Dieu, souffla Drew. C'était vraiment la petite princesse à son papa, hein ?

— Bref, continua Cheryl en bâillant. On doit se concentrer pour éviter à Marcel d'être désigné comme coupable.

— Les avocats de la chaîne sont en chemin, leur rappela Jack. Mais je ne vais pas vous faire croire que tout se passera bien. Tu restes le principal suspect pour le moment, Marcel. Tu as avoué avoir eu une relation sexuelle avec elle, et ils n'ont que ta parole comme preuve qu'elle n'attendait rien de plus de toi.

— Donc je l'ai tuée avec mon propre couteau ?

— Pour faire croire que tu as été victime d'un coup monté. Désolé, je réfléchis avec mon cerveau d'enquêteur, ajouta Jack avec un sourire d'excuse.

— Je sais.

— Au moins, toutes nos chambres sont réservées pour un moment ! lança Drew, ce qui lui valut un coup dans l'épaule de la part de sa femme.

— À ce propos, intervint Marcel, est-ce que je peux utiliser une chambre ce soir ? La police est en train de fouiller la mienne.

— Bien sûr. On en a une de libre.

— Merci.

Marcel se leva et étira ses bras au-dessus de sa tête.

— Merci pour ton aide, Jack, continua-t-il en lui tendant la main.

— De rien. Souviens-toi juste de ne rien dire sans avocat. Je sais que tu n'as rien à cacher, mais on n'est jamais trop prudent. L'affaire sera très médiatisée, avec l'émission de télé et le fait que le père de la victime est aussi influent. Vickery subira beaucoup de pression pour trouver un coupable rapidement. Pour l'instant, tu es tout désigné. Alors tu devrais peut-être réfléchir à qui pourrait t'en vouloir et être prêt à te piéger. Si tu as une idée, tu dois m'en parler au plus vite.

— La liste est longue. Il y a beaucoup de jalousie dans le métier, et tout le monde sait que je suis soupe au lait. Mais aucun des ennemis que je me suis faits ne vit dans cette région. Enfin, à ce que je sache, ajouta Marcel après une courte pause. Mais l'émission, et le fait que j'y joue un rôle important, a peut-être réveillé de vieilles rancœurs. Quand bien même, préparer un meurtre aussi compliqué simplement pour me le mettre sur le dos et régler des comptes, c'est un peu exagéré, pour rester poli.

— C'est aussi ce que je pense, répondit Jack. Mais quelqu'un est forcément coupable.

Alexi s'inquiétait surtout de la potentielle présence d'un meurtrier fou en liberté, déterminé à détruire l'émission et la réputation de l'hôtel. Les émotions étaient encore vives après le meurtre de Natalie Parker et la condamnation de Graham Fuller. Même s'il était on ne peut plus coupable, cela n'empêchait pas une partie de l'opinion publique locale d'être de son côté. Et les propriétaires et investisseurs de Hopgood Hall étaient responsables de cette révélation. Un raisonnement ridicule, mais possible.

Malgré cela, Alexi trouvait difficile d'imaginer un fan de Fuller aller jusqu'à commettre un meurtre par vengeance. Et comment aurait-il pu entrer dans la partie privée de l'hôtel ?

Marcel leva les yeux au ciel.

— Ne m'en parle pas, répondit-il à la remarque de Jack tout en se dirigeant nonchalamment vers la porte. Bonne nuit, tout le monde.

— Bonne nuit, Marcel.

— Il faut que je rentre, dit Alexi en se levant à son tour.

Cosmo s'extirpa du panier de Toby ; en un éclair, il était à ses côtés. Les chats et cette capacité à deviner quand il est l'heure de partir !

— Je suppose que tu vas rentrer à Newbury, Jack ? reprit-elle.

— À vrai dire, je pensais rester dans le coin. Vous aurez peut-être besoin de mon expertise, répondit-il avec un sourire plein d'autodérision. Impossible d'emprunter ton canapé, je présume, puisque l'hôtel est complet ?

Alexi marqua une pause ; elle avait l'air tout sauf enchantée par cette suggestion, et il s'attendit d'abord à ce qu'elle refuse. Mais elle finit par hausser les épaules d'un air détendu, comme pour dire : « Pourquoi pas ? »

— Si tu veux. Tu rentres avec moi, ou tu préfères risquer ta vie avec ta moto ? demanda-t-elle en fixant son équipement de motard avec répulsion.

— Je vais rentrer avec toi et Cosmo.

— Soyez sages, les enfants, dit Cheryl en les prenant tous les deux dans ses bras.

5

Alexi ne savait pas quoi penser du fait d'avoir un invité chez elle, en particulier celui-là, assis sur le siège passager de sa Mini. Ses jambes avaient l'air de manquer d'espace alors qu'il avait reculé le siège au maximum. Cosmo, clairement pas aussi incertain qu'elle, s'était déjà enroulé autour du cou de Jack. Ses ronronnements auraient pu concurrencer une locomotive.

Quel traître !

Malgré sa réticence, elle n'aurait voulu personne d'autre à ses côtés pour résoudre le meurtre de Juliette, si c'était bien pour cette raison qu'il était resté. Alexi décida de le croire, pour se justifier de le laisser dormir chez elle. Il connaissait le fonctionnement de la police, mais comme il n'en faisait plus partie, il pouvait aussi court-circuiter le système et éviter les procédures que les officiers en service se devaient de suivre. Il avait également déjà prouvé sa capacité à sortir des sentiers battus pendant l'affaire Natalie Parker, et savait envisager les choses sous des angles auxquels personne ne pensait.

Continue, Alexi.

Elle n'aurait pas su dire pourquoi elle se voyait déjà mener sa propre enquête. Vickery semblait compétent, mais il risquait de subir une certaine pression pour proposer rapidement un résultat – un mauvais résultat. De plus, il y avait une histoire à raconter. Elle avait la position idéale pour obtenir des informations exclusives en interne, comme pendant l'affaire Parker. Elle voulait s'assurer que la vérité serait respectée, et que Hopgood Hall en sorte sous son meilleur jour. Cela lui donnait une bonne excuse pour interroger les autres candidats et les membres de l'équipe de production.

On peut toujours sortir la journaliste de Londres, mais...

— Tout va bien ? lui demanda Jack tandis qu'elle allumait le contact et conduisait la voiture entre les véhicules d'urgence encore amassés sur le parking et les bas-côtés de la route étroite. Pardon, c'était une question stupide. Évidemment que ça ne va pas.

Un policier fit signe à Alexi de s'arrêter pendant que deux véhicules de police, gyrophares allumés, dégageaient le passage. Elle attendit qu'il lui indique d'avancer avant de répondre à Jack.

— Je suis furieuse et écœurée, puisque tu poses la question, répondit-elle.

Elle passa la troisième vitesse et s'engagea un peu trop vite sur la route, étant donné les conditions. Elle ralentit légèrement après avoir manqué de déraper.

— Qui peut bien avoir fait ça à Juliette ? Pourquoi chez nous, pourquoi maintenant ? Je ne veux pas avoir l'air sans cœur, soupira-t-elle, mais je ne peux pas m'empêcher de penser à Cheryl et Drew, et à leur établissement. J'imaginais vraiment qu'on avait réussi à lancer l'hôtel. Maintenant, on va se retrouver avec une mauvaise publicité, et les gens ressortiront l'affaire Parker, commenceront à se demander quelle était la probabilité que la malchance s'abatte deux fois au même endroit. Les clients douteront de notre fiabilité, et les annulations ne tarderont pas. J'imagine que l'émission sera annulée si le meurtrier n'est pas arrêté rapidement. Ou si Marcel se révèle être le tueur, ajouta-t-elle après une profonde inspiration.

— Attendons de voir. Je suis plutôt cynique, donc je pense que la chaîne fera le deuil de Juliette en public, mais se frottera les mains en privé devant une telle publicité, ce qui lui apportera plus de spectateurs, et donc plus de sponsors. Le studio fera de Juliette une martyre, et les spectateurs avaleront cette version. En tout cas, ils ne se presseront pas pour annuler l'émission ; ils espèrent sûrement que le coupable sera vite arrêté, pour éviter la suspension de leur émission. Quoi qu'il en soit, je n'envie pas Vickery. Quelle pression !

— C'est vrai… répondit Alexi en penchant la tête tandis qu'elle réfléchissait à tout ce qu'ils savaient de l'enquête. Si elle a été tuée par quelqu'un qui n'a rien à voir avec Lambourn, cela ne devrait pas faire trop de mal à l'hôtel.

— Tu vois beaucoup de chances qu'une personne du coin soit à l'origine du meurtre ? Je sais que tu penses à Marcel, et que tu détestes ça parce que tu ne veux pas le croire coupable. Mais c'est difficile d'ignorer toutes les preuves qui pointent vers lui. Il n'empêche, ne tirons pas de conclusions hâtives.

— Hum.

Alexi garda le silence jusqu'à ce qu'ils arrivent chez elle. Elle ne comprenait pas pourquoi Jack était revenu dans sa vie ce soir, précisément, et était elle-même surprise du point auquel elle voulait qu'il reste, même si cela l'énervait. Elle avait toujours été indépendante, et n'appréciait pas de découvrir ce manque d'affection chez elle.

— Tu as quelque chose de plus fort que du thé ? lui demanda Jack une fois qu'elle fut garée, eut ouvert la porte d'entrée et allumé la lumière.

— Je m'occupe de l'alcool, toi, de la cheminée.

— Ça marche.

— Autant continuer sur notre lancée, annonça-t-elle en revenant dans le salon peu de temps après avec une bouteille de brandy et deux verres en main.

— Depuis quand tu fais des feux de cheminée ? l'interrogea Jack en rajoutant du bois aux braises qui s'éteignaient.

— Je suis une fille du coin, maintenant. Je dois suivre les règles de la campagne.

— Je vois ça, rétorqua-t-il avec un regard appuyé vers ses bottes UGG en arquant un sourcil.

— Eh, à Rome, fais comme les Romains. Il fait beaucoup trop froid pour se soucier de la mode. Bref, pour la cheminée, j'ai un voisin qui me livre des bûches. Je me suis rendu compte que j'aimais bien les foyers ouverts. J'adore l'odeur, expliqua-t-elle en remplissant les verres avant de lui en tendre un. Je n'aurais jamais pensé supporter le bazar que ça fait. Comme quoi.

Pourquoi donc jacassait-elle à propos de feux de cheminée alors qu'une jeune fille venait de perdre la vie ? Elle se laissa tomber sur un coin du canapé, son verre toujours en main, ôta ses bottes et glissa ses pieds sous ses fesses. Jack s'installa dans le fauteuil en face d'elle, étira ses longues jambes et lui lança ce sourire sexy qui l'énervait.

Cosmo lui donna quelques coups de pattes pour obtenir de l'espace devant le feu, mais il n'attaqua pas Jack pour la place la plus confortable

Vraiment, quel traître !

— Santé ! dit Jack en levant son verre.

— À Juliette, répondit Alexi. Je me demande dans quoi elle s'est fourrée pour se faire assassiner. Je trouve difficile d'imaginer que qui que ce soit ait voulu la tuer pour piéger Marcel. Tout ça pour une bête compétition ou pour de meilleures audiences.

— Tu ne peux pas croire ce que tu viens de dire. Ce n'est pas possible. Pas après tout ce que tu as vu en tant que journaliste.

— Non, tu as raison, soupira-t-elle. Je serai toujours étonnée de voir ce que les gens sont capables de faire pour de mauvaises raisons.

— De toute façon, c'est à Vickery de découvrir qui, comment et pourquoi.

— Ça pourrait aussi être à nous de nous en charger. S'il décide de faire de Marcel le méchant, il se débarrassera de la pression qui repose sur lui. Mais je connais Marcel et ses défauts. Les seules choses dont on peut l'accuser, c'est d'avoir fait preuve d'un jugement erroné, et d'avoir un caractère exécrable.

Alexi fronça les sourcils.

— Est-ce que je pense qu'il pourrait tuer quelqu'un ? déclara-t-elle, la main oscillant en signe d'hésitation. Peut-être, sous le coup de l'émotion. Est-ce que je le pense assez idiot pour tuer quelqu'un puis faire semblant d'avoir été piégé ?

Elle secoua cette fois vigoureusement la tête.

— Absolument pas. Marcel est beaucoup de choses, mais il est loin d'être un idiot. Je n'ai jamais été sa plus grande admiratrice, même s'il est incroyable en cuisine, mais en mettant mes préjugés de côté, je ne pense pas qu'il soit coupable.

— Vickery ne tirera pas de conclusions hâtives, et nous devrions faire de même.

Jack but une gorgée de brandy en observant Alexi par-dessus le bord de son verre, l'alcool réchauffant son œsophage sur son passage.

— Dis-moi comment se passait réellement le tournage jusqu'à maintenant.

— C'était tendu. Juliette avait peut-être un côté fragile, comme Cheryl l'a dit, mais personne ne l'a vu. Elle ne faisait aucun effort pour être agréable avec les autres candidats, que ce soit devant les caméras ou non, et faisait de son mieux pour les monter les uns contre les autres.

— Le genre de personne qui appréciait les ambiances conflictuelles ?

— Et qui aimait être le centre de l'attention, répondit Alexi en faisant la grimace. Je ne l'aimais pas vraiment, et elle me le rendait bien.

— Fais attention, lança Jack en agitant un doigt accusateur. Ne dis pas ça devant Vickery ou il t'ajoutera à la liste des suspects.

— Eh ! Je n'étais même pas là, Cosmo peut en témoigner.

— Tant mieux.

Jack posa son verre et croisa ses doigts derrière sa tête.

— Marcel a dit qu'elle s'était disputée avec Paul Dakin un peu plus tôt, ce soir. Je ne l'ai vu nulle part, pourtant.

— C'est vrai, renchérit Alexi en fronçant les sourcils. Il aurait dû le mentionner à Vickery.

— Je pense qu'il l'a fait.

— Tant mieux. En tout cas, je ne savais pas que Dakin était là. Il n'est présent que les jours de tournage, mais au moins, maintenant, nous avons un autre suspect. Ça devrait soulager Marcel.

La grimace d'Alexi se transforma alors en rictus.

— Dakin, lui, je peux l'imaginer tuer quelqu'un pour assurer ses arrières.

— Tu ne l'aimes pas, c'est noté, continua Jack en riant. Est-ce qu'il vit dans le coin ?

— Aucune idée. Mais même s'il vient de Londres, ce n'est pas si loin, surtout après l'heure de pointe, quand les routes sont dégagées.

Jack s'étira, comme pour se débarrasser de la tension dans ses épaules.

— Si Juliette essayait de prendre l'avantage sur tous les plans possibles, elle s'est sûrement aussi rapprochée de Paul. Ou elle lui a au moins envoyé les bons signaux. Ça expliquerait pourquoi Dakin était à l'hôtel alors qu'il n'était pas censé être présent.

— Et s'il l'a vue sortir de l'appartement de Marcel, il n'y a pas besoin d'être un génie pour comprendre ce qu'elle y faisait, renchérit Alexi avec soulagement. Ça expliquerait leur dispute. Il serait venu la voir, mais elle était avec un autre homme. La jalousie est le principal mobile des crimes passionnels, non ?

— Si leur querelle a dérapé et qu'il l'a frappée, qu'elle est tombée et qu'elle s'est ouvert le crâne, ce qui l'a tuée, pourquoi ne pas la laisser sur place et s'enfuir ? demanda Jack en réfléchissant à sa propre question quelques instants. Pourquoi prendre le risque de la ramener dans sa chambre et d'utiliser le couteau de Marcel ? L'autopsie nous dira si elle a été déplacée, bien sûr, mais Vickery a déjà sous-entendu qu'elle n'avait pas été tuée dans sa chambre.

Alexi remit ses pieds à plat sur le sol et se pencha en avant, les coudes posés sur ses genoux.

— Tu penses qu'elle n'a pas été assassinée avec le couteau ?

— C'est difficile à dire puisque je n'ai pas vu la scène de crime. Et si elle n'a pas été tuée dans sa chambre, on n'a sûrement pas encore trouvé la scène du crime. C'est pour ça que la police voulait absolument voir l'appartement de Marcel. Nous savons qu'elle a été tuée autre part, puis ramenée dans son lit. Ce qu'on ne sait pas encore, c'est si le couteau est l'arme du crime.

— Bien vu.

— Aucun autre candidat n'a vu ou entendu quoi que ce soit d'étrange, et la caméra de sa chambre était, comme par hasard, éteinte. Ça me pousse à me demander si le meurtre était prémédité, ou si c'est une coïncidence, peut-être une dispute qui a mal tourné.

Jack laissa échapper un rire dépourvu d'humour.

— J'ai un esprit très suspicieux.

— Son assassin savait probablement qu'elle venait d'avoir une relation avec Marcel et que ça finirait par se savoir, donc utiliser le couteau pour l'impliquer paraît logique.

— Quel idiot, ce meurtrier, comme si Marcel allait se servir de son propre ustensile, soupira Jack en secouant la tête. Non, le couteau est forcément symbolique, l'assassin a dû se donner la peine de le voler en cuisine sans se faire repérer. C'est un sacré risque à prendre, donc cela devait être important pour lui, ou pour elle.

— Qu'est-ce qu'il a de symbolique, alors ?

Jack lui lança un sourire acéré.

— Je donne ma langue au chat, mais c'est une piste comme une autre. Il faut tout remettre en question et ne pas se fier aux apparences. C'est comme ça que Vickery va travailler, et c'est comme ça qu'on doit faire, nous aussi. En tout cas si tu veux tout faire pour protéger l'hôtel et t'assurer que Marcel ne serve pas de bouc émissaire.

— Tu m'as pourtant dit que Vickery ne tirerait pas de conclusions hâtives, répliqua Alexi en levant les yeux au ciel.

— Non, mais il ne lui a sûrement pas échappé que Marcel ne nous a pas dit toute la vérité.

— Ah bon ? demanda Alexi en clignant des yeux. Qu'est-ce qui te fait penser ça ?

— Il cache quelque chose. Si je m'en suis rendu compte, Vickery aussi. Et ça n'arrange pas nos affaires qu'il n'ait pas tout de suite admis avoir couché avec Juliette, et que j'aie dû le convaincre d'avouer.

— Tu m'as un jour expliqué que tout le monde ment à la police. Qu'elle s'y attend, même.

— Oui, mais il s'agit d'un meurtre.

— Raison de plus.

— À propos de raison, je pense que si Marcel n'a pas encore été emmené au poste, c'est parce que le couteau est une preuve trop évidente, et qu'on ne peut pas prouver sa présence dans la chambre de Juliette. Quand on connaîtra l'heure exacte de sa mort, on examinera son alibi avec une précision chirurgicale. En plus, il ne nous a pas dit ce qu'il a fait après que Juliette est partie, ou si quelqu'un l'a vu. J'espère vraiment pour lui qu'il a des témoins.

— Au moins, il n'est jamais allé dans la chambre de Juliette. Il a été catégorique à ce propos.

— Oui, et le fait qu'il ne présentait aucune trace de blessure, d'après ce que j'ai pu voir, joue en sa faveur. Et s'ils se sont battus… Juliette avait les ongles longs, non ?

Alexi acquiesça.

— Donc elle l'aurait sûrement griffé. Je suis sûr que la police a pris le torse de Marcel en photo, et que le médecin légiste fera des prélèvements sous les ongles de Juliette. S'il ne trouve rien, ce sera un autre bon point pour Marcel.

— Il faut que nous parlions aux autres une fois que la police aura fini de les interroger, pour savoir ce qu'ils ont vu. Enfin, il faudra que je le fasse. Désolée, je sais que ça n'a rien à voir avec toi.

Alexi scruta Jack d'un regard inquisiteur.

— Qu'est-ce que tu fais là, d'ailleurs ? Tu ne t'es pas expliqué.

— Je n'ai pas le droit de rendre visite à une vieille amie ?

Mieux vaut tard que jamais.

— Tu n'es pas venu me rendre visite. Tu es allé à l'hôtel.

— Je suis d'abord passé par ici.

Il caressa le long corps de Cosmo du bout de sa botte. Alexi s'attendait à voir son chat s'insurger : son pied était le seul que Cosmo tolérait. Il la surprit néanmoins une nouvelle fois en se mettant sur le dos, montrant son ventre pour plus de caresses. Alexi l'observa, ressentant une envie ridicule de prendre la place de son chat. Pour sa défense, elle n'avait approché aucun autre homme depuis sa rupture avec Patrick, plusieurs mois auparavant.

— Il n'y avait personne, ajouta Jack en l'observant avec un sourire en coin.

— D'accord, mais donne-moi la vraie raison de ta présence.

— J'ai une affaire à Newbury. Une piste m'a mené dans le coin.

— Ce soir ? Dans de telles conditions ? À moto ?

— Oui, oui, et oui. Et tu ne connais pas la meilleure. Cette piste m'a conduit à Smithfield.

Alexi poussa un cri d'exclamation face à cette révélation.

— La maison du père de Juliette ?

— Exactement. Maintenant, je n'ai même plus à chercher à qui elle appartient.

— Tu dois le dire à Vickery.

— Pourquoi ? Mon affaire n'a rien à voir avec le meurtre de Juliette.

— Voyons, Maddox. Tu ne crois pas plus aux coïncidences que moi. Il y a forcément un lien. Et ça pourrait aider à disculper Marcel.

— Je t'assure que non, et mon client s'attend à ma discrétion. C'est pour ça qu'il a engagé le meilleur dans le domaine.

— Quelle modestie, murmura-t-elle.

Alexi se pencha en avant et lui adressa un sourire aguicheur. Jack avait ouvert les hostilités. En amour comme en séduction, tous les coups sont permis.

— Tu peux me le dire, à moi. Tu sais bien que je ne le répéterai pas.

— Parler à une journaliste ? répondit-il en secouant la tête, alors même que ses yeux trahissaient son sourire. Tu sais bien ce que je pense de ces gens-là.

— Je ne suis plus journaliste.

— Ah bon ? Je lis pourtant toujours ton nom, surtout dans le *Sentinel.*

— Oui, mais seulement parce que Patrick me rémunère généreusement. Par culpabilité. Mais j'écris aussi en tant qu'indépendante.

— J'imagine bien qu'il est généreux, souffla Jack en levant un sourcil sceptique.

— Qu'est-ce que tu veux dire par là ?

— Vous sortez de nouveau ensemble ?

— Ça ne te regarde pas, mais non, nous ne sommes pas ensemble, répliqua Alexi en penchant la tête, prête à riposter. Qu'en est-il de toi et Cassie ?

— Seulement amis et associés.

— Patrick et moi sommes aussi amis… plus ou moins. Il veut toujours que je retourne travailler pour le journal mais, aussi surprenant que cela puisse paraître, j'aime de plus en plus la vie à la campagne. Je me suis fait plus de vrais amis ici en quelques mois qu'en plusieurs années à Londres. j'avais bien des connaissances et des collègues, mais ce n'était pas pareil. Je me rends compte aujourd'hui que je n'avais personne à qui rendre une visite impromptue pour papoter quand j'en avais envie.

Je n'avais même pas conscience que j'en avais besoin puisque je passais mon temps à construire ma carrière, à protéger mes arrières et à protéger mes scoops. Je n'avais pas le temps d'avoir des amis, mais maintenant je sais que j'avais tort.

— Je suis content que tu t'en sois rendu compte, alors. Ç'a été pareil pour moi quand j'ai quitté la police. J'étais tellement furieux contre mes collègues de m'avoir jeté en pâture aux lions, contre les tiens de me faire passer pour un pigeon, et… en plus, ça m'a coûté mon mariage, et ça m'a poussé vers la bouteille. Je n'étais pas alcoolique, mais pas loin. Je m'en suis rendu compte, ou plutôt on me l'a fait comprendre, et je gère, maintenant. Mais tu sais déjà tout ça. Bref, il aurait été facile de sombrer dans la dépression, et je dois remercier Cassie de m'avoir botté les fesses et offert une solution. Maintenant, j'ai presque l'impression que je devrais remercier la presse de m'avoir fait quitter la police.

— Ravie d'avoir pu être utile, même si je n'ai pas participé.

— Alors Patrick ne va pas réussir à te reconquérir, que ce soit professionnellement ou personnellement ?

— Non, répondit Alexi en secouant la tête avec insistance. Je n'arrive pas à digérer le fait qu'il ait détruit ma carrière. On ne fait pas ça à quelqu'un qu'on aime. Et puis, je me rends compte aujourd'hui que je n'étais pas vraiment amoureuse de lui.

— Très heureux d'entendre ça, dit Jack d'une voix douce. Même si je doute qu'il baisse les bras pour te reconquérir. Je pense qu'il a convaincu son chef de tourner l'émission dans ton hôtel pour essayer de t'impressionner et pour que tu te sentes redevable.

— Qu'il me considère comme impressionnée, mais je ne lui dois absolument rien.

— C'est bien, ma grande !

Ils éclatèrent de rire et la tension présente jusque-là disparut soudainement.

Jack lui détailla l'affaire sur laquelle il travaillait et qui l'avait conduit à la maison de M. Hammond. Alexi rejeta la tête en arrière en riant aux éclats.

— Qu'est-ce que tu trouves de si drôle ?

— Désolée. J'ai beaucoup de mal à t'imaginer travailler derrière un comptoir, à être poli avec des clients et à les convaincre de dépenser leur argent durement gagné.

— Sache que je suis pourtant très doué. Toutes les dames demandent que je les serve.

— Est-ce que tu y connais au moins quelque chose, en matière de bijoux ? s'enquit Alexi en secouant la tête.

— Juste assez pour m'en sortir. Bref, je suis sûr que Davis est dans le coup, donc quand je l'ai entendu parler au téléphone, arranger un rendez-vous secret pour ce soir, je me suis dit qu'il fallait que je m'incruste.

— Et il t'a conduit à Smithfield ?

— C'est ça, et j'aimerais savoir pourquoi. Quand j'aurai toutes les informations, s'il y a la moindre chance qu'il y ait un lien entre l'arnaque et la mort de Juliette, j'en parlerai à Vickery. Mais laisse-moi d'abord faire mes recherches.

— Comme tu veux. Est-ce que ça veut dire que tu vas rester dans le coin ?

Alexi regretta immédiatement ses paroles. Elle n'avait pas voulu lui poser cette question, ni sembler se soucier de sa réponse et laisser la conversation devenir un peu trop intime.

— Oui, si ça ne t'embête pas que je prenne un peu de place dans ta maison. L'hôtel de Cheryl risque d'être complet.

— Tu peux t'installer dans la chambre d'amis.

— Ce sera parfait.

Il la fixa de son regard de braise.

— Pour le moment.

— Ne te fais pas d'idées. Je ne t'ai pas vu et je n'ai pas reçu de nouvelles de toi depuis des semaines.

La voilà qui recommençait !

— J'ai fait exprès de te laisser respirer, répondit-il en attrapant sa main. Je sais que tu avais besoin de t'organiser, de décider ce que tu voulais pour la suite, et où t'installer. Tu étais à un tournant de ta vie, tu n'avais pas besoin que je te rajoute de la pression.

Les yeux de Jack reflétaient la frustration qui l'habitait.

— Ce n'était pas facile de garder mes distances, crois-moi. Mais je te préviens, ton temps est écoulé. Je veux mieux te connaître, Alexi Ellis.

Son sourire provocateur, au charme masculin presque carnassier, fit frissonner Alexi, consciente de son implication.

— Et te connaître en profondeur, mais seulement si c'est ce que tu veux, et que tu es prête à t'engager sur le long terme.

Alexi déglutit. Un homme intelligent, sensible, qui savait ce qu'il voulait, tout ça avec une apparence attirante à faire tourner toutes les têtes ?

— Mais comment savoir si je suis prête ?

— Ce n'est pas le moment d'en parler, répondit Jack en relâchant sa main. Je suis venu te voir ce soir dans l'intention d'avoir cette conversation, mais après avoir vu ce qu'il s'est passé à l'hôtel… disons que j'ai un très mauvais timing. Tout ce que tu dois savoir, c'est que je suis sérieux, mais pas partageur. Il faut que tu sois sûre de ne plus rien ressentir pour Patrick avant qu'on suive… cette alchimie qui est là depuis le début, entre nous deux.

— S'il y a bien une chose dont je suis sûre, c'est que Patrick est une histoire ancienne.

— Tant mieux.

Cosmo remua, examina la pièce comme pour s'assurer qu'il n'avait rien raté d'important, puis sauta avec élégance sur les genoux de Jack.

— Je n'arrive pas à le croire, s'indigna Alexi. Il ne fait jamais ça à personne d'autre que moi.

Jack afficha un sourire satisfait en caressant le dos de Cosmo, qui ronronnait presque aussi fort qu'un avion.

— Il m'adore. Il a du flair pour les gens, et il te dit qu'on devrait sortir ensemble. Tu devrais l'écouter.

— C'est lui la star de l'émission, tu sais, répondit Alexi en riant. Il a été banni du plateau parce qu'il adore terroriser les techniciens. Il trouve rigolo d'attaquer les câbles. Il a même fait tomber un spot une fois. On l'a quand même filmé à l'extérieur, quand il joue avec Toby, et la vidéo est devenue virale. Il reçoit plus de lettres de fans que les candidats.

— Je suis surpris que ce ne soit pas lui qui ait été attaqué, dans ce cas.

— Ah ! J'aimerais bien voir ça, répliqua-t-elle en souriant. Franchement, Jack, quel crâneur il fait. On dirait qu'il sait quand la caméra le filme. D'abord terreur, il se fait petit ange en un clin d'œil. Il aurait pu enseigner deux ou trois trucs à Juliette pour devenir la vedette de l'émission.

— Il sait ce qu'il vaut, c'est tout, dit Jack en continuant à caresser le dos de Cosmo. Est-ce que l'annexe est facile d'accès ? Pour quelqu'un qui n'a rien à voir avec l'émission, je veux dire.

— Tu penses qu'un étranger est peut-être derrière tout ça ? Un fan dérangé, par exemple ?

Jack haussa les épaules.

— Il ne faut négliger aucune possibilité, aussi invraisemblable soit-elle. Juliette faisait les gros titres. Les gens s'impliquent beaucoup dans ce genre d'émissions, ils les vivent par procuration, et ils se sentent très concernés par ce qu'il s'y passe.

— C'est triste, mais vrai, acquiesça Alexi.

— J'ai entendu dire qu'on s'est battu en ligne au sujet de Juliette, pour l'accuser ou la défendre. Certains disent qu'elle utilise sa sensualité pour se faire remarquer, d'autres, qu'elle n'y peut rien si son physique est avantageux et qu'elle devrait seulement être jugée sur sa cuisine.

Jack avait l'air déconcerté, comme s'il avait du mal à comprendre pourquoi ces fans n'avaient que ça à faire de leur temps libre. Une excellente question, d'ailleurs.

— Le débat n'était pas très raffiné.

— Je sais. Mais l'hôtel est réservé par la chaîne de l'émission. Les chambres ne sont pas toujours occupées, seulement quand les gros bonnets viennent pour le tournage de l'épisode de la semaine, mais ils n'ont pas envie d'avoir des parasites dans les pattes.

— Le bar et le restaurant sont toujours ouverts au public, pourtant ?

— Oui, mais les clients ne peuvent pas s'approcher de l'annexe. Toutes les entrées sont fermées, il y a un pavé numérique pour y accéder.

— Ça complique les choses, mais elles ne sont pas impossibles pour quelqu'un de déterminé.

— Si un intrus essayait de s'introduire dans le salon des résidents, on le verrait sur les caméras.

— On sait tous les deux que les caméras ont leurs limites, répliqua Jack en secouant la tête.

— La personne qui a tué Juliette savait où elles se trouvaient et comment les éviter, ce qui discrédite ta théorie d'un étranger à l'hôtel.

— J'essaye juste d'être rigoureux.

— Quelle est la prochaine étape ? demanda Alexi après une courte pause. Puisque tu as décidé de rester ici, j'imagine que tu vas vouloir te pencher sur l'affaire même si elle n'a pas de lien avec celle qui t'a mené en ces lieux.

— Il nous faut davantage d'informations sur les suspects principaux, les tiens et les miens. Vickery s'en chargera à Hopgood Hall, mais rien ne nous empêche de mener notre propre enquête. Je demanderai à Cassie dès demain matin. La visite de Davis à Smithfield justifie que je rajoute cette dépense à ma note de frais.

— Ça va encore bien se passer, si elle apprend qu'on travaille de nouveau ensemble.

Jack balaya les inquiétudes d'Alexi d'un revers de main désinvolte.

— Elle s'en remettra.

— Il faut qu'on aille à l'hôtel demain.

— C'est vrai. Le studio aura déjà fait une annonce, maintenant que le père de Juliette est au courant de sa mort, donc les médias vont envahir l'hôtel. Ainsi que les gros bonnets de la chaîne et, je suppose, ton ex-copain. J'ai hâte de voir comment ils tourneront les choses, même si j'ai déjà une idée de l'histoire qu'ils vont raconter.

— Tu penses toujours qu'ils voudront poursuivre l'émission ?

Il arqua un sourcil ironique.

— Pas toi ? Les quatre autres compétitions régionales sont toujours en cours. Ils ne peuvent pas tout annuler. Ils auraient trop à perdre.

— Ce n'est pas faux, accepta Alexi avec un haussement d'épaules. Vickery sera sûrement là aussi.

— Évidemment.

— Je peux essayer de discuter officieusement avec toutes les personnes impliquées. Pour voir ce qu'elles savent, où elles étaient, ce genre de choses.

— C'est une bonne idée.

Jack se leva, attrapa de nouveau la main d'Alexi et la mit debout.

— Allez, il est tard, tu as l'air exténuée.

— Merci, c'est exactement le genre de choses qu'une fille veut entendre.

Il déposa un baiser chaste sur sa joue.

— Je vais m'installer dans la chambre d'amis ce soir. Pas parce que j'en ai envie, mais parce que je veux que tu sois sûre de toi.

Il l'attrapa par les épaules et la fixa de son regard de braise.

— Et puis, quand ce sera le moment pour nous, je veux avoir toute ton attention. Je suis presque sûr que ce ne serait pas le cas maintenant.

Alexi laissa échapper un bâillement, puis hocha la tête.

— Tout ne tourne pas autour de toi, Maddox, lui répondit-elle avec un grand sourire. Ressaisis-toi un peu.

6

Jack dormit mal cette nuit-là, principalement car il ne pouvait s'empêcher de penser qu'il n'était séparé de la femme qu'il désirait tant que par un simple mur. Si proche, et pourtant si loin. Il récita l'alphabet à l'envers, imagina des chats morts (pardon, Cosmo), se concentra sur toutes les choses censées aider les hommes à ne pas penser au sexe.

Rien n'y fit.

Il donna un coup dans son oreiller, se retourna sur le dos et fixa les motifs qui dansaient au plafond. Si Alexi et lui décidaient de sauter le pas, il voulait qu'elle soit investie à 100 %, mais il n'était toujours pas convaincu qu'elle avait tourné la page sur cette ordure de Vaughan. Il n'avait pas l'intention de gâcher ses chances en faisant trop pression sur elle. Encore moins alors que l'hôtel était le théâtre d'une telle catastrophe.

Jack se leva bien avant l'aurore et se rendit dans la cuisine pour mettre la cafetière en marche. Cosmo apparut à son tour et se frotta à ses jambes.

— Salut, mon grand, dit-il en se penchant pour caresser la tête du chat. Pas la peine de me demander à manger. Il va falloir que tu attendes ta maman.

Enveloppée dans une robe de chambre épaisse et bien fermée, Alexi, les cheveux en bataille, arriva à son tour dans la pièce en bâillant et en se frottant les yeux.

— Bonjour, déclara Jack. Tu as mal dormi, toi aussi ?

— J'avais trop de choses en tête.

Jack était prêt à parier qu'il ne s'agissait pas de celles qui l'avaient empêché de dormir. Cosmo reporta son attention sur Alexi et fut récompensé lorsqu'elle versa des croquettes dans sa gamelle.

— Va prendre ta douche, je vais préparer le petit déjeuner.

Alexi lui lança un regard surpris.

— Tu sais cuisiner ?

— Je prépare une omelette du tonnerre, déclara-t-il avec un large sourire.

— Eh bien, dans ce cas…

Il appela Cassie dès l'instant où Alexi sortit de la pièce.

— Que se passe-t-il ? l'interrogea son associée.

Cassie le laissa expliquer tous les événements de la veille, sans l'interrompre une seule fois.

— Et où es-tu, maintenant ?

— Chez Alexi.

— Ah.

Jack garda le silence, attendant de voir si Cassie allait s'énerver.

— Je vois, finit-elle par souffler, visiblement déçue mais résignée. Qu'est-ce que je peux faire pour t'aider ?

— Une recherche plus approfondie sur Davis, pour commencer. Si tu pouvais obtenir son historique téléphonique, ça m'aiderait. Je n'arrive pas à imaginer Hammond impliqué dans l'arnaque des prêts. S'il est banquier d'affaires et aussi friqué que le suggère sa maison…

— On peut hypothéquer un bien, tu sais.

— Oui, mais pas à la hauteur de cette baraque. De toute manière, je ne pense pas qu'il s'embêterait avec quelque chose d'aussi insignifiant, d'autant s'il n'a aucun contrôle dessus. De ce que j'ai entendu, cet homme est à la fois snob et maniaque du contrôle. Je veux savoir s'il existe un lien entre lui et Davis, et l'historique téléphonique pourrait nous aider. J'apprécierais aussi beaucoup de comprendre pourquoi Davis est allé le voir hier soir.

— Les banquiers sont en difficulté en ce moment, donc il n'est peut-être pas aussi aisé qu'il essaye de le faire croire. Et dans ce cas, il pourrait être impliqué dans l'arnaque.

— C'est vrai. Et, euh… Tu pourrais te renseigner sur sa fille, aussi ?

— Jack. Laisse la police s'occuper du meurtre. Je vais faire tout ce que je peux pour t'aider sur *notre* affaire, mais…

— Il y a peut-être un lien.

— Mais enfin, Jack ! Tu cherches juste une excuse pour passer du temps avec Alexi !

Et voilà. Jack aurait dû se douter que la rancœur de Cassie finirait par pointer le bout de son nez, tôt ou tard.

— Je ne crois pas au hasard, Cass. Et puis, si Alexi n'était pas impliquée dans cette affaire, tu trouverais étrange de voir le nom de Hammond ressortir dans les deux cas, toi aussi.

— Quand bien même, tu n'as pas…

— Fais ce que tu veux.

— Très bien, il y a aussi des rebondissements dans tes autres enquêtes. Il faudra que tu passes au bureau à un moment pour t'en occuper. J'ai répondu à des appels de tes clients. Sinon, je suis plutôt libre en ce moment, donc je vais m'atteler à tes recherches. J'imagine que, tant que j'y suis, tu aimerais que je me penche sur les autres candidats, soupira-t-elle.

— Et aussi sur le producteur, le présentateur, et certains des techniciens.

Jack éloigna son téléphone de son oreille lorsque Cassie commença à râler.

— Je vais prendre ça comme un oui, commenta-t-il en riant. Je t'enverrai par e-mail les détails, et je passerai au bureau un peu plus tard.

Lorsqu'Alexi émergea de la salle de bains vêtue d'un jean moulant et d'un sweat-shirt épais, Jack avait réussi à transformer les rares ingrédients qu'il avait dénichés dans le frigo de la jeune femme en une généreuse omelette, en plus d'avoir préparé des toasts et du café pour l'accompagner.

— Ouah ! s'émerveilla Alexi en observant la montagne de nourriture d'un regard appréciateur. Je pourrais m'y habituer très vite.

— Ça fait partie de mon plan de séduction.

— Bien essayé, Maddox.

Alexi s'installa en face de lui et s'empara d'une fourchette.

— Délicieux, soupira-t-elle en fermant les yeux après avoir pris une bouchée.

— Content que ça te plaise.

— Est-ce que c'est à Cassie que je t'ai entendu parler ?

— Oui, elle va s'occuper des recherches pour nous.

— Tant mieux.

Alexi maintenait une certaine distance entre eux. Était-ce à cause de la situation de Hopgood Hall, ou parce que Jack n'avait pas pu se retenir d'ouvrir la bouche pour lui dire qu'il la désirait, ce qui l'avait mise au pied du mur à un moment tout sauf opportun ?

Bien joué, Maddox.

Jack alluma le petit poste de télévision dans le coin de la cuisine. Le bruit de fond permit de détendre l'atmosphère. Sans surprise, la mort de Juliette faisait la une. Un journaliste à l'air sombre mais qui paraissait trop jeune pour avoir besoin de se raser fixait la caméra sans ciller, en demandant si la téléréalité avait cette fois dépassé les bornes.

— On ne sait pas encore ce qui est arrivé à cette jeune femme, Dale, déclara-t-il en réponse à une question du présentateur en studio. On sait seulement qu'elle est morte dans des circonstances suspectes. La police doit faire une annonce dans la matinée. Cela nous interroge sur l'impact de ces émissions de téléréalité, et sur la pression qu'endurent les candidats pour être les meilleurs, choquer, émouvoir… appelez ça comme vous voulez. Pendant ce temps, un pauvre père se demande ce qui a pu causer la mort insensée et prématurée de sa fille, et il va sans nul doute réclamer des réponses. Toutes les personnes que j'ai interrogées s'accordent à dire que l'industrie doit prendre ses responsabilités, apprendre de cette tragédie pour s'assurer qu'elle ne se reproduise jamais.

Jack poussa un grognement et éteignit la télévision.

— Il faut qu'on rejoigne Cheryl et Drew, dit Alexi en repoussant son petit déjeuner à moitié terminé. Je vais m'occuper de ranger si tu as besoin de prendre une douche.

Jack avait bel et bien besoin d'une douche, mais cela ne lui prit pas longtemps ; il ne se rasa même pas, principalement car il n'avait pas de quoi le faire. S'il restait dans le coin, il lui faudrait apporter des vêtements et quelques affaires après être passé à son bureau. Alexi n'était pas la seule raison qui le poussait à rester ; l'affaire aussi le retenait. Il se sentait déjà investi, et n'avait pas envie de laisser la justice condamner un innocent simplement parce que Marcel était un coupable commode pour la police.

Vickery était sous pression. Trop de crimes pour trop peu de policiers. L'affaire était très médiatisée, et les haut gradés allaient le pousser à obtenir un résultat rapidement. Tant qu'il s'agissait du bon, Jack n'avait aucun problème. Mais il n'avait pas envie de voir la réputation de Cheryl et Drew traînée dans la boue, et avait l'intention de protéger l'investissement qu'Alexi avait placé dans l'établissement.

Mais oui, se dit-il en grimaçant dans le miroir tandis qu'il frottait ses dents du bout de son doigt, *on va dire que c'est pour ça.*

Dix minutes plus tard, Jack, Alexi et Cosmo étaient dans la voiture. Des policiers en uniforme s'occupaient de la circulation au bout de la route qui menait à Hopgood Hall. Comme on pouvait s'y attendre, la presse avait accouru. Des camions affublés d'antennes occupaient toutes les places libres, et des caméramans mitraillèrent la voiture d'Alexi lorsqu'elle fut autorisée à passer le barrage policier. Cosmo pressa son museau contre la vitre et feula dans leur direction.

— C'est Cosmo ! cria quelqu'un, et toutes les caméras s'affolèrent.

— Tu vois, quand je dis que c'est un crâneur, expliqua Alexi avec indulgence.

Jack laissa échapper un rire et gratta les oreilles de Cosmo.

— Il fera la une de tous les journaux demain.

Le parking était rempli de véhicules de police et de voitures de luxe ; Jack supposa que ces dernières appartenaient aux gros bonnets de la chaîne de télévision.

— On dirait que la cavalerie est arrivée, fit remarquer Alexi.

Ils donnèrent leurs noms à l'officier qui se tenait à la porte puis se dirigèrent immédiatement vers la cuisine. Cheryl et Drew s'y trouvaient déjà. Ainsi que Patrick Vaughan, et d'autres hommes en costume, que Jack ne connaissait pas.

— Tu vas bien ? demanda Patrick en prenant Alexi dans ses bras.

— Très bien, répliqua-t-elle en se dégageant.

— Oh.

Patrick tendit la main à Jack en lui jetant un regard noir. Jack répondit par un sourire triomphant, espérant que Patrick avait surinterprété son arrivée en même temps qu'Alexi. C'était puéril, mais satisfaisant. Cosmo feula sur Patrick, puis il partit s'installer avec Toby dans le panier.

— Je ne savais pas que vous seriez aussi présent.

— Je suis surpris qu'Alexi ne l'ait pas mentionné, répliqua Jack en lui jetant un bref regard.

Alexi lui présenta Evan Southgate, le producteur de l'émission, et Grenville Scott, un homme en costume de haute couture qui se trouvait être l'avocat principal de la chaîne.

— À partir de maintenant, nul ne dit quoi que ce soit à la police si je ne suis pas présent, ordonna-t-il.

Jack se demanda pourquoi il avait jugé nécessaire de déclarer cela. Personne dans la cuisine n'était suspect ou ne risquait d'être interrogé officiellement. Il roulait des mécaniques, supposa-t-il en décidant immédiatement qu'il n'appréciait pas cet homme. Au fond, il était encore flic, et les policiers ne faisaient pas bon ménage avec les avocats de la défense mielleux.

— Ils soupçonnent Marcel, s'inquiéta Alexi. Est-ce que vous lui avez déjà parlé ?

— Nous venons d'arriver, répondit Patrick en secouant la tête.

— Eh bien, il a avoué avoir couché avec Juliette chez lui en début de soirée hier, expliqua Alexi.

Patrick passa une main fatiguée sur son visage.

— Et l'un de ses couteaux a été retrouvé dans la poitrine de Juliette, ajouta Jack.

— Fantastique, grogna Evan. Ça ne s'annonce pas bien du tout pour nous.

— Pour Marcel non plus, fit remarquer Jack. Sans parler de la victime.

— Marcel assure que ce n'est pas lui qui l'a tuée, continua Alexi.

— Pourquoi l'aurait-il tuée ? renchérit Cheryl. L'émission était en train de le rendre célèbre.

Avant que qui que ce soit puisse poursuivre, les inspecteurs Vickery et Hogan les rejoignirent. Les présentations faites, tout le monde accepta le café que Cheryl proposa.

— Nous vous confirmons ce que nous supposions après avoir découvert le corps. Nous ne pouvions pas en dire plus avant d'en être sûrs, dit Vickery. Et nous ne vous en faisons part que par politesse, en espérant que vous le respectiez.

Tout le monde hocha la tête.

— Mlle Hammond n'est pas morte dans sa chambre des suites d'un coup de couteau dans la poitrine.

Alexi jeta un regard perplexe à Jack, qui se retint vaillamment de lui répondre par un : « Je te l'avais dit. »

— Elle est décédée autre part à cause d'un coup porté à la tête. Nous ne savons pas encore s'il s'agissait d'un accident ou d'une attaque.

— Est-ce que vous savez où elle est morte ? demanda Drew.

— Nous sommes en train d'examiner minutieusement toute la zone, répondit Vickery sans prendre de risques.

Jack se doutait qu'ils avaient commencé leurs recherches dès que le corps avait été trouvé.

— C'était autre part que dans l'appartement de Marcel ? s'enquit Cheryl, sa question tournée comme une affirmation.

— Je ne peux ni confirmer ni infirmer cela.

C'est non, alors, décida Jack.

— Les résultats de l'autopsie devraient nous parvenir cet après-midi, nous en saurons plus après. Mais évidemment, Juliette n'a pas pu se cogner la tête, se relever et retourner dans sa chambre pour se poignarder avec un couteau de cuisine, donc nous sommes pratiquement certains qu'il s'agit d'un acte criminel. Nous ne rendrons pas publiques les informations sur le couteau qui, d'ailleurs, a percé un implant mammaire. Nous allons seulement révéler qu'elle est décédée d'une blessure à la tête, et que nous considérons sa mort comme suspecte.

— Merci de nous en avoir informés, dit Grenville.

Il avait l'air inquiet, ce qui se comprenait. Il paraissait de plus en plus évident qu'une personne liée à l'émission était responsable de la mort de Juliette. La presse s'étant empressée de blâmer la téléréalité pour le meurtre, Jack se demandait si Grenville défendrait tous les suspects interrogés avec le même acharnement, ou s'il les éloignerait plutôt de ses clients à la vitesse de la lumière. À choisir, il parierait sur la seconde option.

— Nous allons interroger officiellement toutes les personnes impliquées dans l'émission et présentes hier, ajouta Vickery. Ces entretiens se tiendront au commissariat de Reading. Nous avons déjà innocenté les deux chefs de M. Gasquet qui ont fait le service du déjeuner. Ils ont chacun un alibi pour ce qu'ils ont fait après avoir quitté les lieux, et nous avons pu confirmer leurs dires.

Jack hocha la tête : il savait que cela signifiait qu'ils n'avaient pas de casier judiciaire. Vickery avait dû s'en assurer.

— Nos agents sont aussi en train d'examiner toutes les vidéos disponibles pour essayer de retracer les derniers moments de Mlle Hammond.

— Je devrais être présent pour tous ces entretiens, inspecteur, intervint Grenville.

— C'est bien ce que j'imaginais, répondit Vickery d'un air amusé.

— Souhaitez-vous que ma femme et moi nous rendions au poste pour être interrogés ? demanda Drew.

— Non, ce ne sera pas nécessaire. Vos dépositions ont déjà été saisies. Vous avez juste besoin de les signer. Il faut que j'interroge les trois autres candidats, votre chef, et les deux membres de l'équipe technique qui étaient là hier. Et j'ai entendu dire que le présentateur était là, lui aussi.

Patrick et Evan échangèrent un regard surpris qui n'échappa pas à Vickery.

— Qu'est-ce qui vous fait dire ça ? demanda Evan.

— L'un des techniciens l'a lâché en passant. J'aurai aussi besoin de parler avec lui. Il nous faut savoir où chacun se trouvait et qui a vu, ou non, Mlle Hammond.

— Très bien, nous ferons tout ce que nous pouvons pour vous aider, dit Drew.

— Je vais rentrer à Reading pour le moment, afin de préparer la conférence de presse. L'inspectrice Hogan va rester ici et organiser la venue des témoins au commissariat lorsque nous serons prêts à les interroger.

— Peut-on retourner dans l'annexe ? s'enquit Alexi. Est-ce que la police a fini d'examiner les lieux ?

— Oui, vous pouvez y retourner. Quant à savoir si les candidats seront suffisamment à l'aise pour y dormir juste après cette catastrophe, c'est une autre histoire.

Pendant plusieurs minutes après le départ de la police, personne n'osa parler.

— Est-ce que l'émission va continuer ? demanda Alexi en brisant le silence.

Jack ne fut pas surpris de voir le producteur acquiescer.

— Sûrement. Les patrons de la chaîne doivent prendre une décision cet après-midi, mais tant qu'aucune personne liée à l'émission n'est inculpée de meurtre, il y a trop de temps et d'argent en jeu pour annuler. D'autant que les quatre autres compétitions régionales sont tournées en même temps.

— Et Marcel va pouvoir continuer ? interrogea Alexi.

— Nous ne sommes pas du genre à faire d'une émission un procès, répondit Evan. Si nous écartions Marcel, cela sous-entendrait que nous le pensons responsable du meurtre, ce qui n'est pas le cas, il me semble.

— Je sais qu'il est innocent, affirma Cheryl.

— Bien sûr qu'il est innocent, chérie, dit Drew en glissant un bras autour des épaules de sa femme pour la serrer contre lui. Pourquoi aurait-il fait ça ?

— Il y a beaucoup de preuves contre lui, même si elles sont indirectes, fit remarquer Alexi sombrement.

— Mais il n'a pas de mobile, continua Jack. Il avait les moyens et l'opportunité, mais à part un potentiel chantage parce qu'il avait couché avec Juliette, il n'avait pas vraiment de mobile. Difficile d'obtenir une condamnation sans. Et puis, on ne sait pas vraiment où se trouvaient les autres. Et Juliette s'est apparemment disputée avec quelqu'un après avoir quitté Marcel, tu te souviens ?

Alexi hocha la tête.

— Tu parles de…

Jack lui donna un coup de coude, et Alexi s'interrompit immédiatement. Il ne voulait pas que les employés de la chaîne entendent parler de la supposée dispute entre

Juliette et Paul Dakin avant que cela soit nécessaire. La chaîne défendrait Marcel autant que possible, mais si le seul autre suspect était Dakin – l'un des leurs –, Jack n'avait aucun doute que Marcel serait jeté en pâture aux lions pour protéger le présentateur.

— J'imagine que les autres sont tous à l'étage, dans le salon des résidents, reprit Alexi. Autant que j'aille y faire un tour pour voir ce qu'ils ont à dire pour leur défense. Nul n'a dit que nous n'avions pas le droit de leur parler avant leur interrogatoire. Et puis, j'ai appris à les connaître depuis qu'ils sont là, ils seront sûrement plus honnêtes avec moi.

— Alexi, tu as un instant ? demanda Patrick en l'attrapant par le coude pour l'emmener plus loin. Ça va sûrement te paraître déplacé…

Il parlait à voix basse, mais Jack l'entendait parfaitement : il faisait exprès de flâner assez près pour les écouter.

— Tu sais comment ça fonctionne. Si on ne sort pas d'article pour dire la vérité, quelqu'un d'autre le fera.

— Quel professionnalisme, comme toujours, répondit Alexi d'une voix lasse mais résignée. Laisse les choses se tasser pour le moment. Une fois qu'on y verra plus clair, on avisera.

— Est-ce qu'on peut dîner ensemble, plus tard ? lui demanda-t-il en lançant un regard méfiant à Jack.

— Je ne crois pas, non, dit-elle en lui tournant le dos. Je t'appellerai, continua-t-elle d'un ton lui faisant comprendre que le sujet était clos.

— Il n'abandonne jamais, lança Jack en suivant Alexi, Cosmo et Toby dans l'escalier.

— Il avait raison sur une chose, quand même, soupira-t-elle. Si je n'étais pas aussi impliquée dans l'affaire, je remuerais ciel et terre pour obtenir un scoop, moi aussi.

Elle afficha un sourire ironique.

— Je commence à détester la personne que j'étais.

— Ce n'est pas ce que je voulais dire.

— Non, je sais bien, répondit-elle après un long soupir.

— Ça ne te dérange pas si je reste avec toi pendant que tu parles avec les candidats ? Je ne les connais pas, donc je verrai peut-être quelque chose que tu raterais.

— Bien sûr. Si cela ne les embête pas que je leur pose des questions ou que tu sois avec moi, je n'y vois pas d'inconvénient.

Captivée par son iPad, Greta était seule dans le salon.

— Bonjour, Greta, la salua Alexi. Vous êtes seule ?

— John et Anton sont venus au petit déjeuner, puis ils sont retournés dans leurs chambres.

Greta haussa ses larges épaules et jeta un regard méfiant vers Cosmo. Celui-ci traversa la pièce, à la recherche d'un endroit confortable où faire la sieste et ignora la candidate.

— On est tous un peu à cran, ce qui n'a rien de surprenant.

Jack n'avait encore jamais vu Greta en chair et en os, mais il la reconnut grâce à l'émission. Elle était grande, un peu en surpoids, avec un visage rond et une bouche arrondie qui semblait trop petite. Ses cheveux étaient sans conteste son meilleur atout. Châtain foncé, épais et lisses, ils dansaient sur ses épaules à chaque mouvement de tête. Pas une fourche en vue. Elle avait l'habitude d'enrouler une mèche autour de ses doigts pendant qu'elle parlait, comme s'il s'agissait du seul élément de son apparence pour lequel elle n'avait pas à s'excuser. Elle portait aussi une paire de lunettes à la mode, n'arborait aucun maquillage, et son corps était dissimulé sous des vêtements très larges.

Elle n'était pas laide, mais elle ne se mettait pas en valeur. Était-ce parce qu'elle s'en moquait ou parce qu'elle était trop concentrée sur sa cuisine pour y penser ? Et puis, presqu'aucune femme n'aurait pu rivaliser avec Juliette dans une compétition basée sur le physique. Greta était probablement suffisamment maligne pour savoir qu'elle avait été retenue en partie parce qu'elle et Juliette étaient aussi différentes.

Jack avait étudié toutes les notes du studio qu'Alexi possédait, fournies par Patrick, sur les candidats. Il savait que Greta avait 26 ans, un QI élevé, et un emploi auprès d'une compagnie informatique. Mais, comme pour tous les candidats, sa vraie passion était la cuisine, et elle voulait devenir cheffe professionnelle. L'émission était sa meilleure chance d'y parvenir. Et son sort était désormais incertain.

— Pouvons-nous nous joindre à vous ? demanda Alexi en s'asseyant avant même que Greta réponde. Voici un de mes amis, Jack Maddox.

— Enchanté, dit Jack en lui tendant la main. Désolé de vous rencontrer en de pareilles circonstances.

Greta lui serra la main et haussa les épaules.

— Cette garce, maugréa-t-elle. Désolée si j'ai l'air insensible, mais je n'ai jamais été du genre à faire semblant de pleurer, ajouta-t-elle. On ne s'appréciait pas, ce n'est un secret pour personne. Ça se voyait à l'écran, et j'ai dit à la police que c'était vrai. Mais je ne souhaitais pas sa mort. J'aurais préféré la remettre à sa place en la battant à la loyale dans la compétition. J'ai aussi dit ça à la police.

— Vous évoquez Juliette, je suppose, répondit Alexi. Vous devriez éviter de trop parler d'elle comme cela. La police penserait que vous avez joué un rôle dans sa mort.

— C'est déjà sûrement le cas. Comme je l'ai dit, cet antagonisme entre nous n'était pas réservé aux caméras.

Elle haussa une épaule en un geste provocateur.

— Je n'avais pas de raisons de ne pas être honnête. On en avait tous marre d'être épiés par les caméras vingt-quatre heures sur vingt-quatre, mais pour une fois, je suis contente de leur existence. J'étais soit dans le salon des résidents de l'annexe toute la soirée, soit autre part mais toujours sous leur œil vigilant et les images le prouveront, continua Greta d'un air satisfait. Donc je suis tranquille. Je peux en profiter et dire que je ne suis pas spécialement triste qu'elle soit morte.

Elle releva soudain la tête.

— Quoi ? Ne me regardez pas comme ça, Alexi. J'ai beaucoup de défauts, mais on ne m'a jamais accusée d'être hypocrite.

Alexi réussit un sourire moqueur.

— Ça ne m'étonne pas.

— Je ne l'aimais vraiment pas, mais au risque de me répéter, je voulais que le jeu continue pour pouvoir la battre à la loyale. Et j'aurais gagné. Elle pouvait agiter son petit popotin devant tous les hommes qui ont un rôle à jouer dans l'émission, mais je suis meilleure cuisinière qu'elle l'aurait jamais été. Enfin, j'imagine qu'on va annuler l'émission maintenant, en signe de respect, ou pour une autre bêtise du genre. J'aurai fait tout ça pour rien, soupira-t-elle.

— À vrai dire, commença Alexi avec un haussement de sourcil équivoque à Jack, je crois qu'ils veulent continuer.

— C'est vrai ? s'exclama Greta en s'illuminant considérablement. Super.

— Un meurtre est un bon booster de sondages, visiblement, dit Jack même si Greta manqua son air ironique.

— Pourquoi ne vous entendiez-vous pas ? demanda Alexi. Je comprends que vous n'appréciiez pas qu'elle joue de ses charmes féminins sur les hommes. Ça m'aurait énervée, moi aussi, mais je pense que vous êtes suffisamment intelligente pour vous rendre compte qu'elle avait été sélectionnée pour ça. Que la chaîne l'encourageait en raison de l'audimat.

Greta poussa un soupir de réflexion que Jack avait souvent entendu pendant des interrogatoires de suspects. Elle savait quelque chose, et se demandait si elle devait en révéler davantage.

— Peu de gens le savent, commença-t-elle, mais j'imagine qu'on le découvrira tôt ou tard maintenant qu'elle est morte, alors autant que je vous le dise. Nous nous étions déjà rencontrées.

— Hein ?! s'exclamèrent Jack et Alexi à l'unisson.

— Quand ça ? s'enquit Jack. Est-ce que les producteurs sont au courant ?

— À l'école. J'ai fini ma scolarité il y a huit ans, quand j'avais 18 ans. Et oui, la chaîne le savait, mais je n'en ai pas parlé à la police. J'attendais que ce pervers de Dakin mentionne notre passé tumultueux pendant les questions des pauses, expliqua Greta. Je parie qu'ils se mordent les doigts de ne pas l'avoir fait plus tôt. Bref, Juliette et moi sommes toutes les deux allées à Eversham.

— L'école de bourges payante près d'Arborfield ? demanda Jack.

— Pas la peine d'avoir l'air aussi choqué, répliqua Greta d'un air vexé. Juliette y était élève parce que son père a casqué. On m'a offert une place en tant que boursière. Elle était dans l'année du dessous, mais je me rappelle qu'elle était déjà une sacrée pimbêche à l'époque. Son père attendait qu'elle réussisse sur tous les plans, ce qui est stupide, parce que personne n'est parfait. Bref, elle ne voulait pas le décevoir, donc elle utilisait tous ceux qui pouvaient faire son travail pour elle. Comme lui donner les éléments essentiels à mettre dans ses dissertations, les sujets qui risquaient de tomber.

— Vous l'avez aidée ?

— Elle payait bien, acquiesça Greta, et j'avais besoin d'argent.

— Je croyais qu'on trouvait ce genre de choses en ligne de nos jours ? s'enquit Jack.

— Oui, si on sait où regarder, ou qu'on se donne la peine de chercher. Mais les professeurs étaient aussi au courant. Ils flairaient une copie pompée sur le Net à des kilomètres en vent contraire. Ils avaient déjà tout vu, donc il fallait faire preuve de créativité pour réussir à les tromper, et Juliette n'était pas assez maligne.

— Alors pourquoi vous êtes-vous fâchées ? enchaîna Jack. Vous aviez un accord. Ça ne voulait pas dire que vous étiez obligées de vous apprécier, mais il est évident que vous détestiez Juliette.

— C'est à cause d'un garçon, répondit Greta après une pause marquée. J'étais assez jolie à l'époque, et j'avais certains atouts qui me mettaient en valeur. Et de beaux cheveux, souligna-t-elle en entortillant de nouveau une mèche autour de son doigt. Je n'étais pas au niveau de Juliette, évidemment, mais personne ne l'était. Nous étions dans une école pour filles, mais un garçon d'une vingtaine d'années venait une fois par semaine travailler à l'extérieur avec les jardiniers. Nous nous entendions bien, et… disons qu'on ne se contentait pas de bricoler dans la remise, si vous voyez ce que je veux dire.

Alexi et Jack hochèrent la tête.

— Je n'ai pas grand-chose de plus à expliquer. Juliette l'a découvert, et elle m'a piqué le garçon. Pas parce qu'il lui plaisait, juste parce qu'elle était insupportable et qu'elle pouvait le faire.

— Aïe ! lança Alexi en lui touchant la main. Ça a dû piquer. J'imagine qu'elle pouvait avoir n'importe quel garçon, même à l'époque, alors pourquoi vous avoir fait ça ?

— Parce qu'elle faisait toujours des trucs extravagants pour impressionner ses amies. Mais elle n'avait pas eu de relations sexuelles sur le campus, expliqua Greta avec une grimace dédaigneuse. Je lui avais volé la vedette, et il était trop tard pour changer ce qu'il s'était passé quand je me suis rendu compte que ça l'avait vraiment énervée.

— Comment l'a-t-elle appris ? Est-ce que vous êtes allée raconter ça à tout le monde ? l'interrogea Jack. Ce n'était pas un peu risqué ? Si la directrice l'avait découvert, vous auriez été virée.

— Je m'en suis peut-être vantée auprès d'une ou deux personnes en qui j'avais confiance. Quelle idiote, vraiment ! J'aurais dû savoir que ça allait mal finir. Je n'ai jamais vraiment eu ma place au milieu de toutes ces gosses de riches, mais je pensais que si elles savaient ce que j'avais fait, ça me donnerait une réputation. C'était stupide, mais à cet âge, quand on vient de rencontrer son premier amour, on pense que le monde entier sera content pour nous et que notre histoire durera toute la vie, déplora-t-elle en secouant la tête. Si j'avais su !

— Comment avez-vous appris que votre petit ami vous avait trompée avec Juliette, dans ce cas ? demanda Alexi.

— Elle s'est arrangée pour que je tombe sur eux. Je n'oublierai jamais son sourire satisfait quand je les ai vus. Cette sale garce ! Bref, ensuite, elle a dû se trouver quelqu'un d'autre pour faire ses devoirs. Je n'aurais pas accepté de l'aider à nouveau pour tout l'or du monde, et je ne lui ai plus parlé avant le début de l'émission. Même là, j'ai serré les dents.

— Comment avez-vous réagi quand vous avez appris que vous seriez en compétition avec elle ? s'enquit Jack.

— J'étais contente, répondit Greta succinctement. La seule fois où j'ai perdu contre elle, c'était pour ce garçon. La compétition pour les dernières places de l'émission était brutale. Et Juliette a toujours aimé cuisiner, même à l'école. Mais cela ne suffit pas. Il faut maintenir une organisation, un rythme, savoir gérer les crises, et, bien sûr, avoir le courage d'innover pour sortir du lot.

Greta fronça les sourcils.

— Juliette a abordé le problème d'une autre façon, en charmant Marcel, Paul, et Dieu sait quel autre homme capable de l'aider en lui… retournant les faveurs qu'elle était prête à offrir. En d'autres termes, l'histoire se répétait.

— Vous pensez qu'elle couchait avec les deux en même temps ?

— Ça ne m'étonnerait pas d'elle, dit Greta en haussant les épaules, mais ça ne lui serait d'aucune utilité.

— C'est-à-dire ? demanda Jack.

— Moi, je sais organiser mes menus, les rendre originaux, et gérer mon temps pour les terminer, expliqua-t-elle avec un grand sourire. Ce n'était pas le cas de Juliette, et elle n'avait personne pour le faire à sa place. À moins qu'elle ait fait ami-ami avec Marcel, mais je ne pense pas qu'il était du genre à se faire avoir comme ça. C'est un chef dévoué à sa cuisine, il n'accepterait aucune tricherie.

Avant que Jack puisse poser davantage de questions, Anton et John entrèrent dans la pièce.

— La police va… oh, bonjour, Alexi, dit Anton.

Alexi les présenta tous les deux à Jack.

— Qu'est-ce que la police va faire ? demanda-t-elle après que tous les hommes se furent serré la main.

— Une conférence de presse, répondit John en allumant la télévision.

Un haut gradé en uniforme se tenait devant une marée de micros tendus, accompagné de Vickery, et déclara à peu près la même chose que ce que l'inspecteur leur avait annoncé plus tôt. Une pluie de questions s'abattit, et il y répondit sans rien divulguer de plus. En trois minutes, tout était fini. Un numéro s'afficha sur l'écran, à destination de toute personne ayant des informations relatives à l'enquête. Jack savait déjà que des parasites allaient inonder la ligne, mais qu'il faudrait néanmoins donner suite à chacun d'entre eux.

— Elle n'a donc pas été tuée dans sa chambre, fit remarquer John d'un air pensif.

— Bien sûr que non, répliqua Greta. J'étais dans le salon. J'aurais entendu quelque chose.

— Et maintenant ? demanda Anton de son accent doux et chantant des Caraïbes. Qu'est-ce qu'on fait ? Est-ce que l'émission va continuer ?

— Alexi pense que oui.

— Tant mieux ! s'exclamèrent John et Anton à l'unisson.

La porte s'ouvrit sur l'inspectrice Hogan.

— Il est temps pour vous trois de venir au commissariat, annonça-t-elle. Ça ne devrait pas être très long. Nous devons revoir ce que vous nous avez déjà dit sur vos déplacements hier, et vous faire signer vos dépositions.

Alexi et Jack observèrent les candidats attraper leurs manteaux avant de partir avec l'enquêtrice.

— Qu'est-ce que tu penses de Greta ? s'enquit Alexi.

— Elle ne nous a pas tout dit.

— À propos de quoi ? Sa relation antérieure avec Juliette ?

Jack hocha la tête.

— Ça n'a pas d'importance, si ? Si elle peut dire où elle était au moment où Juliette est morte.

— Justement. Pourquoi mentir ?

— Je ne pense pas qu'elle ait menti. Elle a simplement omis quelques trucs. Des choses qui ne la mettent pas en valeur. Les gens ont une mémoire sélective, tu sais.

— Hum.

Le téléphone de Jack sonna.

— Cette bonne vieille Cass, dit-il en vérifiant le message. Elle a déjà quelques infos pour nous. Bon, il n'y a pas grand-chose que je puisse faire ici tant que les suspects n'ont pas été interrogés. Je vais rentrer à Newbury. Il faut que je passe par le bureau, m'occuper de quelques affaires, voir ce que Cassie a trouvé, et récupérer des vêtements. Ensuite, je reviens.

— Fais attention sur la route. Ta moto est un danger ambulant sur le bitume gelé.

Jack lui adressa un grand sourire et un signe de la main par-dessus son épaule lorsqu'il se dirigea vers l'escalier, se demandant si elle avait remarqué qu'il n'avait pas parlé de trouver un logement en revenant.

7

Alexi regarda Jack s'éloigner, puis elle s'écroula sur un canapé dans le coin du salon, déjà exténuée alors que la journée ne faisait que commencer. Cosmo vint se frotter contre sa jambe alors que Toby sauta sur la place à côté d'elle, à la recherche de grattouilles derrière les oreilles. Elle était soulagée que Jack ait décidé de rester : elle était sûre qu'il parviendrait à découvrir la vérité, même si la police bâclait l'enquête. C'est comme s'il avait quelque chose à prouver après la manière dont la police l'avait traité, mais elle ne pouvait pas lui en vouloir. Elle avait le même sentiment envers le journalisme après avoir été virée du *Sentinel*.

Elle avait plus de mal à déterminer son ressenti quant à la déclaration de Jack : il voulait entamer une relation avec elle. Lorsqu'il s'agissait de choisir un homme, de voir à travers ses mensonges pour comprendre ses vraies intentions, Alexi enchaînait les échecs. Elle appréciait Jack. Beaucoup. Il faisait tourner les têtes de toutes les femmes, et il était gentil, drôle, intelligent. Il dégageait un charme viril, et en plus, il savait cuisiner. Que demander de plus ? Mais elle n'était toujours pas sûre d'être prête à s'engager.

— Cosmo, dit-elle en se penchant pour caresser son énorme félin. Je pense que toi et moi, on doit se serrer les coudes. On aura moins de problèmes, comme ça. Je sais que tu aimes bien Jack, mais imagine qu'il me brise le cœur !

Mais la vie ne serait-elle pas ennuyeuse sans un minimum de risques ? se demanda-t-elle en se relevant. Jack n'avait pas vraiment dit s'il voyait à court ou long terme, à longue distance ou pas. De manière plus urgente, où comptait-il dormir s'il restait à Lambourn quelque temps ? L'hôtel affichait toujours complet grâce à la chaîne de télévision, et la presse avait dû se jeter sur toutes les chambres disponibles dans un rayon de quinze kilomètres.

— Il aurait au moins pu demander, au lieu de partir du principe que j'étais d'accord, maugréa-t-elle d'un air vexé. Viens, Cosmo. Allons voir ce qu'il se passe en bas.

Toby et Cosmo se précipitèrent devant elle. Alexi descendit l'escalier plus tranquillement et se dirigea vers la cuisine de Cheryl, en espérant y trouver son amie ou Drew. Ni l'un ni l'autre n'étaient présents, mais Paul Dakin était là, feuilletant le journal sans en lire aucune ligne. Il était sûrement à la recherche de la moindre mention de son nom. Alexi n'avait pas une bonne opinion du présentateur. Cosmo ne l'aimait pas beaucoup non plus, et en fit la démonstration en grognant alors qu'il passait à côté de lui, la queue dressée et agitée. Paul se précipita hors de son chemin, s'appliquant à mettre la table entre lui et le chat.

Quelle mauviette !

— Oh, bonjour, Alexi.

Paul mit le journal de côté et lui adressa le sourire superficiel et éblouissant qu'il utilisait devant les caméras, mais qui avait le don d'énerver Alexi.

— J'espérais tomber sur vous.

Alexi attrapa la cafetière, branchée en permanence sur le plan de travail, et se versa une tasse. Elle l'agita en direction de Paul, qui déclina. La caféine risquait probablement de tacher ses implants dentaires « plus blancs que blancs », supposa-t-elle en retenant un sourire.

— Qu'est-ce qui vous amène dans les entrailles de cette maison, Paul ?

Alexi s'installa en face de lui. Il n'était pas aussi impeccablement apprêté que d'habitude, remarqua-t-elle. Ses yeux étaient cernés, ses vêtements, froissés, et sa coiffure normalement parfaitement bouffante retombait.

— C'est terrible, cette affaire avec Juliette, répondit-il en secouant la tête. Un véritable choc. Qui peut bien être coupable ?

— C'est ce que la police essaye de découvrir.

Alexi se doutait qu'il ne cherchait pas seulement à pleurer le décès de Juliette et, tout en mélangeant son café pourtant sans sucre, elle attendit qu'il poursuive.

— J'ai entendu dire que l'émission allait continuer, lança-t-il dans le silence pesant. Je ne sais pas s'ils vont remplacer Juliette ou continuer avec trois candidats.

— Je suis sûre que vous serez le premier au courant.

— Juliette n'était pas mauvaise, vous savez, soupira-t-il.

— Vous êtes bien l'un des seuls à le penser ici, Paul. Presque personne d'autre que Cheryl n'a eu quelque chose de positif à me dire sur elle.

— Parce que personne ne la connaissait vraiment.

— Mais vous, si ? demanda Alexi en arquant un sourcil. Parlez-moi d'elle.

— Elle était drôle, pleine d'autodérision quand les caméras n'étaient pas fixées sur elle. Je pense qu'elle avait des problèmes avec son père, par contre. Ils s'aimaient autant qu'ils se détestaient, et ça se manifestait en permanence. Elle voulait le rendre fier, mais il ne voulait pas qu'elle participe à l'émission, donc elle savait qu'elle n'y parviendrait jamais. C'était difficile à gérer pour elle.

— Quelqu'un d'autre a mentionné cette fixette sur son père, répondit Alexi en pianotant nerveusement sur la table.

— J'ai un problème, Alexi, finit par déclarer Paul après une nouvelle longue pause. J'ai besoin de conseils.

— Alors, allez parler à Grenville Scott. C'est pour ça qu'il perçoit un salaire astronomique, répliqua sèchement Alexi. Je ne connais pas grand-chose en problèmes légaux, si c'est de ça qu'il s'agit comme je l'imagine. En plus, vous avez signé un contrat avec la chaîne. Elle n'appréciera pas que je vous donne des conseils de profane, mais si vous êtes suffisamment désespéré, vous pouvez toujours essayer.

— J'espérais pouvoir vous parler en toute confidence, dit-il en passant sa main dans sa coiffure dégonflée. En tant qu'ami.

Un ami ? Ils avaient à peine échangé une dizaine de mots depuis le début de la compétition.

— Je suppose que vous couchiez avec Juliette, déclara Alexi en allant droit au but.

Paul releva immédiatement la tête.

— Comment le savez-vous ?

— Une intuition. En plus, on vous a vu ici hier soir vous disputer avec elle.

— Oh mon Dieu !

Paul enfouit son visage dans ses mains et poussa un gémissement.

— Qui m'a entendu ?

— Voyons, Paul. Vous savez bien que tout se sait, ici.

Alexi n'était pas prête à donner des noms.

— C'est le but de la téléréalité, non ? Rien ne passe inaperçu.

— Je suppose, soupira-t-il.

— Vous imaginez ce que votre femme et vos enfants vont penser si ça s'apprend ?

— Je risque de tout perdre, répondit-il en hochant la tête. Ma femme me quittera si elle découvre que je n'ai pas été fidèle et, pire encore, il y a une clause de moralité dans mon contrat. Si Far Reach en entend parler, je serai tout de suite évincé.

Alexi se dit qu'il avait des problèmes bien plus urgents, comme ce que la police risquait de penser en apprenant qu'il avait eu une relation sexuelle avec la victime, mais elle se garda bien de le dire.

— Si vous avez tant à perdre, pourquoi l'avoir fait ? Avoir couché avec elle, je veux dire, demanda Alexi.

— Que dire ? répliqua Paul en écartant les mains. Elle m'a fait des avances. J'ai été flatté.

— Beaucoup de femmes doivent vous faire des avances, vu votre travail.

Alexi supposait que certaines personnes seraient prêtes à tout pour se faire remarquer par quelqu'un comme Paul. De plus, elle était quasiment certaine que c'était lui qui faisait les avances la plupart du temps, en promettant à ses victimes de booster leur carrière. Un équivalent télévisuel de la promotion canapé.

— Oui, mais Juliette était différente. Il y avait ce quelque chose chez elle. Elle avait l'air très sûre d'elle au premier abord, mais sous la surface, elle était fragile et en manque d'affection.

Alexi se souvint que Cheryl avait mentionné ce trait à propos de Juliette, ce qui la poussa à se demander si elle l'avait jugée trop rapidement parce qu'elle avait essayé de frapper Cosmo.

— Il ne vous est pas venu à l'esprit qu'elle puisse faire cela juste pour user de votre influence ? Elle paraissait déterminée à gagner la compétition, et elle n'avait pas l'air de se soucier de ce qu'elle devait faire pour y arriver.

— Quelle influence ? Je ne suis que le présentateur. Je n'ai pas mon mot à dire sur le gagnant.

— Mais vous pouviez la montrer sous son meilleur jour à l'écran. C'est vous qui posiez les questions aux candidats. C'était à vous de décider d'être dur ou non avec eux et, pour info, je ne suis pas la seule à avoir remarqué que vous étiez plutôt gentil avec Juliette.

— Elle n'était pas aussi méchante que l'émission le laissait entendre et elle méritait qu'on lui lâche les baskets, répliqua Paul, sur la défensive. Ils n'ont pas montré d'images sur lesquelles elle se montrait bienveillante.

— Ça arrivait souvent ? demanda Alexi. Elle ne faisait pas beaucoup d'efforts pour se faire apprécier de ceux qui ne pouvaient pas lui être utiles.

— Elle savait se montrer douce et délicate devant les caméras, dit Paul avec un sourire, mais ces images n'ont pas été gardées. Je pense que les producteurs ont pensé que ça ne vendrait pas assez.

— Parce qu'ils savaient que c'était du flan ?

— Peut-être. Ils ne me font pas part de leurs décisions. Écoutez, soupira Paul, elle était ambitieuse, mais ce n'est pas pour ça qu'elle m'a fait des avances. Vous pensez que je n'ai pas d'expérience dans ce domaine ?

Son arrogance habituelle semblait faire un timide retour.

Alexi secoua la tête.

— Ne soyez pas naïf, Paul.

— Quelle affaire !

— Je suppose que vous ne savez pas si vous devez en parler à Grenville, de peur de rendre caduc votre contrat.

Paul acquiesça.

— Mais si vous n'en parlez pas à la police, alors vous cachez des informations, d'autant que vous avez été vu et entendu en train de vous disputer avec elle hier.

Il avait l'air au bord des larmes.

— Elle m'avait demandé de venir, mais je lui ai dit que je ne pouvais rien lui promettre. J'ai eu un imprévu, et je l'ai appelée sur son portable pour lui dire que je ne pourrais pas faire le déplacement. Mon rendez-vous a finalement été annulé, donc j'ai pensé lui faire la surprise. Enfin, comme elle n'avait pas le droit de quitter les lieux, j'ai pensé qu'elle s'ennuyait et que, sans rien de mieux à faire, elle serait heureuse de me voir. Elle ne s'entendait pas avec les autres candidats, donc elle se sentait souvent seule hors de la cuisine. Je suis passé par l'arrière, et je l'ai vue se faufiler hors de l'appartement de Marcel, expliqua-t-il en passant une main lasse sur son visage.

— Ah, elle vous a remplacé par quelqu'un qui pouvait vraiment l'aider.

— C'est à ce sujet que nous nous sommes disputés. Le fait qu'elle soit allée voir Marcel. Elle a dit qu'elle ne m'appartenait pas et que si je ne pouvais pas être là pour elle, elle trouverait quelqu'un d'autre.

— La police pensera que c'est un mobile suffisant pour la tuer, répondit Alexi sèchement sans voir l'intérêt de minimiser les faits. Vous avez risqué votre mariage et votre carrière pour elle, mais elle est allée voir ailleurs à la première occasion. Un sacré coup à l'*ego*, et un très bon mobile. Le seul qu'ils aient. Je suis désolée, Paul, mais je ne vous apprends rien, n'est-ce pas ?

— Je ne l'ai pas tuée ! s'exclama-t-il alors que les larmes lui montaient aux yeux. Je le jure. On s'est disputé, je suis parti et je suis rentré à Londres. Je me suis arrêté pour faire le plein sur l'autoroute, donc j'ai un alibi.

Alexi balança sa main d'un côté, puis de l'autre.

— Cela dépendra de quand elle a été tuée exactement.

L'air quitta les poumons de Paul en un dramatique soupir lorsqu'il cacha son visage dans ses mains et éclata en sanglots. Alexi aurait pu se sentir triste pour lui, mais il n'était accablé que par sa propre situation ; il n'avait pas l'air de se préoccuper du fait que Juliette avait été brutalement assassinée.

— Écoutez, Paul, vous m'avez demandé mon opinion et, d'après ce que je vois, vous avez des problèmes plus urgents que votre mariage ou votre travail. Allez voir Grenville, racontez-lui ce que vous venez de me dire, je suis sûre qu'il insistera pour que vous en parliez à la police.

— Oui, mais…

— Si vous mentez, la vérité risquera d'être découverte plus tard, et ce sera encore pire.

— Et Marcel ? Il a couché avec elle, lui aussi. Peut-être qu'elle voulait se servir de lui pour influencer le cours de la compétition…

— Probablement, mais Marcel n'est pas un candidat, il n'est pas marié, et il n'a pas signé de clause de moralité. On peut seulement l'accuser d'avoir eu le mauvais goût de coucher avec une concurrente, ce qui marquerait probablement des points chez certains. Il n'avait aucune raison de la tuer.

— Mais moi, si, se lamenta Paul en penchant la tête en avant. Merde, pourquoi je me suis laissé embarquer dans…

L'inspectrice Hogan passa la tête par la porte.

— Oh, vous êtes là, M. Dakin. Nous sommes prêts à recueillir votre déposition au commissariat. M. Scott a dit qu'il vous y attendrait.

Paul se leva : il semblait se préparer à monter à l'échafaud. Alexi lui souhaita une bonne journée et le regarda s'éloigner en se demandant s'il était coupable de quelque chose de plus grave que d'être arrogant et d'avoir une morale déplacée. Quoi qu'il en soit, Marcel pourrait respirer puisque la police allait avoir un second suspect qui, lui, avait un mobile pour tuer Juliette. Et, plus important encore, qui avait vu Juliette quitter l'appartement de Marcel bien vivante.

Que pouvait-elle faire, désormais ? Alexi se leva à son tour et étira ses bras au-dessus de sa tête, faisant craquer sa colonne vertébrale. Les candidats étaient probablement rentrés du commissariat. Alexi souhaitait parler avec Anton et John, mais elle décida d'attendre le retour de Jack. Il voudrait sûrement entendre de lui-même ce qu'ils avaient à dire.

Alexi, Cosmo et Toby sortirent. La jeune femme jeta un coup d'œil vers l'annexe et aperçut Drew en train d'arracher la rubalise de la scène de crime. Elle se dirigea vers lui.

— Où est Cheryl ? demanda-t-elle.

— Avec le bébé. Je voulais remettre de l'ordre à l'intérieur sans qu'elle voie à quoi ça ressemble là-dedans, maintenant. C'est un vrai bazar. Il y a de la poudre pour relever les empreintes partout. Les gars de la police scientifique ne sont pas très propres.

— Je vais t'aider à ranger.

— Ce n'est pas la peine.

— C'est à ça que servent les associés ! En plus, je n'ai rien à faire pour le moment, j'attends que Jack rentre de Newbury pour qu'on puisse continuer nos recherches.

Drew lui jeta un regard malicieux.

— C'est comme ça qu'on dit, de nos jours ?

— Il ne se passe rien entre nous, Drew, répliqua Alexi en lui cognant le bras.

— Eh bien, ça devrait. Tu pourrais trouver bien pire, et je peux dire qu'il craque pour toi, en homme intelligent qu'il est.

— C'est lui qui te l'a dit ?

— Il n'a pas besoin de le dire, répondit Drew avec un grand sourire. Vous, les femmes, vous n'êtes pas les seules à savoir déchiffrer le langage du corps.

Alexi éclata de rire, mais elle n'était pas prête à en parler davantage, pas avant de mieux comprendre ses propres sentiments.

— Allez, dit-elle pour changer de sujet. Allons voir ce qui nous attend.

— D'accord, j'ai compris. Je m'occupe de mes affaires, déclara Drew en passant un bras autour de ses épaules. Mais est-ce que tu t'es déjà dit que nous tenions à toi, et que nous voulions te voir heureuse ? Je sais de source sûre, c'est-à-dire par mon épouse, que Jack est le genre d'homme qui saura satisfaire tous les besoins d'une femme.

Alexi secoua la tête sans réussir à s'empêcher de rire.

— Ma copine a vraiment une très bonne vue.

Drew fit une moue offensée.

— Oh mon Dieu !

Alexi plaça une main devant sa bouche lorsqu'ils entrèrent dans la salle de réception de l'annexe et qu'elle vit l'état dans lequel la police l'avait laissée.

On aurait dit qu'un cambriolage avait eu lieu. Les livres, les DVD, chaque feuille de papier… absolument tout avait été déplacé et examiné sans être remis à sa place. Les tiroirs avaient été ouverts, les coussins, ôtés de leur siège sans avoir été réarrangés. Les tapis avaient été enroulés pour laisser les lames du parquet apparaître. Les cadres accrochés au mur étaient penchés.

Alexi tenait beaucoup à l'annexe. Elle s'était passionnée pour sa conception, mais elle avait maintenant l'impression que sa nouvelle et belle salle de réception, décorée avec soin, avait été saccagée.

— Est-ce qu'ils s'attendaient à trouver une lettre d'aveux quelque part ? demanda-t-elle en secouant la tête.

— Attends de voir la chambre de Juliette. Si tu en as envie, bien sûr.

— À vrai dire, oui, répondit Alexi en observant les environs avec méfiance. Est-ce que les caméras sont toujours allumées ?

— Non, elles sont éteintes pour le moment.

— Très bien. Allons jeter un coup d'œil.

Un frisson parcourut le corps d'Alexi lorsqu'elle entra dans la chambre de Juliette, même si elle se rassura en se disant que ce n'était pas là que la jeune femme avait été tuée. La poudre pour les empreintes couvrait chaque surface, comme Drew l'avait prévenue, tel un linceul gris. Le lit était défait, le matelas flambant neuf, taché de sang et d'autres liquides. Alexi préférait ne pas chercher à connaître leur origine. La large collection de vêtements de Juliette avait visiblement été examinée et remise maladroitement sur les cintres. Aucun signe de son iPad ou de ses affaires personnelles. La police les avait probablement embarqués.

Drew ouvrit la porte qui menait à l'extérieur, malgré la température qui dépassait à peine 0 °C. Cela aida à chasser la tristesse d'une vie volée.

— Il va falloir se débarrasser de ce matelas, dit-il comme s'il se parlait à lui-même.

Alexi arpenta la pièce en touchant les affaires de Juliette. Elle ne savait pas vraiment quoi chercher, mais cela ne l'empêcha pas de fouiller.

— Où se trouvaient les caméras de cette chambre ? demanda-t-elle.

— Il y en avait une là, au-dessus de la porte, pointée directement sur le lit, répondit Drew. Et l'autre était au-dessus de l'applique, sur ce mur, pour donner un autre angle de la pièce.

— Donc il n'y avait absolument aucune intimité, marmonna Alexi. Je trouve bizarre que ces caméras n'aient pas fonctionné hier soir. C'est une trop grosse coïncidence qu'elles se soient éteintes quand quelqu'un a voulu déposer un cadavre ici et poignarder symboliquement un implant.

— Symboliquement ?

— C'est ce que pense Jack, mais il n'a pas réussi à expliquer pourquoi. C'est vrai que ça semble inutile, si Juliette était déjà morte, donc ça pourrait bien être symbolique.

Elle se retrancha dans ses pensées.

— Comment on désactive une caméra ?

— D'après ce que j'ai compris, elles sont sans fil et s'allument quand elles détectent du mouvement. En d'autres mots, la caméra ne filme que s'il y a quelque chose à filmer. Le signal est envoyé à un récepteur connecté à l'enregistreur, et le technicien en service peut observer les images des différentes pièces pour voir ce qu'il se passe. Ça fonctionne avec ce truc, là-bas, ajouta-t-il en pointant du doigt un petit appareil qui ressemblait à un récepteur satellite. Il suffisait de le déconnecter pour éteindre les caméras.

— Je croyais que les caméras étaient sans fil.

— Oui, mais les images vont dans cette boîte, qui allume les caméras quand elle détecte du mouvement.

— Comment la personne a fait pour ne pas être repérée, alors ?

— Probablement en rampant. Il ou elle a dû entrer par l'autre porte. Aucune des deux caméras ne peut la détecter lorsqu'elle s'ouvre.

— Je me demande pourquoi Gerry n'a pas remarqué que les deux caméras de la chambre de Juliette étaient éteintes, s'interrogea Alexi. C'est Gerry Salter qui était en service hier soir, non ?

— Oui, mais s'il n'y avait personne dans la chambre, il ne devait pas s'attendre à y voir du mouvement.

— Il n'y a pas un voyant pour indiquer qu'elles étaient éteintes ?

— Aucune idée. Il faudra le lui demander. La police l'a probablement déjà fait.

— Allez, Drew, dit Alexi en pointant le matelas du doigt. Sortons celui-ci et faisons venir un autre matelas de la réserve de l'hôtel. On pourra faire le ménage en attendant qu'il arrive.

— Tu travailles dur, répondit Drew en souriant. Ça me plaît.

Ils retournèrent ensemble à la réception où Drew avait laissé les produits d'entretien, enfilèrent des gants en latex, et se mirent au travail. Deux heures plus tard, lorsque Cheryl vint à leur recherche, l'annexe était presque comme neuve. Mais Alexi savait qu'il faudrait beaucoup de temps pour faire disparaître toute trace de la mort qui la hantait.

*

— Tu as été efficace.

Jack hocha la tête en signe d'approbation tandis qu'il lisait tout ce que Cassie avait découvert, et qu'il avait imprimé.

— Je suis impressionné.

— Tu ne devrais pas, répondit Cassie en continuant à taper sur son clavier à toute vitesse. Je ne fais que commencer.

Jack examina rapidement l'historique téléphonique de Dean Davis.

— Est-ce qu'on sait à qui appartiennent les numéros que Davis compose régulièrement ?

— Le plus fréquent, c'est sa mère. Enfin, c'est le fixe de sa maison, mais il vit avec sa mère, donc j'imagine que c'est elle qu'il appelle aussi souvent.

— Pas de père ? demanda Jack en fronçant les sourcils. De frères et sœurs ?

— Aie confiance en moi, un peu.

— Désolé.

Le téléphone de Jack sonna. Il répondit à l'appel de son client sur l'une de ses enquêtes en cours, s'éparpilla et décida d'en profiter pour s'occuper du travail qui l'attendait sur ses autres affaires. Il ne voulait pas donner de raisons à Cassie de se plaindre qu'il ne faisait pas sa part du travail. Une heure plus tard, il put à nouveau se pencher sur le relevé de Dean. Il se demanda comment Cassie s'était débrouillée pour l'obtenir aussi rapidement, mais même si elle le lui expliquait, il ne parviendrait sûrement pas à comprendre. Il n'était pas capable de faire beaucoup plus que de lire ses e-mails, et ça lui allait parfaitement.

— Dean Davis a 19 ans et un travail, lut-il à haute voix. Pourquoi voudrait-il rester vivre avec sa mère…

— Beaucoup de jeunes font ça maintenant. Ils vivent sans payer de factures, on lave leur linge pour eux, ils peuvent aller et venir comme bon leur semble. Rien ne les empêche d'avoir des invités pour la nuit, d'après ce que j'ai pu voir chez mes amis qui ont des enfants adolescents ou jeunes adultes.

— D'accord, mais pourquoi l'appelle-t-il plusieurs fois par jour ? Ce n'est pas normal.

— Laisse-moi fouiller encore un peu.

— Il y a d'autres enfants dans ce foyer ?

— Je ne crois pas. Il n'y a qu'eux deux, selon leur déclaration d'impôts locaux.

— Donc peut-être que c'est Dean qui s'occupe d'elle, et non l'inverse.

— On dirait bien.

— Est-ce qu'elle a un travail ?

— Son historique professionnel est en dents de scie. Elle n'est jamais restée très longtemps où que ce soit. Son dernier emploi a duré plus de deux ans, le plus long depuis… oh, mince ! s'exclama Cassie en se tournant vers Jack, bouche bée. Elle travaillait comme réceptionniste à Cash Out jusqu'à son renvoi il y a quelques mois.

— Tu te fiches de moi ?

— Regarde par toi-même.

— Peut-être que j'ai mal compris cette affaire, dit Jack en se claquant la cuisse. Dean Davis est très protecteur envers sa mère, vu le nombre de fois où il l'appelle chaque jour. Elle perd son travail. Imaginons qu'il décide de donner une leçon à son ex-employeur. Je pensais que Davis était juste un pion, mais peut-être que c'est lui qui se cache derrière cette arnaque, souffla Jack.

— Tu dois le dire à ton client.

— Non, je dois parler à Davis avant toute chose.

— Jack, c'est Cash Out qui signe notre chèque.

— Et ils auront leurs résultats. Mais ils veulent aussi de la confidentialité, donc je dois d'abord voir s'il y a un lien entre le meurtre de Juliette, Dean et Hammond, ou si ce n'est qu'une coïncidence.

— Tu sais que Dean ne l'a pas tuée puisque tu l'as suivi hier soir. Et puis, pourquoi… Oh mon Dieu ! s'écria Cassie.

— Qu'est-ce qu'il y a ?

Jack se leva précipitamment et lut son écran par-dessus son épaule.

— Ça ne me fait pas plaisir de le dire, Jack, mais tu avais raison. Il y a un lien entre ton enquête et le meurtre de Juliette.

— Ah bon ?

Elle pointa du doigt sur son écran une section qui affichait un acte de mariage.

— Regarde. La mère de Dean était mariée à Hammond, expliqua-t-elle en jetant un regard ébahi à Jack. Elle pourrait bien être la mère de Juliette.

8

Jack s'arrêta chez lui pour prendre des affaires, puis il repartit pour Lambourn, en essayant de mettre à profit le court trajet pour comprendre ce qu'il venait d'apprendre sur les liens familiaux de Davis. Les employés de la bijouterie ne parlaient que de *Qu'est-ce qu'on mange ?* Comme l'émission était tournée près de chez eux, ils avaient l'impression de participer en regardant. Ils avaient tous leur mot à dire sur qui allait gagner, sur la possibilité que des candidats se battent, que l'un d'entre eux abandonne ou, sujet le plus controversé, que Marcel finisse par craquer.

Chaque mot, nuance et différend avaient été disséqués après la diffusion des deux premiers épisodes. L'intérêt qu'ils portaient tous à l'émission avait tellement étonné Jack qu'il ne s'était jamais rendu compte jusque-là que Dean ne participait pas à ces spéculations. Il n'avait pas non plus mentionné son lien avec Juliette.

— Ce n'est pas normal, grommela-t-il pour lui-même.

Il atteignit la périphérie de Lambourn en milieu d'après-midi, et dut ralentir lorsqu'il se retrouva bloqué derrière une file de chevaux de course.

La presse était toujours installée devant Hopgood Hall lorsqu'il arriva enfin à l'hôtel. La police lui fit signe d'avancer, mais il fut presque aveuglé par les flashs d'appareils photo tandis qu'il négociait son chemin sur le parking des visiteurs.

— Coucou, lança-t-il en entrant dans la cuisine.

Il y trouva Drew, Cheryl et Alexi, assis autour de la table en compagnie d'un Marcel à l'air abattu.

— C'était si horrible que ça ? demanda-t-il au chef.

Il posa brièvement sa main sur l'épaule d'Alexi et se pencha pour caresser Cosmo lorsque celui-ci s'approcha pour demander un peu d'attention.

— Tu as sûrement raté la grande annonce, répondit Alexi. Ne t'inquiète pas, Drew l'a enregistrée pour toi.

Drew appuya sur le bouton d'un appareil, et Paul Dakin apparut à l'écran, parfaitement apprêté, vêtu d'un costume cravate foncé et le visage sombre. Il fit une écœurante déclaration expliquant que l'émission devait continuer, que toutes les personnes impliquées coopéraient avec la police et étaient sûres que le meurtrier allait être arrêté.

— C'est malin, murmura Jack. En annonçant publiquement qu'ils coopèrent, ils sous-entendent que si un membre de l'émission se révèle être le tueur, il sera lâché, et la réputation de Far Reach ne sera pas entachée.

— En d'autres termes, ils couvrent leurs arrières, acquiesça Alexi. Pourquoi ça ne me surprend pas ?

Ils reportèrent leur attention sur l'écran. Paul poursuivit en disant que le reste de l'émission serait dédié à Juliette, qui allait manquer à tout le monde et était appréciée de tous.

— C'est sûr que lui l'appréciait bien, grogna Alexi.

Paul présenta ensuite la remplaçante de Juliette, une jeune femme qui était la première candidate de réserve après les éliminatoires. Jack n'était pas le moins du monde surpris en découvrant qu'elle avait à peu près le même âge que Juliette et qu'elle était aussi belle qu'elle, quoique brune.

— Et les gens vont vraiment avaler ça, dit-il en secouant la tête.

— Vous pensez qu'ils avaient des sosies de chaque candidat dans les coulisses, juste au cas où ? demanda Drew avec un sourire sardonique.

— La chaîne a été inondée d'appels de soutien, répliqua Marcel en fusillant du regard l'image de Dakin immobile à l'écran.

— Comment ça s'est passé ? lui demanda Jack. Est-ce qu'ils ont sorti les brodequins ?

— Ça ne me fait pas rire, tu sais, répondit Marcel en frissonnant. Grenville m'a protégé, mais je ne suis pas sûr qu'il continue longtemps.

— Il va bien falloir, si l'émission se poursuit, le rassura Jack. C'est une bonne occasion d'arriver en tête d'audimat, et tu es essentiel à ce succès.

— Sauf si je suis arrêté pour meurtre.

Alexi lui parla de sa conversation surréaliste avec Dakin.

— Je suppose que si le studio doit faire un choix, il prendra son parti, expliqua-t-elle.

— S'il a une clause de moralité, il devrait être viré de l'émission ! s'indigna Cheryl. À quoi ça sert, sinon ?

— Alexi a raison. J'imagine qu'ils vont vouloir garder les choses telles quelles, répondit Jack. Les spectateurs apprécient beaucoup l'image soignée de Dakin, il ne serait pas bon pour eux que la vérité sur son infidélité soit révélée. D'autant qu'ils viennent d'annoncer leur soutien indéfectible à Paul en public en lui faisant faire déclarer que l'émission continue, et qu'il reste présentateur.

Marcel lui jeta un regard sinistre.

— Je ne suis qu'un dommage collatéral ?

— Malheureusement, oui, répondit Jack. La chaîne veut te garder, ils se sont sûrement battus pour ça. Tu es un bon chef : tu es lunatique, pointilleux et charismatique. Les spectatrices de l'émission adorent ton côté bad boy et pensent probablement pouvoir te réformer. La moitié des hommes voudraient être comme toi. Mais tu n'es pas employé directement par Far Reach Productions. C'est là que se trouve la différence entre toi et Dakin. Rappelle-toi que les costards cravates du studio doivent rendre des comptes aux sponsors.

— Comme si je pouvais l'oublier.

— Si ce que tu as fait s'apprend, que quelqu'un entend parler de ta liaison avec Juliette et que l'information fuite, la chaîne niera avoir eu connaissance des faits, fera semblant d'être choquée et te virera de l'émission, expliqua Alexi avec un sourire désolé en direction du chef abattu. Navré, Marcel, mais le câble appartient à mon ancien boss du *Sentinel*, et je sais d'expérience à quel point il peut être impitoyable, même avec ses employés les plus fidèles depuis longtemps.

— C'est pas grave, assura Marcel. Je crois que Grenville a menacé la police de leur coller un procès si l'affaire de Dakin était rendue publique. Il n'a pas proféré les mêmes menaces pour moi, donc ça m'a déjà tout dit sur leur loyauté.

— Il faut toujours qu'il prouve que tu l'as tuée, ou au moins que tu avais un bon mobile, s'il veut t'accuser, Marcel, lui rappela Drew.

— Mais bon…

— Dakin a parlé à la police de sa liaison avec Juliette, et il lui a aussi donné le reçu pour son plein sur la route du retour, expliqua Alexi. On vérifiera sûrement la cohérence avec l'heure du décès de Juliette, et il pense que cela va l'innocenter.

— L'heure du décès n'est pas une science exacte, fit remarquer Jack, mais avec ces caméras partout, il est possible qu'on puisse l'établir avec plus d'exactitude.

— Je pensais qu'avec Dakin qui a assuré avoir vu Juliette sortir de chez moi vivante, tout irait bien, dit Marcel d'un air sombre. Mais l'inspecteur Vickery a émis l'hypothèse que je les ai aperçus tous les deux, que j'ai compris pourquoi Dakin traînait dans le coin et que j'ai pété un boulon. Comme il a eu le plaisir de me le rappeler, je n'ai pas beaucoup de patience à l'écran et, selon lui, la jalousie est l'un des principaux mobiles de meurtre.

— Vois le bon côté des choses. Tu n'es pas sous les verrous, déclara Jack.

— Oui, mais pour combien de temps ? demanda Marcel en se relevant péniblement. Il faut que j'aille en cuisine surveiller les préparatifs. On a deux services complets ce soir, et beaucoup de gens sur liste d'attente. Le meurtre est très bon pour les affaires, Drew, ajouta-t-il avec un sourire triste.

— Ce n'est pas ma façon préférée d'attirer les clients, lui répondit Drew en souriant ironiquement, mais j'accepte l'argent d'où qu'il vienne.

— Ne dis pas ça à Vickery ou il va ajouter ton nom à la liste des suspects. À plus tard, tout le monde, termina Marcel avec un signe de la main par-dessus son épaule.

— Et maintenant ? demanda Drew à Jack. Une idée ? Ah, mince.

Un cri indigné résonna depuis le babyphone.

— Je vais aller la voir, dit Cheryl en se levant. Il faut que tu t'occupes du bar, Drew.

— Dès que je t'aurai accompagnée et que j'aurai embrassé ma fille.

— Il ne me dit jamais ce genre de choses, se plaignit Cheryl. Qui aurait cru qu'il faudrait que je me batte avec ma propre fille pour l'affection de mon mari ?

Drew déposa un baiser bruyant sur la joue de Cheryl, faisant rire Jack et Alexi.

— Oh, je pense pouvoir trouver un moment dans mon emploi du temps pour vous, madame H., dit-il en ouvrant la porte pour sa femme.

— Bon, reprit Alexi en se tournant vers Jack alors que son sourire disparaissait. Tu as du nouveau. Tu as l'air d'être sur le point d'exploser. Allez, ne me fais pas attendre.

Jack se leva et leur servit à tous les deux une tasse de café, puis se rassit et raconta à Alexi le lien entre leurs deux affaires.

— Je le savais ! Tu penses que Hammond a pu prévoir le meurtre de sa fille ?

— Ne t'emballe pas, répondit Jack en levant les mains pour l'arrêter dans son élan. J'ai juste dit qu'il y avait un lien, et plutôt ténu. Je ne sais pas du tout ce que ça peut vouloir dire. C'est pour ça que je me suis dit que nous pourrions rendre visite à Davis quand il rentrerait du travail ce soir. J'ai pensé que tu voudrais venir.

— Évidemment. Mais ne devrait-on pas en parler à Vickery ?

— Après avoir parlé à Davis, et seulement si j'estime qu'il doit savoir quelque chose.

— Tu ne devrais pas être au travail, à la bijouterie ? demanda Alexi.

— J'ai dit que j'étais malade, répondit Jack avec un sourire.

— Ça va te rendre populaire, tiens.

— Quelque chose me dit que je vais démissionner dans un ou deux jours, répliqua-t-il en souriant davantage.

— Je sais que tu dois d'abord penser aux intérêts de tes clients, reprit Alexi d'un air sombre. Et je le comprends, mais plus nous attendons, plus Marcel court le risque d'être arrêté. Au moins, ça donnerait à Vickery une nouvelle perspective.

— Je suis sûr qu'il trouvera la mère de Juliette sans notre aide. Je ne pense pas que le vol de l'argent à Cash Out par Davis ait un quelconque lien avec le meurtre de Juliette, mais si j'en trouve un, Vickery sera le premier au courant.

— Comment peux-tu être sûr qu'il n'a rien fait ? Davis t'a déjà pris de court.

— Oui, mais ça fait longtemps que je suis dans le métier. On finit par avoir une bonne intuition. Et puis, Davis n'a l'air de se soucier que du bien-être de sa mère. Je ne peux pas savoir ce qu'il va nous dire, mais à première vue, on dirait qu'il ne les a arnaqués que pour se venger du renvoi de sa mère. Tuer Juliette, si tant est qu'il ait pu réussir à s'introduire dans les appartements privés de l'hôtel et éviter les caméras, ne lui aurait été d'aucune utilité. Et même s'il l'avait fait, pourquoi essayer de faire porter le chapeau à Marcel ? Son intelligence m'a déjà surpris, et n'importe qui se serait douté qu'en mettant la mort de Juliette en scène, les risques de se faire attraper augmenteraient.

Jack fixa Alexi d'un regard déterminé.

— Bref, est-ce que tu acceptes que je ne parle pas à Vickery de Cash Out ?

— J'imagine que je n'ai pas trop le choix.

— Je sais que tu apprécies Marcel, mais…

— Je m'entends bien avec lui parce que je ne tolère pas ses caprices de diva, et qu'il le sait. Et puis, il est plutôt agréable à regarder, ajouta Alexi avec un sourire.

— Je viens de changer d'avis, Marcel est coupable, grogna Jack d'un air renfrogné.

— Je n'aime pas voir Marcel traité comme le suspect principal alors que son seul crime, que je sache, est d'avoir laissé sa libido prendre le pas sur sa logique.

Alexi jeta un sourire malicieux à Jack.

— Si tous les hommes qui ont ce genre de problème étaient accusés de meurtre, nos prisons exploseraient.

— Je vois, mais ne t'inquiète pas de voir Marcel arrêté. Si Vickery avait assez de preuves contre lui, il l'aurait déjà placé sous les verrous. Il a été mis en examen, ce qui n'est pas une bonne chose, mais il a été relâché, ce qui en est une.

— Pourquoi dis-tu que c'est une bonne chose ?

— La mise en examen ?

Alexi acquiesça.

— Parce qu'il faut encore trouver où Juliette a été tuée et pourquoi elle a été déplacée. C'est essentiel. À moins qu'on ne trouve des traces de sang, ou un objet contendant pratique avec son sang ou ses cheveux dessus, on aura du mal à avancer. Si elle a été tuée à l'extérieur, la température était glaciale, et le sol, dur comme de la pierre.

— Tu penses que ça s'est produit dehors ?

— Oui, à cause des caméras à l'intérieur et du fait qu'elle n'avait pas le droit de quitter l'hôtel. Ils ont dû éliminer l'appartement de Marcel comme lieu possible, et on sait déjà que ce n'était pas dans sa chambre. C'est aussi une bonne chose pour Marcel que Dakin ait avoué avoir été présent, puisque ça veut dire qu'ils doivent examiner l'endroit où ils se sont disputés. Vickery sait que n'importe quel avocat de la défense un tant soit peu débrouillard utiliserait cet angle d'attaque pour remettre en doute la culpabilité de Marcel, sinon. C'est pour ça qu'ils ont libéré l'annexe mais qu'ils ont bloqué l'accès du jardin entre l'appartement de Marcel et l'accès direct à l'extension.

Alexi hocha de nouveau la tête.

— C'est aussi pour ça que la police examine minutieusement la zone, aujourd'hui ?

— Exactement. Tant qu'elle ne trouve rien qui indique que Marcel soit entré dans la chambre de Juliette, je ne pense pas qu'il y ait lieu de s'inquiéter.

— Puisqu'il est catégorique, partons du principe qu'elle ne trouvera rien.

— D'accord.

Jack n'essaya même pas de lui dire qu'il avait entendu ce genre de déclarations d'innocence, qui avaient l'air sincères, beaucoup trop de fois dans sa vie.

— Est-ce que tu es allée dans l'annexe ?

— Oui, on l'a nettoyée, Drew et moi. C'était un bazar. La nouvelle candidate, Becky Faraday, est en train de s'installer. Les autres sont là-bas pour la rencontrer, et les caméras vont tout enregistrer.

— Le spectacle continue vraiment, alors, grimaça Jack. Je suppose que Becky n'occupe pas l'ancienne chambre de Juliette.

— Non, elle en a pris une autre.

— Est-ce que tu as vu quelque chose d'intéressant dans l'annexe avant de ranger ?

— À part que le fait que la police a tout retourné et n'a rien rangé, tu veux dire ? Tu m'étonnes qu'on les traite de poulets. Une vraie basse-cour ! Sans vouloir te vexer.

— Ne t'inquiète pas, répondit Jack en retenant un sourire.

— Bref, pour te répondre, non, je n'ai rien trouvé, mais je ne pensais pas découvrir quoi que ce soit. Par contre, je suis perplexe face aux deux caméras dans la chambre de Juliette, et au fait que personne ne se soit rendu compte qu'elles étaient éteintes, continua Alexi en fronçant les sourcils. Ça fait du déplacement du corps dans la chambre un acte prémédité, selon moi. Le tueur n'aurait pas pu la ramener avec les caméras allumées, donc quelqu'un a dû y aller avant pour les éteindre, non ? Le crime a été planifié, ça ne pouvait pas être un coup de tête.

— Tu penses que quelqu'un la détestait suffisamment pour se donner toute cette peine.

— Exactement. Je sais qu'elle n'était pas très populaire, mais il y a une différence entre être peu aimé et être détesté à tel point qu'on veut ta mort.

Alexi haussa les épaules et écarta les mains.

— Si tu veux tuer quelqu'un, pourquoi le faire quand cette personne passe dans une émission de télévision et est observée en permanence ?

— À moins que tu ne cherches à booster l'audience.

— Tu n'es pas sérieux, quand même ? demanda Alexi en le regardant, bouche bée.

— Je n'écarte pas plus cette possibilité que celle que celle de la culpabilité d'un autre candidat. Il, ou elle, disons *il* pour simplifier, voudrait tellement gagner que le jeu en vaudrait la chandelle. On doit encore parler aux deux hommes. Il sera intéressant de voir s'ils ont des idées.

— Je ne pense toujours pas qu'un des candidats ait pris le risque, répliqua Alexi en secouant vivement la tête. En plus, comme tu l'as déjà fait remarquer, un meurtre aussi public augmente grandement les chances d'être attrapé.

— J'ai aussi dit que c'était symbolique. Son corps n'a pas juste été jeté sur son lit : ses bras et ses jambes ont été positionnés avec soin, pour une raison qu'on ignore. Le meurtrier avait quelque chose à dire et pense être suffisamment malin pour ne pas être appréhendé.

— Pour le moment, il a raison. Mais pourquoi une telle mise en scène si personne ne la comprend ?

— Ça a du sens pour le tueur, et c'est tout ce qui importe. Fais-moi confiance. Les meurtriers en série font souvent ce genre de choses bizarres. Enfin, je ne pense pas qu'on ait affaire à un meurtrier en série, mais ça reste le même principe. Si tu veux mon avis, je crois que tu as raison pour les caméras.

Jack prit la main d'Alexi et caressa son doigt du bout de l'index.

— Et je doute que cela ait échappé à Vickery. Ça renforce aussi ses doutes sur la culpabilité de Marcel. Il ne connaît pas suffisamment le fonctionnement des caméras pour être certain de ne pas se faire attraper s'il les trafiquait.

— Tu aurais dû en parler à Marcel. Ça l'aurait rassuré.

— Non, c'est mieux comme ça. Si Vickery lui en parle, je préfère que sa réaction soit sincère.

— Très bien, mais nous devons parler à Gerry Salter. Pourquoi ne s'est-il pas rendu compte que les caméras étaient éteintes, et pourquoi n'a-t-il rien fait ? Drew dit que s'il n'y avait pas de mouvement dans la chambre de Juliette, il n'aurait aucun moyen de savoir que quelqu'un a déconnecté les caméras du boîtier de contrôle, mais je n'y crois pas. Il doit bien y avoir des voyants, ou quelque chose d'autre, si elles ont un problème. Sinon… ça veut dire que les candidats pouvaient les débrancher n'importe quand et faire ce qu'ils voulaient. S'entretuer, par exemple, ajouta-t-elle avec un air renfrogné.

— D'accord, on ira parler à Gerry, mais j'imagine que lui et la fille des relations publiques… Hayley, c'est ça ?

— Oui, Hayley Wood. Elle travaille pour la chaîne, et elle est tout le temps là pour résoudre des problèmes. Elle était sur le qui-vive en permanence, avec Juliette, grimaça Alexi.

— Gerry et elle sont au poste pour le moment, ils font leur déposition. On ne peut pas interroger Davis avant qu'il rentre chez lui vers 18 heures, donc on a un peu de temps à tuer. Autant essayer de parler aux autres candidats.

— Très bien.

Jack et Alexi, suivis de Cosmo et Toby, contournèrent l'annexe, évitant la section toujours fermée au public que des policiers en équipement de sécurité examinaient. Les trois concurrents d'origine étaient assis devant la cheminée de la salle de jeux. À l'exception d'Anton, tous semblaient crispés, mais Anton ne se laissait jamais atteindre par quoi que ce soit. La nouvelle venue était assise au bord de son siège, clairement terrorisée par les caméras.

— Salut, Alexi, s'exclama Anton avec un signe nonchalant de la main. Comment ça va ? Salut, mon grand.

Il tendit la main pour essayer de caresser les oreilles de Cosmo. Ce dernier feula, lui jeta un regard désintéressé et s'éloigna, la queue dressée en l'air. Anton laissa échapper un léger rire.

— Il continue à m'ignorer ! Je fais partie des gentils, tu sais, et toi tu n'es qu'un matou au mauvais caractère, lança-t-il à Cosmo qui poursuivait son chemin.

— Ne le prends pas personnellement, Anton, dit Alexi. Il n'aime pas grand monde.

— Il a l'air d'apprécier Jack.

Anton tourna la tête et agita un doigt réprobateur vers Cosmo, faisant danser ses dreadlocks sur ses épaules.

— C'est pas très gentil, Cosmo, mon pote. Ma grand-mère dirait même que c'est carrément déplacé, et personne ne veut fâcher ma grand-mère. Alors Cosmo, à moins que tu acceptes d'être gentil, je vais devoir faire venir ma grand-mère de Trinité pour qu'elle t'apprenne à te tenir.

La queue de Cosmo frémit, mais il ne se retourna pas.

— Je crois que tu lui as fait peur, déclara Alexi en riant.

— Tant mieux. Ma grand-mère est minuscule, mais elle me terrifie. Quand on était petits, on savait qu'il fallait courir quand elle attrapait sa cuillère en bois. Et vite. Elle n'allait pas l'utiliser pour le dîner, ça c'est sûr, ajouta-t-il avec un gloussement.

— Vous devez être Becky, dit Alexi en tendant la main à la nouvelle arrivée. Je suis Alexi Ellis, copropriétaire de l'hôtel. Désolée de vous rencontrer en de telles circonstances. Et voici Jack Maddox, un de mes amis.

— Et détective privé, ajouta John, le plus calme des candidats. Alors ne lui dites rien que vous risquiez de regretter plus tard.

Becky rougit lorsqu'elle serra la main de Jack, et celui-ci décida d'user de son charme. Il se demanda en même temps comment John pouvait savoir ce qu'il faisait dans la vie. D'un côté, il ne l'avait jamais mentionné, mais d'un autre, son nom était dans tous les journaux après l'affaire Parker. Cela restait néanmoins étrange qu'il ait choisi d'en parler. Jack savait, en plus, que les gens les plus calmes, les plus solitaires, qui avaient tendance à être oubliés, n'étaient pas toujours ce qu'ils avaient l'air d'être. Jack n'oublierait pas John, il devait en apprendre plus sur lui. Vickery ferait ses propres recherches, bien sûr, mais John ne compterait pas parmi ses priorités. Marcel et Paul étaient déjà ses suspects principaux, et il concentrerait ses recherches sur l'examen scrupuleux de leurs vies.

— Ça doit vous faire bizarre d'être ici, lança Jack à Becky.

— Un peu. Je pensais avoir loupé ma chance d'apparaître dans l'émission. Mais avoir cette opportunité parce que quelqu'un est mort… ne me paraît pas correct.

Greta semblait sur le point d'exprimer son désaccord, mais elle se souvint visiblement de la présence des caméras et garda le silence.

— Juliette avait l'air d'être très gentille, ajouta Becky.

Greta s'étouffa avec sa salive, tandis que John et Anton eurent le tact de rester muets.

— Tu as une minute, Anton ? demanda Alexi.

— Toujours, pour toi.

Jack se rendit compte qu'ils ne pouvaient pas discuter dans l'annexe, avec toutes les caméras qui enregistraient la moindre parole. Si Anton savait ou suspectait quoi que ce soit, il n'en parlerait pas dans de telles circonstances. Alexi dut penser la même chose, puisqu'elle suggéra de retourner dans la cuisine de l'hôtel pour prendre un café.

— Pourquoi est-ce que j'ai l'impression que je vais subir un interrogatoire ? demanda Anton de sa voix traînante et hypnotique. Lancez une battue si je ne reviens pas rapidement, les gars !

— Arrête ton cinéma, Anton, le réprimanda Alexi. Tu es presque pire que Marcel.

Le rire grave d'Anton résonna dans l'air frais de l'après-midi pendant qu'ils retournaient à l'hôtel.

— Tu sais, je copie chacun de ses gestes. C'est mon idole.

— Pourquoi ça ? demanda Jack pendant qu'ils s'installaient autour de la table de la cuisine et qu'Alexi leur servait à chacun une tasse de café.

— J'aime sa façon de faire. C'est un excellent chef, il ne se laisse pas faire et il travaille aussi dur qu'il aime s'amuser.

Anton se pencha en arrière, de tout le long de son corps élancé : comme toujours à l'écran, il paraissait décontracté.

— Je l'admire.

— Cette adulation n'était-elle pas un moyen de prendre l'avantage dans la compétition ? s'enquit Jack.

— Jack ! s'exclama Alexi.

— C'est ce que m'a demandé l'inspecteur Vickery, donc je vais vous répéter ce que je lui ai dit, répondit Anton en agitant une main pour apaiser Alexi. Un peu de flatterie n'aura aucun impact sur Marcel, c'est aussi pour ça que je me fichais que Juliette essaye de tricher en couchant avec lui. Il allait juste accepter ce qu'elle lui offrait, comme n'importe quel homme bien portant, mais ça ne l'empêcherait pas de suivre sa conscience au travail.

— Tu savais ce que faisait Juliette ? demanda Alexi sans essayer de cacher sa surprise. Et tu ne lui as rien dit ?

— Je l'ai vue lui faire des avances à chaque fois qu'elle en avait l'occasion, expliqua Anton en haussant les épaules, toujours avachi nonchalamment sur sa chaise. Pas besoin d'être un génie pour deviner ses intentions. Comme avec Paul.

— Qu'est-ce que vous pensiez d'elle ? l'interrogea Jack.

— Je ne la supportais pas.

— Eh bien, répondit Jack en clignant les yeux, merci pour votre franchise. C'est ce que vous avez dit à Vickery ?

— Bien sûr, mon vieux. Pourquoi pas ? Nous quatre, on était adversaires dans la compétition, mais on est, ou était, aussi d'accord pour vivre ensemble pendant six semaines. Il n'y avait pas de raisons de ne pas s'entendre en dehors de la cuisine pour nos affrontements, mais Juliette adorait chercher la petite bête, elle essayait de nous monter les uns contre les autres tout le temps. Elle avait l'air de trouver ça drôle.

— Qu'est-ce que vous voulez dire ? demanda Jack.

— Je vais vous donner un exemple. Juste avant de devoir aller sur scène pour le premier épisode, elle s'est rendue dans le jardin et a rejoint John, en refusant de le lâcher. Ce dernier est un peu timide avec les femmes, surtout celles qui ressemblent à Juliette. Mais elle l'a flatté. Elle disait qu'il était un super chef, et : « est-ce que tu pourrais me donner des conseils, s'il te plaît ? » Évidemment, John est tombé dans le piège. Il lui a demandé pour quoi elle avait besoin d'aide. Pendant tout ce temps, Juliette… était en train de lui toucher le bras, la main, tout ce qui était à portée, et elle était collée à lui. Je le sais parce que j'ai regardé ça depuis ma fenêtre, et j'entendais ce qu'elle lui disait. Pauvre John, souffla Anton en secouant la tête. Il devait être rouge comme une tomate. Bien sûr, Juliette a parfaitement calculé son coup pour qu'il soit trop émoustillé pour pouvoir se concentrer avant de se presser en cuisine. John a été lamentable, alors qu'il aurait dû être excellent. On pâtissait, c'est sa spécialité.

— Je ne savais pas qu'elle faisait ce genre de choses, dit Alexi. C'était méchant de sa part !

— Tu n'imagines pas à quel point cette peste pouvait être méchante, ma belle, soupira Anton. J'ai parlé à Marcel en aparté, après, pour lui expliquer pourquoi John avait été si mauvais. J'ai aussi dit à Juliette ce que je pensais d'elle pour l'avoir mené en bateau comme ça. Elle était bonne cuisinière. Elle n'avait pas besoin de tricher de la sorte, mais Juliette trouvait ça drôle.

— Je sais qu'elle et Greta ne s'entendaient pas, reprit Jack. Qu'est-ce qu'elle faisait d'autre pour vous énerver comme ça ?

— Vous avez combien de temps devant vous ?

Anton sirota son café refroidi mais, pour la première fois, fut incapable de croiser le regard de Jack. Ses yeux partaient même sur la gauche, un signe certain qu'il était en train de mentir, même si c'était par omission.

— Après l'incident avec John, elle savait que je la surveillais. Elle n'aimait pas du tout que je voie à travers son jeu et que je ne me laisse pas manipuler. Elle avait l'air de penser que tous les hommes de la terre devaient succomber à ses charmes. Enfin, je ne suis pas triste qu'elle soit morte et, si vous vous posez la question, j'ai aussi dit ça à Vickery. Merci pour le café, poursuivit Anton en se levant. Je devrais y retourner. Paul doit nous rejoindre pour une présentation de la nouvelle. Je n'ai pas envie de rater ça.

Avec un geste nonchalant de la main, il les laissa et retourna vers l'annexe.

— On ne va pas pouvoir s'occuper de John, alors, reprit Alexi. On ne peut pas interrompre le tournage.

— John va devoir attendre, mais il ne faut pas le négliger.

— Est-ce qu'on a au moins un peu avancé ? demanda Alexi, découragée.

Jack secoua la tête.

— Le problème de Vickery, ce n'est pas le manque de suspects ; il en a trop.

— Hum, les trois candidats détestaient Juliette. Greta avait une vieille rancœur contre elle, et Juliette a humilié John. Mais je ne vois pas John inventer un meurtre aussi élaboré.

— Elle a insulté sa virilité. C'est une très bonne motivation pour beaucoup d'hommes, surtout ceux qui sont assez doux. Tu serais surprise.

— Au moins, Anton n'a pas de mobile. Il a l'air d'être un garçon respectable, et il a essayé de recadrer Juliette par rapport à son comportement avec John. Il ne voulait pas céder à ses avances et elle n'avait aucun moyen de le contrôler, donc il n'avait aucune raison de la tuer.

— De ce que l'on sait pour le moment, déclara Jack en posant ses pieds sur une chaise libre. Il cachait quelque chose, par contre.

— Mais comment peux-tu le savoir ? demanda Alexi avec mauvaise humeur. Il m'avait l'air plutôt ouvert.

— Trop ouvert. Ce qu'il nous a dit par rapport à John doit être vrai. Il sait qu'on va demander à John de le confirmer. Mais il nous en a parlé trop vite. Comme s'il voulait nous empêcher de lui poser des questions personnelles.

— Alors pourquoi tu ne l'as pas fait, si tu penses qu'il cache quelque chose ?

— Parce qu'il ne m'aurait rien dit, et je ne pense pas qu'il en ait parlé à la police non plus.

— Tu le soupçonnes ?

— Je soupçonne tout le monde, déclara Jack avec un large sourire. Je ne peux pas m'en empêcher.

— Mais si Juliette avait de quoi le faire chanter, comment l'a-t-elle découvert ?

— De la même manière que Cassie le découvrira, j'espère. À l'instant où elle a connu le nom de ses adversaires, Juliette a dû aller sur Internet pour mettre la main sur toutes les informations qu'elle pourrait utiliser contre eux. N'oublie pas que papa est un homme puissant. Je ne pense pas que Juliette puisse pirater des lieux sécurisés comme Cassie, mais je suis prêt à parier toutes mes économies que son père connaissait quelqu'un qui en était capable.

— Son père ne voulait pas qu'elle participe, remarqua Alexi. Pourquoi est-ce qu'il l'aurait aidée ?

— Elle lui a tenu tête, donc j'imagine qu'il a préféré s'en accommoder et l'aider. Savoir si elle le lui a demandé est une autre question, mais on sait grâce à Greta qu'il n'attendait rien de moins que la perfection venant de sa fille. Enfin, dit Jack avec un bâillement, si Anton a des cadavres dans le placard, Cassie les trouvera.

— Eh bien, je ne pense toujours pas qu'un des candidats soit coupable. La rancune de Greta a plusieurs années. Elle a dû s'en remettre. Quant à John et Anton… Eh bien…

— Peut-être qu'ils sont tous dans le coup et qu'ils se couvrent.

— Tu racontes n'importe quoi, maintenant.

— En tout cas, il faut encore qu'on parle à Gerry. On essayera de le trouver un peu plus tard. Après avoir…

— Oh, merde !

— Que se passe-t-il ?!

Jack se releva d'un coup et regarda par la fenêtre dans la même direction qu'Alexi.

— Oh mon Dieu.

Il éclata de rire en voyant Cosmo, sous les aboiements d'encouragement de Toby, acculer des techniciens de la police scientifique terrorisés dans un coin du jardin.

— Tu devrais y aller et les sauver avant que ce soit leur sang à eux qui coule.

— Je vais vraiment devoir commencer à laisser Cosmo à la maison, pesta Alexi en secouant la tête et en se précipitant dehors par la porte arrière.

Jack l'observa à travers la vitre tandis qu'Alexi rappelait Cosmo et se confondait en excuses auprès des policiers embarrassés. Mais lorsqu'elle revint dans la cuisine, chien et chat tout penauds derrière elle, elle avait l'air pâle et bouleversée.

— Qu'est-ce qu'il y a ?

— Je n'ai pas pu m'empêcher de regarder ce qu'ils ont trouvé, répondit-elle en s'affalant sur la chaise la plus proche. Ils étaient en train de prendre des photos d'un coin avec du gravier couvert de taches foncées et de ce qui ressemblait à des longs cheveux blonds. Ils ont mis dans un sac plusieurs rochers décoratifs que Fay a utilisés pour la pièce d'eau près de chez Marcel.

Alexi écarquilla les yeux avec inquiétude.

— Je pense qu'ils ont trouvé l'endroit où Juliette est morte.

9

— Il ne sert à rien d'essayer de m'amadouer, dit Alexi à Cosmo.

Elle agita un doigt réprobateur dans sa direction tout en essayant de ne pas rire. Son chat récalcitrant était installé sur ses genoux, dans la voiture de Jack, tout gentil et doux, et lui envoyait des regards innocents de ses yeux noisette perçants.

— Si tu continues ces bêtises, tu vas retourner sous les arches de Waterloo !

— Miaou !

Jack éclata de rire.

— Je suis persuadé qu'il comprend ce que tu dis.

— J'en suis sûre. Il sait qu'il a dépassé les bornes tout à l'heure, et c'est pour ça qu'il joue l'innocent avec nous maintenant. Ce n'est pas parce qu'il s'ennuie qu'il doit terroriser les gens.

— Il ne faisait que s'amuser, répondit Jack en tendant la main pour caresser les oreilles de Cosmo.

— Tu appelles ça « s'amuser » ? Cette pauvre femme a été traumatisée. Elle s'est mise à parler de la loi sur les animaux sauvages.

— Je ne crois pas qu'elle existe vraiment.

— En tout cas, j'ai eu beaucoup de mal à la calmer, continua Alexi en caressant le poil brillant du flanc de Cosmo. Au moins, j'ai pu voir ce qu'ils avaient découvert.

— Cosmo le savait. C'est pour ça qu'il a fait diversion.

— Ne l'encourage pas, répliqua Alexi en levant les yeux au ciel.

— Nous y voilà. C'est juste un petit peu plus loin.

Jack se tourna vers les terrasses des maisons décrépites où habitaient Dean Davis et sa mère. On aurait dit qu'elles avaient été construites avant l'invention de l'eau courante.

— Hammond n'a pas dû être très généreux avec sa femme lors du divorce si elle vit ici.

Alexi fit la grimace en observant les murs couverts de graffitis. Des déchets débordaient de poubelles renversées, probablement pas par des animaux sauvages, et une atmosphère ambiante de dépression régnait sur ce quartier qui semblait avoir été oublié par le progrès. Un groupe de jeunes encapuchonnés traînait là, fixant d'un air hostile la voiture de Jack tandis qu'il remontait lentement la rue à la recherche d'une place pour se garer. Alexi aperçut plus d'une voiture montée sur des parpaings dans les jardins desséchés, plus d'une fenêtre cassée et bouchée par du contreplaqué qui ne poserait pas grand problème à un cambrioleur motivé. Les habitants n'avaient sûrement plus grand-chose à se faire dérober.

— J'aurais dû demander à Cassie les détails du divorce de Hammond. Tant pis.

Jack trouva une place proche de la résidence des Davis et s'y gara en marche arrière.

— Peut-être que Davis va pouvoir nous en dire plus.

Ils laissèrent Cosmo surveiller la voiture. Celui-ci se roula en boule sur la place passager et les observa d'un œil tandis qu'ils se dirigeaient vers la maison des Davis. Grâce à la présence du chat, le véhicule de luxe de Jack serait en sécurité face aux adolescents. Ils atteignirent la maison, qui avait l'air légèrement en meilleur état que ses voisines. Une couche de peinture fraîche couvrait les rebords de fenêtres, et le jardin avait l'air un minimum entretenu.

Jack appuya sur la sonnette. Ils l'entendirent résonner à l'intérieur de la maison, mais personne ne vint leur répondre. Jack sonna une nouvelle fois, et maintint le bouton appuyé. Toujours aucune réponse. Ils échangèrent un regard et s'apprêtèrent à laisser tomber quand la porte s'ouvrit de quelques centimètres, la chaîne toujours accrochée. Une précaution raisonnable, vu le voisinage, se dit Alexi. Un jeune homme jeta un coup d'œil par l'entrebâillement.

— Quoi, grogna-t-il. Qu'est-ce que vous… Mais merde ! Qu'est-ce que tu fais là ? Je croyais que tu étais malade.

— Je vais mieux. Est-ce qu'on peut entrer, Dean ?

— Pourquoi ? demanda Dean avec méfiance. Comment tu sais où j'habite ?

— Il faut qu'on parle, mais à l'intérieur.

Jack jeta un coup d'œil aux jeunes qui s'étaient rapprochés tranquillement et faisaient mine de ne pas les écouter.

Dean ôta la chaîne avec réticence, ouvrit suffisamment pour les laisser entrer, puis ferma à double tour derrière eux.

Ce n'est pas une façon de vivre, déplora Alexi, désolée pour Dean.

— Voici Alexi, annonça Jack. Alexi, Dean.

— Ravie de vous rencontrer, lança Alexi à Dean en lui tendant la main.

Celui-ci l'ignora. Il s'adossa contre le mur du couloir étroit et toisa Jack en prenant peu à peu conscience de la situation.

— Tu es au courant, hein ?

— Asseyons-nous pour en parler, répondit Jack.

Dean les guida jusqu'à un petit séjour. Il y avait de nombreuses touches féminines – des bougies, des décorations, des plantes florissantes, des housses de coussins – et tout était impeccable. Aucun signe de la femme, la mère de Dean probablement, qui prenait tant soin de son foyer. Dean s'affala dans le seul fauteuil de la pièce, en face d'un large écran plat, et leur fit signe de s'asseoir sur le canapé en face de lui.

— Est-ce que je vais devoir aller en prison ? demanda-t-il en enfouissant sa tête dans ses mains. Je ne peux pas y aller. Qui s'occupera de maman si je ne suis pas là ?

— Qu'est-ce qui t'a poussé à faire ça ? demanda Jack.

— On t'a envoyé pour m'attraper ?

Jack acquiesça.

— C'est bien ce que je pensais. Tu avais l'air beaucoup trop compétent pour ce boulot. J'avais décidé d'arrêter, de toute façon. J'avais prouvé ce que j'avais à prouver.

— De quoi…

— Dean, on a de la visite ? Est-ce que c'est William ?

Une femme se glissa dans la pièce, ses cheveux châtain clair parsemés de mèches grises tombant sur ses épaules. Alexi fut subjuguée par sa beauté renversante : ses traits délicats, ses pommettes saillantes et ses grands yeux marron qui semblaient hantés. Elle devait avoir la quarantaine entamée, mais son teint était toujours velouté, son visage, presque dépourvu de rides. Quelque chose dans la sensualité de ses mouvements élégants captivait Alexi. Ainsi que Jack, comme elle pouvait le voir. Le détective stoïque la fixait avec émerveillement.

Cette femme était forcément la mère de Juliette. La ressemblance était trop frappante pour qu'il puisse y avoir le moindre doute. Pourtant, Alexi n'avait jamais trouvé Juliette aussi fascinante. Il y avait chez elle une détermination robuste n'éveillant pas chez les hommes cet instinct de protection qui émergeait chez Jack devant la nature éthérée de Melody Davis. Sa sérénité avait dû la rendre irrésistible aux yeux d'un homme comme Hammond. Il n'était peut-être pas aussi riche lorsqu'ils s'étaient rencontrés vingt-cinq ans plus tôt, mais Alexi le soupçonnait d'avoir déjà développé une détermination à obtenir tout ce qu'il désirait à l'époque.

— Où est William ? demanda Melody en commençant à s'inquiéter. Tu as dit qu'il était là, Dean. Il va vouloir me voir. Il faut que je me prépare.

— Il n'est pas encore arrivé, maman, répondit doucement Dean. Ce sont des amis qui sont venus me rendre visite.

— Oh, des amis.

Elle agita la main, son intérêt pour eux s'évaporant rapidement.

— Où est William ? Pourquoi est-il toujours en retard ?

Dean la prit par les épaules et la tourna vers le fauteuil qu'il venait de quitter.

— Allez, maman. Assieds-toi, je vais mettre ton émission. Elle va bientôt commencer.

Jack et Alexi échangèrent un regard pendant que Dean allumait la télévision avant de s'agenouiller aux côtés de sa mère, prenant sa main entre les siennes et lui parlant doucement jusqu'à ce qu'elle arrive à se calmer. C'était la scène la plus touchante dont Alexi avait été témoin depuis des années. L'enfant était devenu le parent, sacrifiant sa jeunesse pour s'occuper d'une mère qu'il adorait clairement. Elle sentit les larmes lui monter aux yeux lorsque Jack lui serra la main. Ils se levèrent tous les deux et partirent attendre dans le couloir pour laisser à Dean l'espace dont il avait besoin.

— Le pauvre, chuchota Alexi. Tu dois l'aider. Quelqu'un qui aime autant sa mère ne peut pas être mauvais.

— Je vais faire ce que je peux. Attendons de voir ce qu'il a à dire pour sa défense.

Dean les rejoignit quelques instants plus tard.

— Allons finir notre discussion par là.

Il les guida dans une petite cuisine qui avait été aménagée avec des placards et des appareils modernes. La pièce était aussi accueillante et propre que le reste de la maison. Il y avait une table poussée contre l'un des murs. Dean leur fit signe de s'y asseoir, et ils s'exécutèrent.

— Est-ce que ça répond à ta question ? demanda-t-il en soupirant. Sur mes raisons, je veux dire.

— Qu'est-ce qu'elle a ? s'enquit Alexi d'une voix douce.

— Elle est bipolaire.

Dean fixa la liste de courses accrochée au frigo avec un aimant en parlant. Il n'aimait visiblement pas parler des problèmes de sa mère, et Alexi ne pouvait pas lui en vouloir. La maladie mentale était stigmatisée, et beaucoup de gens ne le comprenaient pas.

— Elle va bien quand elle prend ses médicaments, mais elle ne le fait pas toujours. Elle dit que ça la rend confuse et que l'euphorie lui manque.

Alexi acquiesça, pleine de sympathie pour ce garçon qui devait supporter autant de responsabilités. Elle espérait que Jack soit clément avec lui. Il n'avait pas l'air d'être un voleur né et avait sûrement une bonne raison d'avoir agi ainsi.

— J'ai déjà entendu ça à propos de gens qui souffrent de bipolarité, dit Jack. Ça ne doit pas être facile pour toi.

— Je n'ai pas besoin de ta pitié, répliqua Dean en se frottant le visage. Maman a traversé beaucoup d'épreuves, mais on a enfin réussi à stabiliser son état avec des médicaments qui avaient l'air de lui convenir. Elle allait bien. Assez pour trouver un travail de réceptionniste, même. Elle est très douée avec les gens, très attentionnée, quand elle prend son traitement.

— Laisse-moi deviner, enchaîna Jack. Elle travaillait chez Cash Out.

— Pendant presque deux ans, répondit Dean, le visage dur. J'ai entendu parler du poste à pourvoir juste après avoir obtenu mon travail en parlant à un employé de chez Cash Out. On échange beaucoup avec eux… enfin, tu sais tout ça, expliqua-t-il avec un geste de la tête vers Jack. Il y a souvent des choses à régler au téléphone avec des nouveaux clients, des délais. Ils avaient toujours l'air de manquer de personnel, et ils m'ont parlé du poste vacant. Je me suis dit que ça pourrait convenir à maman, mais je leur ai parlé de sa maladie avant qu'elle aille en entretien. Maman se plaisait vraiment là-bas, et j'étais ravi. Ça m'a ôté une certaine pression, et j'ai presque réussi à me construire une vie pendant un moment.

— Vous êtes son seul aidant ? demanda Alexi.

— Quasiment, dit Dean en haussant les épaules. Les services sociaux sont plus qu'inutiles.

— Qu'est-ce qu'il s'est passé chez Cash Out ? l'interrogea Jack.

— Je pensais que maman avait enfin compris qu'elle devait prendre ses médicaments. Il y avait eu quelques incidents avant, quand… bref, je les prépare tous les jours et je la regarde les prendre. Le problème, c'est que de temps en temps, elle décide qu'elle n'en a plus besoin, et elle peut être très évasive. Elle les cache sous sa langue et elle les crache quand j'ai le dos tourné. Qu'est-ce que je suis censé faire ? expliqua-t-il en haussant les épaules. La regarder jusqu'à ce qu'elle les avale ? Il y a eu un problème un jour au travail, sûrement quand elle avait réussi à ne pas les prendre. Après un incident à la réception, elle s'est montrée agressive avec un client. Elle a été virée sur-le-champ pour faute professionnelle grave.

Il abattit son poing sur le bras de sa chaise.

— C'était injuste. J'ai expliqué ce qu'il s'était passé, et j'ai promis de m'assurer que cela ne se reproduirait pas, mais je pense que c'était une excuse pour se débarrasser d'elle. Ils n'avaient pas le droit de faire ça. Ils n'ont même pas suivi le protocole disciplinaire qu'ils auraient appliqué avec n'importe qui d'autre.

— Je suis désolée, lui assura Alexi. Vous n'auriez pas pu les attaquer en justice ?

Dean secoua la tête.

— Maman était en plein épisode de dépression. Si elle avait assisté à une audience dans cet état, ça n'aurait fait que renforcer leur opinion sur son instabilité.

— Donc vous avez décidé de vous venger d'une autre façon.

— Oui, c'était peut-être bête, mais j'étais en colère, et un peu triste pour nous deux, j'imagine. Les gens peuvent être si mauvais.

Il passa une main dans ses cheveux.

— Bref, j'ai juste fait ça pour obtenir l'argent que maman aurait dû toucher après deux ans de bons et loyaux services, moins ce que je devais aux deux personnes qui m'ont aidé avec l'arnaque, évidemment. Je ne pensais pas me faire attraper.

— Et je ne pensais pas que tu étais le cerveau de l'opération, répondit Jack. Je t'ai sous-estimé. J'imaginais que le responsable t'utilisait comme un pion.

— Ce n'est pas parce que je suis vendeur que je suis bête.

Jack s'enfonça davantage dans son siège, posa l'un de ses pieds sur la cuisse opposée, et fixa Dean d'un regard observateur.

— Je dirais que tu es l'inverse. Tu es, ou tu pourrais être, quelqu'un qui réussit. Comme ton père, ajouta Jack après une courte pause.

— Mon père est parti il y a des années, cracha Dean en fronçant les sourcils, quand j'étais petit, et il a pris quasiment tout l'argent de maman.

Il donna un coup dans le pied de la table basse.

— Cette ordure !

— Je parlais de ton père biologique.

— Tu es au courant pour lui ? s'étonna Dean en relevant brusquement la tête.

— J'aurais dû te dire qu'Alexi est copropriétaire de l'hôtel où ta sœur a été tuée. Toutes mes condoléances, dit Jack avec un regard empreint de sympathie.

— Merci, mais je la connaissais à peine.

— Est-ce que vous l'avez annoncé à votre mère ? demanda Alexi.

— Non, répondit-il en faisant la moue. J'attends le bon moment. Elle ne parle pas beaucoup de Juliette, mais elle se souvient d'elle. Lui, par contre, elle en parle tout le temps. Vous l'avez vu vous-mêmes. Elle est persuadée qu'il reviendra d'un jour à l'autre. Ça me brise le cœur, continua-t-il en soufflant lentement. Bref, je saurai quand elle sera suffisamment forte pour encaisser la mort de Juliette.

— Pourquoi ne pas commencer par le début et nous expliquer ton lien avec les Hammond ? proposa Jack.

— Si ça peut éviter à la police de venir harceler maman, je n'y vois pas d'inconvénient. Elle n'est pas très douée avec l'autorité, et si elle est dans un mauvais jour, ça pourrait la rendre encore plus dépressive ou agressive.

— Je comprends, répondit Alexi.

Elle avait écrit un article sur les personnes souffrant de bipolarité lorsqu'elle travaillait au *Sentinel*, explorant les préjudices et l'incompréhension auxquels elles étaient confrontées.

Dean rejeta sa tête en arrière et soupira.

— Maman a épousé Hammond quand elle avait à peine 18 ans. J'ai vu des photos. Elle était magnifique, et apparemment, toujours très animée, toujours très enthousiaste, avec la capacité naturelle d'illuminer la pièce dès qu'elle arrivait. Elle était secrétaire ; Hammond était un banquier en formation avec tous les bons contacts pour devenir quelqu'un d'important. Elle dit qu'il était charmant et qu'il l'a immédiatement séduite. Ils ont vécu un vrai coup de foudre, et trois mois après leur rencontre, ils se sont mariés. Hammond venait d'une famille aisée, et il était hors de question que maman travaille une fois mariée. Hammond était possessif, il la voulait pour lui tout seul.

Alexi hocha la tête. D'après ce qu'elle avait vu de Hammond, il n'y avait rien de surprenant.

— Juliette est née à peine un an après leur mariage. La naissance a été difficile et je pense que c'est là que la maladie de maman s'est manifestée. Mais rien dans la vie de Hammond ne devait être défectueux. Leur mariage a commencé à battre de l'aile, il a accusé maman d'avoir une liaison alors que ce n'était pas le cas, et quand elle lui a dit qu'elle était de nouveau enceinte…

— De toi ? demanda Jack.

— De moi. Il a refusé de croire que l'enfant était de lui et il l'a mise à la porte. Elle n'a eu qu'une fraction de ce qu'elle aurait dû recevoir parce qu'elle ne pouvait pas se payer un bon avocat pour la défendre. Bref, Davis est arrivé, il l'a épousée, l'a exploitée, et il est parti avec le reste de son argent. C'est pour ça qu'on en est réduits à vivre comme ça, expliqua Dean en écartant les bras pour montrer l'ensemble de la petite pièce. L'état de maman n'a fait qu'empirer, et comme je l'ai déjà dit, les services sociaux ne servent absolument à rien. Donc j'ai quitté l'école dès que j'ai pu, et je m'occupe d'elle depuis.

— Qu'est-ce que vous vouliez faire ? s'enquit Alexi.

— Je voulais devenir architecte. On m'a dit que j'avais du talent pour le design. J'ai peu de chances, maintenant, grogna-t-il.

— Je pense que vous pourriez réussir tout ce que vous entreprenez, répondit Alexi. Il n'est jamais trop tard.

— J'ai pris des cours du soir, juste pour ne pas laisser mon cerveau dépérir. J'ai eu de bons résultats, mais il m'est impossible de valider un diplôme en ligne sans travailler et en m'occupant de maman, donc la question est réglée. Ma vie se résume à cette boutique et à m'occuper de maman.

— Je peux comprendre que vous en vouliez tellement à Hammond, dit Alexi.

— Tu lui ressembles beaucoup, sur les photos que j'ai vues de lui, ajouta Jack. Si tu l'as rencontré, il a dû s'en rendre compte, lui aussi.

— J'ai hérité de ses traits et de son esprit, Juliette a eu les traits de maman sans être aussi intelligente qu'elle, même si j'ai entendu dire qu'elle était plutôt maligne.

— Est-ce que Hammond accepte que vous soyez son fils, maintenant ? s'enquit Alexi.

— Écoutez, j'adore ma mère, et ça ne m'embête pas de m'occuper d'elle, mais j'en veux beaucoup à cette raclure d'avoir dû abandonner mes études parce qu'il n'a pas voulu assumer ses responsabilités.

Alexi hocha la tête.

— J'éprouverais la même chose à votre place.

— J'ai essayé de le contacter plusieurs fois, mais il a refusé mes appels et mes lettres. J'ai même essayé de toquer à sa porte, mais on m'a refoulé. L'aborder à son travail n'a pas été une réussite non plus. Tout ce que je voulais, c'était assez d'argent pour offrir à maman les soins dont elle a besoin. Il nous doit bien ça, expliqua Dean en secouant la tête.

— Mais tu as réussi à le voir hier, intervint Jack.

Dean lui jeta un regard suspicieux.

— Et comment tu sais ça, toi ?

— Fais-moi plaisir, réponds-moi.

— D'accord. On s'est vus pour la première fois la nuit dernière. Juliette est venue me voir au magasin, sortie de nulle part. J'ai su qui elle était au moment où elle a franchi la porte. On est allés déjeuner ensemble. Elle m'a dit qu'elle avait entendu son père dire à quelqu'un de ne pas me laisser approcher sa précieuse propriété. Elle a aussi entendu mon nom et ça l'a rendue curieuse. Elle a fouillé son bureau, a trouvé mon nom et mon numéro gribouillés sur un coin de son sous-main, et elle a fait ses propres recherches. Elle m'a dit qu'elle a su à l'instant où elle m'a vu que nous étions de la même famille. Je lui ressemble, à lui. Elle a été stupéfaite quand je l'ai informée que notre mère était vivante. Il lui avait raconté qu'elle était morte depuis des années. Bref, elle voulait rencontrer maman, et je n'avais rien contre cette idée.

— Elle est venue ici ?

— Oui, et elle a illuminé la pièce, comme maman le faisait quand elle avait son âge, j'imagine. Elle était ravie d'avoir un frère. Elle disait que ça lui ôtait une certaine responsabilité. Ah ! Je n'allais pas lui dire que j'aurais préféré me planter des aiguilles dans les yeux plutôt que de laisser Hammond être un père pour moi, à ce stade.

— Quand est-ce que c'était ? demanda Jack.

— Juste avant qu'elle s'installe à l'hôtel pour l'émission. Elle était enthousiaste à l'idée de nous réunir, Hammond et moi. Donc elle est allée le voir et lui a dit que s'il refusait de me rencontrer et de me fournir un échantillon pour un test ADN, elle en obtiendrait un sans son aide. Elle ne lui tenait pas souvent tête. J'imagine que la menace a fonctionné. Je suis allé le voir l'autre soir, on a parlé dix minutes, il m'a donné quelques-uns de ses cheveux et je suis parti.

— C'est tout ? l'interrogea Jack avec méfiance.

— Je lui ai expliqué que la seule chose que je voulais, c'était de l'aide pour maman, et il a dit que si j'étais bien son fils, s'il avait fait erreur et que maman ne l'avait pas trompé, il payerait ses soins. Quelle générosité. C'est à cause de la façon dont il l'a traitée que l'état de maman s'est autant dégradé. Elle l'adore, aujourd'hui encore, et c'est rageant. À chaque fois qu'on a de la visite, elle demande si c'est William, comme tout à l'heure. Il n'a aucune idée de ce qu'il lui a fait subir.

Cela ne surprenait pas Alexi. Les hommes sans pitié comme Hammond, qui voulaient toujours tout contrôler, n'avaient pas beaucoup de tolérance pour les faiblesses, surtout mentales.

— Tu n'as pas répondu à ma question à propos de Cash Out, reprit Dean en se tournant vers Jack. Est-ce que je vais aller en prison ?

— Pas si j'ai mon mot à dire, répondit Jack. J'expliquerai tes circonstances à Mick Bailey, et avec un peu de chance, il acceptera de passer l'éponge, si tu rembourses ce que tu as volé.

— Et comment je suis censé faire ça ? s'exclama Dean en levant les bras au ciel. Autant me mettre directement sous les verrous. Je n'ai plus cet argent. Je devais éponger des dettes, et j'ai payé les gens qui m'ont aidé.

— Peut-être qu'on n'en arrivera pas là, intervint Alexi. Hammond n'a plus qu'un enfant, et je doute qu'il ait envie de vous voir emprisonné pour avoir essayé d'aider votre mère, surtout si votre lien venait à être révélé par la presse.

Alexi eut un large sourire.

— Je travaillais pour le *Sentinel*, avant.

Le visage de Dean s'éclaira.

— Je savais que j'avais déjà vu votre tête.

— La police finira par interroger ta mère, l'avertit Jack. Et toi aussi. Je ne peux pas l'en empêcher.

— Je m'en suis douté dès que j'ai entendu dire que Juliette était morte. Mais je ne l'ai pas tuée. Je n'ai jamais mis les pieds dans cet hôtel de luxe. Je n'aurais pas pu payer ces tarifs. En plus, j'avais besoin d'elle vivante. C'est seulement grâce à elle que j'ai eu une chance de pousser Hammond à prendre ses responsabilités.

— Je sais que tu ne l'as pas tuée, dit Jack. Je surveillais cette maison la nuit où ça s'est produit, et je t'ai suivi jusque chez ton père.

— Ne l'appelle pas comme ça. En tout cas, je suis content que tu m'aies suivi.

Dean sourit, et l'inquiétude quitta son regard.

— Ça me donne un alibi en béton, au moins.

— Voudrais-tu nous aider à résoudre cette affaire ? demanda Jack.

— Comment le pourrais-je ? répondit Dean en écartant les mains d'un geste impuissant. C'est vous qui avez des liens avec les suspects, pas moi.

— J'aimerais parler à ton père… pardon, à Hammond, à propos de Juliette, mais je doute qu'il reçoive des visiteurs en ce moment. Mais si tu lui demandais…

— Jack est détective privé, et comme je l'ai dit, je suis journaliste et copropriétaire de Hopgood Hall. Nous avons résolu l'affaire Natalie Parker, il y a peu.

— Ah oui, je me rappelle avoir lu tout ça. Il était impossible de passer à côté, ici.

Il se tut quelques instants pour réfléchir à ses différentes options.

— D'accord, finit-il par dire. Donnez-moi une minute.

Dean quitta la pièce, et ils l'entendirent parler à voix basse au téléphone dans le couloir. Il revint un instant plus tard, le sourire aux lèvres.

— Je lui ai dit qui vous êtes. Il est prêt à vous recevoir dès que vous arriverez, annonça-t-il.

10

La voiture de Jack avait toujours ses quatre roues et ses enjoliveurs lorsqu'ils la regagnèrent.

— Les gangs, de nos jours, dit-il en riant. Aucun cran. Ils ont peur d'un petit minou.

Le gang en question, qui n'avait pas réussi à enlever au véhicule ses éléments essentiels, se tenait à une distance prudente de la BMW, les garçons marmonnant en jargon adolescent.

— Bonsoir, les jeunes, lança Jack d'un air enjoué. Merci d'avoir surveillé ma voiture.

— Qu'est-ce que c'est que cette bestiole ? demanda l'un d'eux avec un signe de tête méfiant en direction de Cosmo.

Ce dernier passa le museau dans l'interstice laissé par la fenêtre et s'appliqua à leur feuler dessus.

— Un problème, les garçons ?

Alexi ouvrit la portière et laissa sortir Cosmo. Des bruits de pas pressés s'élevèrent lorsque le chat sauta avec agilité en l'air et atterrit sur ses quatre pattes, à quelques centimètres du groupe qui battait rapidement en retraite. Il fit le dos rond, cracha comme s'il s'apprêtait à les attaquer, et sortit ses griffes acérées. Jack avait presque pitié pour les jeunes délinquants. Il aurait sûrement pris ses jambes à son cou, lui aussi, s'il avait croisé la route d'un Cosmo déterminé.

— Vous n'avez jamais vu de chat ?

Riant aux éclats en voyant le gang perdre toute contenance et s'enfuir en courant, Alexi rappela Cosmo à la voiture et lui caressa la tête.

— Ça, c'est un bon chat !

— Tu vois, lui dit Jack, il veut juste te protéger.

— J'ai pitié de Dean Davis, dit Alexi en s'installant dans la voiture avant que Jack démarre. Comment peut-on l'aider ?

— Je ne pense pas que mon client de Cash Out voudra à tout prix porter plainte pour obtenir compensation, tant que l'arnaque cesse. Surtout s'il apprend que son entreprise a renvoyé une employée qui a des problèmes de santé mentale sans suivre la démarche appropriée.

— Sans oublier que je pourrais écrire un article sur les procédures de renvoi de la boîte, ou plutôt le manque de procédure, concernant une employée souffrant d'un handicap mental, ajouta Alexi avec un sourire satisfait.

— Ce pauvre gars ne sait pas ce qui l'attend, répondit Jack en riant.

— Si c'est comme ça qu'il traite ses employés, il ne mérite pas plus.

— Je ne pense pas qu'il ait personnellement pris connaissance du renvoi.

— Peut-être pas, mais la responsabilité lui revient.

Le portable de Jack sonna. Il jeta un coup d'œil à l'écran avant de croiser le regard d'Alexi.

— C'est Vickery, indiqua-t-il en décrochant par le biais du système main-libre de sa voiture. Qu'a révélé l'autopsie ? demanda-t-il sans s'encombrer de politesses.

— Aucun signe de lutte, répondit Vickery. Elle est décédée des suites d'un choc brutal.

— Un coup à la tête.

— C'est ça. Je suppose que vous savez déjà que nous avons trouvé le lieu probable de sa mort ?

— Grâce à Cosmo.

— Oui, notre technicienne aura besoin d'une thérapie après avoir rencontré ce foutu chat.

— Désolée, répondit Alexi depuis le siège passager en essayant de se retenir de rire.

— Bref. J'ai supposé que vous voudriez les nouvelles.

— Des éléments pertinents ? s'enquit Jack.

— Rien d'évident. Rien sous ses ongles, pas de cheveux qui nous arrangeraient sur ses vêtements ou de bouton arraché à son assaillant. Ce serait trop facile. On n'a rien trouvé non plus dans sa chambre, mais tous les résultats ne sont pas encore arrivés.

Le fait qu'ils aient reçu certains résultats était déjà un signe que l'enquête avait droit au traitement de luxe.

— Elle venait d'avoir une relation sexuelle, mais on le savait, évidemment.

Vickery marqua une pause.

— Ce qu'on ne savait pas, c'est qu'elle était enceinte.

Jack et Alexi échangèrent un regard.

— Depuis combien de temps ? demanda Alexi.

— Quelques semaines. Elle ne le savait peut-être pas elle-même.

— Ou peut-être qu'elle le savait, et que c'est pour ça qu'elle a dit à Marcel de ne pas s'embêter avec un préservatif, supposa Jack, comme ça, si elle en avait besoin, elle pouvait l'accuser.

— Qu'est-ce que vous voulez dire ? demanda Vickery.

— Eh bien, si ses manœuvres de manipulation ne lui assuraient pas de gagner directement la compétition, une place dans la cuisine de Marcel pour travailler à ses côtés, c'était une option. Ce serait un gage de qualité pour sa carrière. Ce ne sont que des hypothèses, mais si elle le persuadait qu'il allait devenir papa et que ça ne lui plaisait pas franchement, elle aurait toujours le temps d'avorter après la compétition s'il acceptait de l'engager.

— Vous pensez vraiment qu'elle aurait pu se montrer aussi fourbe ? l'interrogea Vickery d'une voix dubitative.

— Je ne fais que jouer l'avocat du diable, souffla Jack. De toute façon, sa grossesse précède l'émission, donc Marcel ne peut pas être le père. Mais si elle lui mentait sur la date, il ne pourrait pas le savoir.

— La grossesse n'est pas antérieure aux épreuves de sélection, ajouta Alexi. Ça peut valoir le coup de voir si quelqu'un a participé aux qualifications et au tournage à Hopgood Hall. Si Juliette savait qu'elle était enceinte, qu'elle en a informé le père et refusé d'avorter lorsqu'il le lui a suggéré… Qui sait ce qu'un futur papa réticent serait prêt à faire ? Surtout s'il est déjà marié et a une réputation de bon père de famille à protéger.

— Nous sommes déjà sur le coup, indiqua Vickery.

— Évidemment. Désolée, inspecteur. Je ne faisais que réfléchir à voix haute.

— Bon.

Jack marqua une pause ; il se demanda pourquoi Vickery se montrait aussi serviable. Sûrement parce qu'il pensait qu'à eux deux, Jack et Alexi obtiendraient des réponses que lui ne pourrait pas trouver. Ou parce qu'il savait qu'ils allaient de toute manière mener leur propre enquête, donc autant leur donner un petit coup de main. Vickery était sous le feu des projecteurs, mais il n'était pas trop fier pour demander de l'aide, même indirectement.

— Il y a quelque chose que je dois vous dire, continua Jack. Hammond avait un fils, et une ex-femme. Vous trouverez le numéro du fils dans l'historique téléphonique de Juliette. Il s'appelle Dean Davis.

Jack récita l'adresse de Davis.

— Eh ben, répondit Vickery. Tu parles d'un écart social !

— Exactement. Je travaillais sur une autre affaire liée à Davis quand Juliette a été tuée.

— Quelle enquête ?

— Elle est résolue et elle n'a rien à voir avec Juliette. Faites-moi confiance. Je sais que vous allez vérifier, mais Davis n'a pas de casier judiciaire. Il faut juste savoir que Dean Davis est allé rencontrer Hammond, grâce à une intervention de Juliette, hier soir. Je l'ai suivi, donc je suis quasiment sûr qu'il n'a rien à voir avec la mort de sa sœur.

— Il faudra quand même que nous lui parlions.

— Il est au courant. Mais l'ex-femme souffre d'un trouble bipolaire et elle est très fragile. Davis s'occupe d'elle, il est très protecteur. Soyez gentil avec elle. Elle n'est pas impliquée.

— Je comprends Jack, tenez-moi au courant si vous découvrez autre chose.

— Tant que vous me renvoyez l'ascenseur. Dans ce même esprit de coopération, sachez que nous sommes en route pour voir Hammond. Dean l'a appelé, et il a accepté de nous voir sur-le-champ. On doit le voir à propos de l'autre problème de Dean, mais j'ai l'intuition que Hammond veut aussi nous parler de sa fille.

— Il était tout le temps sur notre dos, à nous demander des réponses qu'on ne pouvait pas lui donner. Faites attention à ce que vous lui dites, Jack, et expliquez-moi ce qu'il vous voulait.

— Entendu.

Jack raccrocha.

— C'est drôle, dit Alexi. Les personnes à qui on a parlé n'avaient que des choses négatives à dire à propos de Juliette. C'était une petite princesse pourrie gâtée, qui avait l'habitude d'avoir ce qu'elle voulait, et se fichait d'écraser les autres pour ça. On pourrait penser qu'elle aurait détesté découvrir qu'elle avait un frère avec qui partager la fortune et l'attention du paternel. Pourtant, si on en croit Davis, elle l'a accueilli à bras ouverts.

— Tout le monde a des qualités et Juliette n'est visiblement pas une exception. Son père a étouffé son énergie, je pense. Elle ne pouvait pas se le mettre à dos, sinon il lui aurait coupé les vivres. Elle a même dit à Dean qu'il ressemblait à leur père, tant physiquement qu'intellectuellement, donc elle espérait sûrement que la majorité de la supervision parentale se reporterait sur le fils prodigue. Elle était toujours égoïste, mais d'une autre manière, expliqua Jack en haussant les épaules.

— Est-ce que tu as été surpris que Hammond accepte de nous voir ? demanda Alexi après une courte pause.

— Oui et non.

Jack s'arrêta à un croisement, puis tourna à gauche.

— Il y a des chances qu'il ait reconnu nos noms grâce à l'affaire Parker. Il est sans aucun doute au courant de ton lien avec l'hôtel, et j'imagine que Dean lui a dit que j'étais détective privé. S'il apprend que nous enquêtons sur la mort de sa fille, il voudra sûrement savoir ce que nous allons découvrir, car Vickery ne lui dira absolument rien. Il ne peut pas, parce que même si c'est peu probable, Hammond est suspect.

— Parce que de son propre aveu, il est obsédé par le contrôle et s'est disputé avec Juliette à propos de l'émission ?

Alexi acquiesça à sa propre question.

— Je veux bien, mais je ne l'imagine pas la tuer, ni engager quelqu'un pour le faire. En plus, tu peux lui donner un alibi. Tu as suivi Dean chez lui hier soir.

— Mais nous n'avons que la parole de Dean pour attester de la présence de Hammond. Ce n'est pas que je ne le crois pas, mais au fond, je suis toujours flic, et je me dois de tout remettre en question.

Il tourna entre les supports du portail devant lequel il s'était garé la veille, ce qui déclencha l'allumage automatique des lumières tandis qu'il remontait l'allée de gravier.

— Tu es prête ? demanda Jack en s'arrêtant devant la maison et en coupant le moteur.

— Oui. J'ai hâte de voir quel genre d'homme il est.

Une fois de plus, Cosmo dut rester dans la voiture. Alexi et Jack s'approchèrent du portique en marbre de l'entrée encadré de piliers grecs qui menait jusqu'à une porte en chêne massive et décorée d'accessoires en cuivre poli. À seulement quelques kilomètres de la maison des Davis, la résidence aurait aussi bien pu se trouver à l'autre bout du pays étant donné les différences entre les deux. La porte s'ouvrit avant même que Jack ait pu sonner. Un homme de grande taille, avec des cheveux argentés épais et bouclés et une posture très droite les examina de ses yeux gris et intelligents. Ces yeux étaient fatigués, soulignés de cernes et ancrés dans un visage aux traits tirés. Jack reconnut les signes d'une douleur profonde chez Hammond, mais sentit que la dernière chose que cet homme espérait était de la pitié. Hammond était un homme qui ne se souciait que des réponses.

Et des châtiments.

— M. Maddox, dit-il en tendant la main. Mlle Ellis. Entrez.

— Merci de nous recevoir, répondit Jack.

Ils suivirent leur hôte dans un somptueux salon où brûlait un large feu de cheminée, devant lequel un vieux labrador somnolait, sans même prendre la peine de remarquer leur arrivée.

— Toutes nos condoléances.

Hammond déglutit.

— Je vous remercie, répondit-il en désignant un canapé blanc en cuir. Asseyez-vous, je vous en prie. Puis-je vous apporter à boire ?

Alexi et Jack déclinèrent tous les deux.

— J'admire votre travail, mademoiselle Ellis, et j'ai suivi l'affaire Parker de près. Il me semble que vous avez joué un rôle essentiel dans sa résolution, monsieur Maddox.

— C'était un travail d'équipe, répondit Jack.

— La police ne m'a pas raconté grand-chose des circonstances de la mort de ma fille, dit-il la gorge serrée. J'ai accepté de vous rencontrer car j'ai pensé que vous sauriez peut-être quelque élément qu'ils ignorent. Vous êtes actionnaire de l'hôtel, il me semble, mademoiselle Ellis ?

— Oui. Je suis une amie proche des Hopgood.

— Je ne les connais pas personnellement, mais il m'est arrivé d'aller boire un verre au bar, et j'ai mangé une fois au restaurant.

— J'ai cru comprendre que vous étiez contre la participation de votre fille à la compétition, continua Jack.

Il ne voyait aucun intérêt à tourner autour du pot : Hammond avait l'habitude de prendre le contrôle de n'importe quelle situation, et Jack n'avait pas envie de lui en laisser l'opportunité.

— Elle valait mieux que ça, répliqua Hammond d'un ton dédaigneux. N'importe qui peut cuisiner.

— Pas moi, intervint Alexi.

— Mais vous pourriez si vous vous y mettiez, c'est ça que je veux dire. Cela n'a rien à voir avec un remède contre le cancer.

— Vous ne pensiez pas que devenir cheffe était une situation digne de votre fille ? demanda Jack. Même si c'est ce qu'elle voulait, et que cela la rendait heureuse ?

— J'ai l'impression que j'avais raison de me méfier, vu comme les choses ont tourné.

Jack reconnut qu'il avait raison d'un hochement de tête.

— C'est vrai, mais…

— Si elle avait voulu gérer un restaurant, j'aurais pu lui en offrir un. Elle n'avait pas besoin de se donner en spectacle à la télévision. Les gens comme nous ne se mêlent pas à ce type d'inepties à sensation. C'est de mauvais goût, et humiliant, cracha-t-il.

— Vous vous êtes disputés à ce propos ?

— Je voulais la protéger. Je savais qu'être observée en continu serait difficile, et que tout ce qu'elle dirait ou ferait serait sorti de son contexte. C'est ce que font les émissions de ce genre.

Il eut une moue dégoûtée, puis but une bonne gorgée de ce qui semblait être du scotch pur.

— C'est comme ça qu'ils font de l'audience, ils se fichent des gens qu'ils blessent.

— Juliette vous a tenu tête, dit Alexi. Je ne crois pas qu'elle s'opposait souvent à vous, ce qui vous a sûrement montré à quel point cela lui tenait à cœur.

Hammond haussa les épaules.

— Qu'attendez-vous de moi ?

Pourquoi avez-vous accepté de nous voir aussi facilement ?

— À vrai dire, nous sommes venus parler de Dean Davis, expliqua Jack avant de marquer une pause. Votre fils.

Un bref clignement d'yeux fut la seule marque de surprise que Hammond s'autorisa.

— Je ne savais pas que c'était mon fils avant de le voir hier. Je n'en suis toujours pas convaincu, mais après l'avoir rencontré, j'en suis presque certain.

Jack avait envie de lui parler de la manière dont il avait traité sa femme, mais il se retint. Cela ne le concernait pas. Alexi ouvrit la bouche, sûrement pour le mentionner elle-même, mais Jack lui donna un léger coup de coude et elle se tut. Il expliqua brièvement à Hammond comment il avait fait la connaissance de Dean.

— Il n'a agi de la sorte que pour sa mère. J'expliquerai cela à mon client, et avec un peu de chance, il ne portera pas plainte, mais je suis pratiquement certain qu'il voudra récupérer son argent.

— Je vous ferai un chèque.

C'était aussi facile que ça.

— Je vous recontacterai une fois que j'aurai parlé à Bailey.

— Tenez-moi au courant.

— La police voudra parler à Dean et à sa mère, dit Alexi. Dean s'inquiète de les laisser la questionner. Elle est très fragile, et elle n'est pas encore au courant pour le décès de Juliette.

— Melody n'a rien à voir avec la mort de notre fille. Ça ne leur prendra pas plus de cinq minutes pour s'en rendre compte, et ils devront la laisser tranquille.

— Si vous n'avez pas vu votre ex-femme depuis vingt ans, comment pouvez-vous en être aussi sûr ? demanda Jack.

— Il me semble que personne ne pouvait accéder à la partie de l'hôtel où elle a été tuée. N'est-ce pas ? C'est tout ce que j'ai réussi à obtenir de ce détective muet comme une carpe, ajouta Hammond devant l'air surpris de Jack.

Alexi hocha la tête.

— Oui, l'espace était bien gardé, et avec toutes les caméras présentes, un étranger aurait été fou d'essayer d'entrer. En même temps, si une personne de l'extérieur avait réussi à rentrer sans être détectée, elle aurait eu peu de chances d'être suspectée puisque nul n'aurait su qu'elle était sur les lieux. C'est un risque à prendre.

— D'après ce que vous m'avez dit de l'état de Melody, elle est bien trop fragile pour concevoir un tel plan, et encore plus pour le mener à bien.

— Peut-être pas. Le numéro de téléphone de Dean est forcément dans l'historique de Juliette, expliqua Jack. Elle a pris contact avec lui, et Dean n'avait aucune raison de vouloir sa mort. Il est hors de cause, mais je pense que vous devriez vous préparer aux conséquences. Tout le monde apprendra que votre ex-femme a vécu pratiquement pauvre ces vingt dernières années, à moins de quinze kilomètres de chez vous. Votre fils a dû quitter l'école rapidement et abandonner ses chances de faire quelque chose de sa vie pour s'occuper d'elle. Ça ne va pas vous faire une bonne publicité, et sans vouloir vous offenser, j'ai l'impression que votre image est importante pour vous. Donc à première vue, la police pourrait penser que votre fils lésé cherchait à se venger, mais je peux l'innocenter pour la nuit en question, tout comme vous.

— Je ne suis pas offensé, soupira Hammond. Je vais leur trouver un meilleur endroit où vivre, et les aider financièrement. Dès que j'aurai la confirmation que Dean est mon fils, il pourra retourner faire ses études s'il le souhaite. J'ai cru comprendre qu'il était plutôt intelligent. J'engagerai une aide à domicile pour Melody.

Hammond s'était visiblement renseigné, avant même de rencontrer Dean. Cela ne surprenait pas Jack, mais il se demanda si Dean accepterait son aide. Il serait fou de la refuser, mais il détestait Hammond pour ce qu'il avait fait subir à sa mère, et il était suffisamment jeune pour camper ses positions par principe, et laisser sa fierté le desservir. Quelle que soit sa décision, Dean prendrait en compte le bien de sa mère. Mais si Hammond pensait avoir un fils prêt à suivre ses pas, il allait être sacrément déçu, pensa Jack.

— Vous n'avez pas répondu à ma question, tout à l'heure, monsieur Maddox. Y a-t-il des suspects pour le meurtre de ma fille ?

— Pour être honnête, quasiment tous les membres de l'émission la détestaient, avec quelques exceptions notables.

— Comme ?

— Le présentateur, pour commencer.

— Cet abruti superficiel.

Le ton sec et la façon d'allonger les voyelles de Hammond rendaient l'insulte plus dérisoire.

— Juliette était séduisante, très séduisante. Les hommes la remarquaient, mais je doute que Juliette ait fait quoi que ce soit pour encourager Dakin.

— Très franchement, je pense que votre fille aurait fait n'importe quoi pour avoir une longueur d'avance, lui répondit Alexi. Je suis désolée d'être aussi dure, mais c'est vous qui avez posé la question. Je pense aussi que c'est l'une des raisons qui la rendaient si peu populaire auprès des autres candidats. Elle laissait son apparence faire le travail pour elle, et elle était prête à utiliser sa féminité pour couper l'herbe sous le pied des autres. Les candidats masculins ne pouvaient rien contre ça, et honnêtement, l'autre candidate non plus.

— Quelle petite idiote.

Hammond s'avachit dans son fauteuil ; il paraissait soudain beaucoup plus vieux, à bout.

— J'imagine que je suis peu objectif, mais sa passion pour la nourriture aurait pu lui permettre de gagner grâce à son talent.

— C'est possible, reconnut Alexi, mais ce n'est pas certain.

— Écoutez, je vous ai demandé de venir car j'ai besoin de votre aide, continua Hammond en se redressant, ses coudes posés sur ses cuisses. Je ne fais pas confiance à la police pour découvrir la vérité sans ternir la réputation de ma fille. Je suppose que vous avez le même genre d'inquiétude à propos de l'hôtel, mademoiselle Ellis ?

— Eh bien, oui, mais…

— J'aimerais donc vous engager en tant que professionnel, monsieur Maddox, annonça Hammond.

Il se redressa et ressembla soudain au portrait parfait du banquier tyrannique qu'il était.

— Je veux que vous découvriez qui a tué ma petite fille sans que sa réputation en pâtisse.

En d'autres mots, il voulait protéger son nom, pensa Jack. Il doutait que Hammond accepte de si bien s'occuper de son ex-femme et de son fils autrement. Jack n'appréciait pas cet homme, mais il refusait de quitter Lambourn tant que l'affaire ne serait pas résolue : autant être payé pour le faire. De plus, avoir une véritable excuse pour rester dans le coin obligerait Cassie à lui lâcher les baskets.

— Mademoiselle Ellis, il va sans dire que vous ne devez pas écrire le moindre mot sur ma fille sans m'en parler d'abord.

Alexi se redressa à son tour, et cette fois, Jack n'essaya même pas de l'empêcher de dire le fond de sa pensée.

— Je ne suis pas votre employée, monsieur Hammond. Mais pour votre information, je n'écris jamais rien sans vérifier et revérifier mes sources. Si celles-ci sont publiques et ne sont pas de votre goût, ce n'est pas ma faute. Mais je ne tire aucun plaisir à être cruelle sans raison.

— Pardonnez-moi, je ne voulais pas sous-entendre…

— Bien sûr que si.

Hammond cligna rapidement des yeux face à sa franchise.

— Cependant, Jack et moi travaillons ensemble, donc en un sens, vous m'engagez aussi. J'en sais autant que lui sur l'affaire, et j'en sais bien plus que la majorité des autres journalistes. Mais rien de tout cela n'est apparu dans la presse, et ce ne sera pas le cas, déclara-t-elle en relevant le menton d'un air décidé. J'espère que cela sera une preuve suffisante de mon intégrité.

— Absolument, et je suis désolé de vous avoir fait affront.

Alexi se détendit légèrement.

— J'accepte vos excuses.

— Très bien, reprit Hammond en se relaxant à son tour. Que savez-vous qui n'a pas encore été révélé au public ?

Jack leva une paume vers l'avant.

— Ça ne fonctionne pas comme ça. Je ne suis pas encore prêt à émettre des hypothèses. Je ne m'intéresse qu'aux faits avérés. Je sais que ce n'est pas ce que vous voulez entendre, mais croyez-moi, c'est la seule façon de faire avancer les choses.

— Savez-vous si… commença Hammond avant de toussoter, ses yeux étrangement humides. Est-ce que Juliette a eu une relation sexuelle ? A-t-elle été violée ?

— Elle a eu une relation consentie peu avant sa mort, confirma Jack.

— Avec qui ?

Jack secoua simplement la tête.

— Enfin, vous travaillez pour moi maintenant !

— Je ne vous dirai rien qui puisse vous pousser à tirer des conclusions hâtives, à entamer une chasse aux sorcières ou à entraver l'enquête officielle, déclara Jack en fixant Hammond d'un air déterminé. On travaille à ma façon ou pas du tout.

Hammond fut le premier à détourner le regard.

— Très bien. Mais comment savez-vous que la relation était consentie ? Vous n'avez que la parole de l'homme pour le croire.

— L'autopsie révélera quelques éléments, expliqua Jack d'une voix plus douce. Je dirai simplement que le corps de votre fille ne présente aucun signe de lutte, et qu'elle n'a pas de blessures défensives.

— Ça me va.

— Ce que l'on peut néanmoins vous dire, continua Jack non sans compassion, c'est que votre fille était enceinte de quelques semaines.

Hammond se redressa brusquement.

— Qui est le père ?

— Désolé, nous n'en avons aucune idée. Sa grossesse a été révélée pendant l'autopsie. Nous ne savons pas si Juliette était au courant. Elle n'en avait parlé à personne, à notre connaissance. Cependant, la police a pris possession de son ordinateur. Si elle a dit quelque chose à ses amis en ligne ou si elle était en contact avec le père, elle en trouvera trace.

— J'imagine, soupira Hammond. Comment puis-je aider ?

— Pouvons-nous voir la chambre de votre fille ?

Hammond afficha un air surpris.

— Si vous voulez. La police l'a déjà examinée. Elle n'a rien trouvé d'intéressant, pour autant que je sache.

— Ce n'est pas grave.

— Comme vous voulez.

Il posa son verre. Le chien endormi ouvrit un œil, le referma et n'esquissa pas le moindre mouvement.

— Par ici.

Hammond les guida le long d'un large escalier incurvé puis se dirigea vers des doubles portes au bout du couloir du premier étage.

— C'est là, annonça-t-il. Ne m'en voulez pas, je ne vais… Je vous attendrai en bas.

Jack siffla d'un air admiratif lorsqu'ils entrèrent dans une gigantesque pièce à vivre avec des baies vitrées qui donnaient probablement sur le jardin à l'arrière et les collines au-delà. Un endroit à la beauté exceptionnelle. Évidemment ! Hammond n'accepterait certainement rien de laid. La pièce menait à une chambre tout aussi somptueuse, avec un lit à baldaquin, des meubles féminins, des tentures et un dressing. La salle de bains attenante aurait pris la majorité de l'espace dans l'appartement de Jack.

— Toujours aussi modeste, murmura Alexi.

— Et sans âme, ajouta Jack. Elle n'a pas vraiment essayé d'afficher sa personnalité ici.

Alexi entra dans le dressing et parcourut les portants de vêtements de luxe, larmoyant face à certaines marques. Elle déglutit, légèrement envieuse, lorsque son regard tomba sur des étagères de chaussures extrêmement chères : les moins onéreuses étaient des Manolo. Jack observait avec minutie la pièce à vivre. Il y avait un bureau où se trouvait sûrement son ordinateur, d'ordinaire. Les seuls livres présents, hormis quelques romans d'amour, traitaient de cuisine.

Une vingtaine de minutes plus tard, ils n'avaient absolument rien trouvé leur permettant de se faire une meilleure idée de la personnalité de Juliette : pas de journaux, de lettres, de carnets d'adresses. Évidemment, la plupart des gens écrivaient dans des blogs publics plutôt que de coucher leurs pensées les plus secrètes dans un carnet à la main. Les lettres avaient été remplacées par les e-mails, et les adresses étaient enregistrées électroniquement. Jack devrait donc demander à Cassie de jeter un coup d'œil à l'activité de Juliette sur Internet.

— C'est une prison dorée, déplora Alexi en secouant la tête. Je n'ai jamais aimé Juliette, mais maintenant, je me sens désolée pour elle. Quel genre d'homme offre à sa fille son propre appartement dans la maison familiale ?

— Le genre qui veut garder le contrôle sur elle. Elle avait 25 ans. On aurait pu penser qu'elle voudrait avoir son propre logement, mais j'imagine que papa n'avait pas envie de raquer pour ça et de perdre son emprise sur elle, répondit Jack en fronçant les sourcils. Qu'est-ce qu'elle a fait après avoir quitté cette école de bourgeois ?

— Elle n'est pas allée à l'université. Elle a eu quelques jobs dans les relations publiques, que Hammond lui avait sûrement trouvés, mais ça n'a jamais duré.

— Ça expliquerait pourquoi elle n'avait pas d'autre possibilité que de vivre à la maison, et pourquoi elle a été aussi heureuse de découvrir l'existence de Dean.

— J'imagine, dit Alexi en haussant les épaules. Elle a eu une flopée de petits amis si j'en crois les remarques faites à l'hôtel, mais je ne pense pas que nous ayons besoin de nous pencher sur eux. Aucun d'entre eux n'aurait pu entrer à Hopgood Hall pour la tuer, et ils n'avaient probablement aucune raison de le faire. Personne n'aurait tiré bénéfice de sa mort, à part Dean, qui devient l'enfant unique, qu'il le veuille ou non. On sait déjà que ce n'est pas lui.

— C'est vrai.

Jack examina un tiroir entier de DVD sous une énorme télévision. Ils ne lui apprirent rien.

— Descendons pour parler encore un peu avec Hammond.

William Hammond parvint à leur adresser un bref sourire dépourvu d'humour lorsqu'ils regagnèrent son salon.

— Du nouveau ? demanda-t-il.

— Quelques trucs, répondit Jack. Si vous me donnez vos informations de contact, je vous enverrai un contrat par e-mail pour mes services.

Il lui annonça son tarif journalier, en ajoutant une marge de 50 % à son montant habituel. Hammond ne sourcilla pas en lui tendant son épaisse carte de visite embossée.

— Vous me tiendrez informé quotidiennement ?

— Absolument.

Jack marqua une pause et, sur un coup de tête, posa une question pour tester l'une de ses théories.

— Encore une chose. J'aimerais que vous m'envoyiez une copie des notes que vous avez fournies à Juliette sur toutes les personnes impliquées dans l'émission.

Hammond eut l'air stupéfait.

— Mais comment diable avez-vous su…

— Je ne le savais pas, mais vous venez de le confirmer. Vous aimez gagner, M. Hammond. Vous ne vouliez pas que Juliette participe à une émission de cuisine en première partie de soirée, mais vous n'avez pas vraiment essayé de l'en dissuader lorsqu'elle s'est montrée déterminée car vous ne pensiez pas qu'elle passerait les sélections. Quand elle a été choisie, vous saviez que vous ne pouviez que l'accepter, donc vous avez engagé des gens pour déterrer tout ce qu'il y avait à trouver sur la compétition pour lui donner un avantage.

Cette fois, le sourire de Hammond était admiratif.

— Vous êtes vraiment doué, dit-il. Un instant.

— Ça me fait mal de l'admettre, chuchota Alexi lorsqu'ils se retrouvèrent seuls, mais tu es impressionnant. Ça ne me serait pas venu à l'esprit.

— Que veux-tu que je te dise ? répondit Jack avec un sourire triste. Parfois, je me surprends moi-même.

Hammond revint avec une liasse dans une pochette en plastique.

— Voilà tout ce que j'ai donné à Juliette.

Jack parcourut le rapport. Il y avait quelques notes sur les Hopgood, dont leur situation financière. Alexi n'allait pas apprécier. Elle serait encore moins contente de découvrir qu'il y avait aussi un paragraphe sur elle. Il y avait des recherches sur le passé de Marcel et sur toutes les personnes qui jouaient un rôle majeur dans l'émission. Mais les adversaires de Juliette avaient chacun droit à plusieurs pages.

— Ce n'est pas très fair-play, monsieur Hammond, dit Jack en haussant un sourcil.

— Comme vous l'avez dit vous-même, je joue pour gagner, répondit Hammond en haussant les épaules. Personne ne se souvient jamais du deuxième.

— C'est vrai. Vous avez donné une copie de ces notes à la police ?

— Non. Elle ne me les a pas demandées, et je ne les ai pas proposées.

— Je vois.

Jack et Alexi serrèrent la main de Hammond et quittèrent la maison.

— Bon, déclara Jack en tapotant le dossier que Hammond lui avait donné lorsqu'ils regagnèrent la voiture. Au moins, maintenant, on va savoir ce que Juliette avait sur Anton.

11

— Qu'est-ce qu'il y a ?!

Le dossier se trouvait maintenant sur les genoux d'Alexi, mais Cosmo aussi. Il n'y avait pas assez de place pour deux, et Cosmo n'avait clairement pas l'intention de bouger.

— Qu'est-ce que tu as lu sur Anton ? Tu n'as fait que jeter un coup d'œil à la page.

— Je t'invite à dîner, tu pourras le lire toi-même.

— Tu n'as pas besoin de faire ça.

— C'est la moindre des choses puisque tu m'héberges gratuitement.

— Ah bon, je t'héberge gratuitement ?

Alexi s'était demandé quand la question de son logement allait ressurgir.

— Heureusement que tu m'en informes.

— J'avais pensé… mais si ça ne t'arrange pas, je peux toujours demander à Fay de…

— Tu peux rester dans ma chambre d'amis, Jack, mais ça aurait été sympa de demander plutôt que de considérer que ça allait de soi.

— Est-ce que tu penses que je n'en ai pas parlé par peur que tu refuses ? demanda Jack en lui adressant un sourire implorant qui mit à mal la détermination d'Alexi. Je me suis dit que si j'attendais qu'il fasse noir et froid dehors, tu aurais pitié de moi.

— Je serais presque convaincue si ce semblant d'insécurité ne contredisait pas le Jack que je connais et qui m'énerve tellement.

Jack gloussa.

— Tu m'aimes quand même.

— Ne pousse pas le bouchon trop loin, Maddox.

— Je suis propre, promis.

— À ce propos, on ferait mieux de manger à la maison. Pour une raison que je ne m'explique pas, Cosmo n'est pas le bienvenu dans la plupart des restaurants du coin.

— Je connais un endroit, à mi-chemin entre ici et Newbury, qui vend de la nourriture à emporter, déclara Jack en prenant cette route. C'est à moins de cinq minutes.

— Tu as peur de goûter ma cuisine ?

— Je ne savais même pas que tu pouvais cuisiner.

— Il a bien fallu que j'apprenne en m'installant ici. Comme tu l'as dit, les ventes à emporter et les livraisons à domicile ne courent pas les rues dans le coin. Je sais préparer des pâtes et… d'accord, j'avoue, les plats tout prêts que personne ne peut rater.

Jack éclata de rire.

— Je suis soulagé de voir que tu n'as pas complètement changé. Je t'aime déjà comme tu es.

— Mollo sur les compliments, Maddox, l'avertit Alexi en le repoussant d'une main. Je t'ai déjà dit que tu pouvais prendre la chambre d'amis.

— Ça me convient.

Il ôta une main du volant pour la placer sur celle d'Alexi.

— Pour le moment.

— Ne me mets pas la pression, Jack. Tu m'es tombé dessus avec ton histoire de relation hier seulement, et on a eu quelques autres choses à régler depuis.

— C'est vrai, je suis désolé.

— Tu viens de parler de Fay à l'instant, dit Alexi pour rompre le silence assourdissant.

— Comment va-t-elle ?

— Mieux que ce que je pensais, répondit Alexi.

Fay était la mère adoptive de Natalie Parker, et elle avait hérité de la maison de sa fille. Lorsqu'elle avait découvert que son mari était responsable de la fugue de Natalie quand elle était jeune, Fay l'avait quitté, s'était installée à Lambourn et avait repris le magasin de fleuriste de sa fille. Elle semblait avoir trouvé du réconfort en s'entourant de ce qui avait appartenu à sa fille assassinée.

— C'est elle qui a conçu l'aménagement paysager autour de l'annexe à Hopgood Hall, et elle s'est bien acclimatée à la vie dans le coin. Je la vois une fois par semaine. Elle insiste pour me faire à manger, et me donner assez de restes deux jours, à Cosmo et moi.

— Tu exagérais donc ton talent culinaire.

— Tu veux dormir ce soir, oui ou non ?

Même dans l'obscurité à l'intérieur de la voiture, Alexi pouvait voir le haussement de sourcils suggestif de Jack.

— Arrête avec tes idées mal placées, Maddox.

— Elles sont très bien placées, je t'assure.

Alexi secoua la tête.

— En plus de s'occuper de sa boutique et de quelques travaux paysagers qu'elle a obtenus après son travail à Hopgood Hall, Fay passe du temps avec Darren Walker.

Alexi faisait référence à un ancien fonctionnaire qui venait de s'installer dans la région, et dont la fille de Fay avait fait la connaissance sur un site de rencontres.

— Sérieusement ?

— Oui, ils sont seuls tous les deux, donc ça fonctionne plutôt bien. Elle essaye de le pousser à faire quelque chose de créatif avec son jardin. Lui, il lui apprend à jouer au golf.

— Elle a été mariée des années à un golfeur et il n'a jamais essayé de lui apprendre à jouer.

— Je ne pense pas que ce soit le sport qui l'intéresse, mais plutôt le professeur. Ils dînent ensemble une fois par semaine, il me semble, et Fay s'est investie dans tous les aspects de la vie au village. Elle a une vie sociale plus remplie que moi.

— Il va falloir qu'on remédie à ça.

— Bref, j'ai dit à Fay que tu étais dans le coin, et elle nous a invités à manger chez elle quand on aurait le temps.

— On fera ça.

Il posa sa main sur le genou d'Alexi.

— Est-ce que ce sera un rendez-vous ?

— Tu n'abandonnes jamais, hein ? soupira Alexi.

— Jamais.

Il se gara sur le parking d'un petit restaurant devant lequel Alexi était passée plusieurs fois, mais dans lequel elle n'était jamais entrée.

— Ne bouge pas, je n'en ai pas pour longtemps. Ça te va si je commande pour toi et Cosmo ?

— Pas de problème. N'oublie pas le dessert. Cosmo adore la crème.

— Évidemment qu'il aime la crème.

Jack lui lança un sourire charmeur et grattouilla le menton de Cosmo.

— Regarde les notes sur Anton pendant ce temps. Elles ouvrent un champ de possibilités.

Alexi voulait vraiment découvrir ces notes, mais elle n'ouvrit pas le dossier immédiatement après le départ de Jack. À la place, elle caressa Cosmo et réfléchit à la tornade qu'était Jack Maddox ; un homme qui semblait vouloir se faire une place dans sa vie. Mais pour combien de temps ? Serait-elle permanente ? Il n'avait pas fait l'effort de lui rendre visite régulièrement après la fin de l'affaire Parker. Avait-il dit la vérité lorsqu'il lui avait déclaré avoir voulu la laisser un peu respirer ?

À l'inverse, Patrick n'avait cessé d'essayer de la reconquérir. Il était trop imbu de lui-même, trop sûr de la connaître pour croire qu'elle veuille laisser sa vie à Londres, et lui, avec elle. C'était pourtant le cas. Il l'avait trahie de la pire des façons, et leur relation ne pourrait jamais s'en remettre. La seule raison pour laquelle elle n'avait pas définitivement coupé les ponts, c'était qu'elle travaillait encore occasionnellement pour le journal de Patrick.

Elle appréciait Jack. Elle l'appréciait vraiment. Il lui serait très facile de craquer pour lui, mais que se passerait-il s'il la roulait dans la farine comme Patrick avait pu le faire ? Il valait mieux qu'elle reste seule, sans espérer quoi que ce soit, plutôt que d'être utilisée puis abandonnée.

Alexi soupira. Pour une femme d'expérience, elle était… plutôt inexpérimentée concernant les hommes. Elle avait loupé le coche d'une société permissive, ce qui voulait dire qu'elle était frustrée assez fréquemment. Jack pourrait y remédier. Il y avait fort à parier qu'il n'avait pas besoin d'un plan pour explorer le corps d'une femme, mais… oh, et puis mince. Elle leva les mains dans un geste exaspéré, et Cosmo miaula.

Alexi laissa de côté ses pensées pour Jack et alluma la lumière de la voiture. Elle feuilleta difficilement le dossier, les bras douloureux à force de les maintenir au-dessus de Cosmo, puisque ce dernier refusait de bouger de ses genoux.

— Il va falloir qu'on te mette au régime, annonça-t-elle à son chat.

Son poids lui coupait la circulation dans les genoux, et il était tellement large qu'il débordait de ses cuisses.

— Désolée, mon bébé, mais il faut accepter la réalité.

Cosmo se vengea en se relevant, faisant quelques petits tours en plantant au passage ses griffes dans les cuisses couvertes d'un jean d'Alexi, avant de se réinstaller.

Alexi commença à lire, jurant lorsqu'elle tomba sur des informations sur elle et les Hopgood. Même si toutes les données du dossier relevaient du domaine public, elle avait l'impression qu'il s'agissait d'une violation de sa vie privée. Elle fouilla jusqu'à trouver le profil d'Anton, qui était très détaillé. Il était né à Trinité et y avait été élevé par sa grand-mère. Il se trouvait au Royaume-Uni depuis plusieurs années. Elle savait déjà tout cela, alors qu'avait trouvé Jack de si excitant ?

Elle le découvrit sur la seconde page.

Anton était endetté à hauteur de 20 000 livres. Il avait contracté un prêt chez un usurier aux taux d'intérêt criminels et aux moyens très convaincants pour motiver les mauvais payeurs.

— Espèce de crétin ! murmura Alexi.

Il n'était pas illégal d'imposer des tarifs aussi exorbitants, mais c'était malhonnête. Si la chaîne avait eu vent de cette information, Anton n'aurait probablement pas été retenu. Il avait visiblement fait des efforts pour garder cette information secrète, alors comment Hammond avait-il fait pour la découvrir ?

— Pourquoi as-tu besoin de cet argent, Anton ? se demanda-t-elle à voix haute.

— Je parie sur des dettes de jeu, répondit Jack en revenant à la voiture avec les bras chargés de sacs de nourriture.

Alexi saliva à leur odeur. Cosmo remua lui aussi d'un air intéressé.

— Tu m'as fait peur ! s'exclama Alexi en posant une main sur son cœur. Je ne t'ai pas entendu arriver.

— Tu aurais dû fermer les portes. J'aurais pu être n'importe qui.

— Pas besoin, répliqua-t-elle en pointant Cosmo du doigt.

— C'est vrai, j'avais oublié ton garde du corps.

— Bon, reprit Alexi tandis que Jack reprenait la route vers sa maison. Anton est endetté auprès de gros durs qui ne font probablement pas partie de la liste de vœux du commissariat local. Une note, sûrement de la main de Hammond, suggère que ces relations peu recommandables sont un bon moyen de lui barrer la route.

— Je t'avais dit qu'Anton cachait quelque chose.

— Est-ce que ça suffirait à le faire virer de l'émission ? demanda Alexi en fronçant les sourcils.

— Je ne suis pas sûr, mais si la presse l'apprenait, ça pourrait le décrédibiliser et avoir une influence sur le résultat de la compétition. Je suis à peu près certain que Juliette n'aurait eu aucun problème à le dénoncer. Marcel n'en aurait rien eu à faire, bien évidemment, mais il ne faut pas oublier que le public vote, lui aussi. Son irresponsabilité financière n'aurait pas joué en sa faveur auprès des spectateurs qui ont du mal à joindre les deux bouts.

— Mais s'il avait cédé face au chantage de Juliette, en partant du principe qu'elle le faisait chanter, il aurait fallu qu'il fasse moins d'efforts, et il aurait quand même perdu, continua Alexi en fronçant les sourcils. Si c'était aussi important pour lui de gagner, j'imagine que ça l'est pour éponger sa dette, il n'apprécierait pas d'être menacé. Je veux dire, il y a une sacrée somme à gagner, et une stabilité financière quasiment garantie avec un poste auprès d'un grand chef pour le gagnant, soupira-t-elle. En tout cas, ça donne un mobile à Anton.

— Effectivement.

Jack gara sa voiture dans l'allée de la maison d'Alexi.

— Allons manger, on pourra en discuter un peu plus au chaud.

Jack déboucha la bouteille de vin rouge qu'il avait achetée au restaurant pendant qu'Alexi s'affairait avec les assiettes et les couverts. Cosmo s'enroula autour de ses jambes jusqu'à ce qu'elle lui donne quelques croquettes. Il ne parut pas impressionné, mais vida son bol, avant de miauler pour en avoir davantage. Jack sortit un petit pot de crème de l'un des sacs en riant.

— Tu es visiblement de mèche avec Cosmo, dit Alexi en voyant la crème sur les moustaches de son chat. Mais ça ne suffira pas pour… oh mon Dieu ! Peut-être que si, finalement, soupira-t-elle.

Alexi sentit ses papilles se réveiller face aux tranches de bœuf Wellington, à la sauce aromatique, à la purée à l'ail et aux légumes sautés. Elle s'assit à table pendant que Jack leur versait à chacun un verre de vin. Les yeux fermés, elle savoura la nourriture et laissa échapper un nouveau soupir de contentement.

— D'accord, reconnut-elle. Tu viens de marquer quelques points.

— Content que tu approuves, dit Jack en souriant. J'aime te voir apprécier tes repas ; pourquoi se priver de l'un des plaisirs de la vie ?

— C'est bien le seul que je me fasse.

Mince, elle n'avait pas voulu dire ça à voix haute.

— Une fois, j'ai écrit un article sur l'efficacité des programmes minceur, ou plutôt sur leur inefficacité. Je me rappellerai toujours cette femme qui disait en suivre un depuis plus de dix ans, mais qu'elle allait se désinscrire. Je lui ai demandé pourquoi, et elle m'a dit que pendant ces années, elle avait perdu presque une centaine de kilos, et qu'elle les avait tous repris. Sa perte de poids nette après dix ans passés à se priver était d'environ un kilo. Elle se sentait coupable à chaque fois qu'elle mangeait les choses qui lui faisaient plaisir, donc elle a décidé de manger ce qu'elle voulait, avec modération, et d'apprendre à s'accepter comme elle était.

— Bien sûr. La malbouffe, les plats cuisinés, appelle ça comme tu veux, mais ils ont joué un grand rôle dans les problèmes de poids. Sans compter que plus personne ne marche.

Il remplit le verre d'Alexi et lui sourit. Cosmo, occupé à se laver le visage, les observait avec attention, sûrement dans l'espoir d'obtenir des restes.

— Qu'est-ce que tu as pensé de Hammond ?

Alexi prit un moment pour réfléchir à la question.

— Tout ce qu'on a entendu à son propos a l'air vrai. C'est un manipulateur qui pense que son argent peut lui offrir tout ce qu'il veut, répondit-elle avant de marquer une pause. Mais ça lui a coûté la femme qu'il aime…

— Qu'il aime ? Il l'a mise dehors et ne s'est pas préoccupé d'elle pendant vingt ans.

— Parce qu'il s'était persuadé qu'elle l'avait trompé. Je te parie ce que tu veux que c'était une jeune vierge impressionnable quand Hammond l'a rencontrée. S'il pensait qu'un autre homme l'avait touchée, elle aurait été souillée à ses yeux, et il n'aurait pas voulu la garder à ses côtés. Il savait qu'elle était fragile, même s'il ignorait qu'elle avait une maladie mentale à cette époque, et il s'est servi de son argent et de son influence pour s'assurer que sa fille reste avec lui et ne voie jamais sa mère. Au moins, il pourrait contrôler son avenir.

— Ou pas.

— C'est vrai, acquiesça Alexi. Mais si je dis qu'il l'aime, c'est parce qu'il ne s'est pas remarié, et qu'il n'a même pas de compagne chez lui. Et tu as remarqué que les seules photos dans ce salon sans âme étaient de sa fille… et de sa femme ?

— Oui, j'avais remarqué. Mais s'il est toujours amoureux d'elle, pourquoi cette réticence initiale à accepter que Dean soit son fils ?

— Parce qu'il devrait admettre s'être trompé, et l'avoir mal jugée. Je ne pense pas qu'il ait été heureux depuis qu'il a chassé Melody de sa vie, et c'est demander beaucoup à un homme tel que lui que de reconnaître qu'il a fait tout ça pour rien.

— Vous êtes observatrice, mademoiselle Ellis. Ta théorie est solide, et elle expliquerait aussi pourquoi il est prêt à soutenir son ancienne femme et à admettre la possibilité que Dean soit son fils. Mais même s'il n'a pas pu passer à côté de leur ressemblance, il reste important de noter qu'il n'est pas prêt à reconnaître leur lien de parenté tant qu'il n'a pas la preuve scientifique que Dean est son fils biologique.

Jack poussa son assiette vide sur le côté et se pencha en arrière sur sa chaise.

— Hammond n'accepte que les certitudes.

— Tu penses qu'il essaiera de convaincre Melody de se réinstaller avec lui ?

— J'en suis sûr et certain. Il se renseignera sur sa maladie et découvrira qu'elle est gérable avec le traitement adapté. Et la gestion, c'est son domaine. Rappelle-toi, Melody a gardé son travail pendant deux ans lorsqu'elle prenait ses médicaments. Évidemment, Dean sera-t-il d'accord pour qu'ils se remettent ensemble ? C'est une tout autre question. Si cela rend sa mère heureuse et qu'il est certain qu'elle recevra les soins dont elle a besoin, je pense que oui.

— Mon Dieu, je suis certainement morte et montée au paradis, déclara Alexi en poussant son assiette à son tour et en frottant son ventre. C'était délicieux.

— Il reste le dessert.

Alexi cligna des yeux.

— Tu te moques de moi.

— Allons, Ellis, ne me laisse pas tomber maintenant.

Jack se leva, débarrassa la table, puis coupa deux belles tranches de cheesecake à la fraise débordant de crème qu'il déposa sur des assiettes. Il en plaça une devant Alexi et lui lança un large sourire.

— Je te mets au défi d'y résister.

— Pas besoin, répliqua-t-elle en s'armant de sa fourchette avant de prendre une bouchée décadente. Il est plus simple de résister à certaines choses qu'à d'autres.

Jack, probablement conscient qu'elle faisait référence à lui, lui jeta un coup d'œil. Alexi espérait qu'il ne se doutait cependant pas qu'elle le choisirait lui plutôt que ce cheesecake sans hésiter, malgré sa peur d'avoir le cœur brisé.

— Je ne vais pas pouvoir bouger pendant une semaine, dit-elle après avoir terminé son assiette alors que Jack n'était qu'à la moitié de la sienne.

— Roule jusqu'au salon et assure-nous un beau feu. Je vais débarrasser.

Elle obéit et lorsqu'il la rejoignit avec le reste du vin, un vrai brasier flambait dans la cheminée. Il s'assit sur le canapé à côté d'elle et lui tendit son verre rempli. Elle le remercia, soudain timide, sans savoir si elle était inquiète ou heureuse qu'il soit si près d'elle. Elle s'obligea à arrêter de se comporter comme une adolescente se languissant d'amour et reprit le contrôle de la situation.

— Récapitulons ce que nous savons sur l'affaire, déclara-t-elle. J'ai l'impression que plus nous avançons, plus nous ramassons des suspects potentiels, et je commence à perdre le fil. On dirait que le monde entier avait une raison de vouloir Juliette morte.

— Elle n'était pas une bonne personne.

Le bras de Jack était négligemment posé sur le dos du canapé, et ses doigts effleuraient parfois l'épaule d'Alexi.

— Mais ce n'est pas entièrement sa faute, continua-t-il. Son père n'attendait que la perfection, en lui offrant tous les atouts matériels donc elle n'avait jamais eu besoin de faire d'efforts.

— Justement. D'après mon expérience, dans n'importe quel domaine, les personnes qui réussissent sont les plus avides.

Alexi changea de position sur son siège, délogeant le bras de Jack de son épaule.

— Marcel est forcément le suspect numéro 1 de la police. Il a avoué avoir couché avec Juliette, et elle est morte peu de temps après, juste devant son appartement.

— Mais pourquoi l'aurait-il ramenée dans sa chambre pour la déposer là-bas ? En supposant qu'il est coupable, il ne pouvait pas savoir que les caméras étaient éteintes, à moins qu'il les ait déconnectées d'abord. Et s'il a pris le risque de faire ça, comment savoir en combien de temps quelqu'un les remettrait en service ? s'interrogea Alexi en secouant la tête. Tu as dit que la mise en scène était symbolique. Eh bien, je pense que les gens qui cherchent à être « symboliques » d'une façon aussi sinistre ne sont pas sains d'esprit, ce qui n'est absolument pas le cas de Marcel.

— Ce n'est pas non plus Melody Davis. Les gens qui souffrent de troubles bipolaires peuvent être extrêmement manipulateurs, mais… Hammond a raison. Elle n'aurait pas pu pénétrer dans l'hôtel sans se faire repérer, ni avoir la force de porter Juliette. Et puis, pourquoi aurait-elle fait ça ?

— J'imagine qu'on cherche un homme, du coup, dit Alexi. J'ai toujours supposé que c'était le cas, mais comme tu parles de la force nécessaire pour la déplacer et la déposer, ça ne fait que le confirmer. Greta a l'air forte, mais Juliette était un poids mort, je ne pense pas qu'elle aurait réussi à la transporter.

— Et si c'était un travail d'équipe ?

— Tu pousses un peu.

— Tu as raison, mais penses-y, répondit Jack en se frottant le menton. Je sèche toujours sur cette histoire de mise en scène. Qu'est-ce que ça peut vouloir dire ? J'espère que la police est aussi perdue que nous, ça devrait aider Marcel à rester en liberté.

— Pour le moment.

— Exact. Pour compléter notre liste de suspects, on a ensuite les trois candidats.

Alexi parcourut les notes de Hammond.

— John Shelton est un célibataire de 40 ans, et Hammond a découvert qu'il était inscrit dans plusieurs agences de rencontres. Visiblement, il veut trouver l'amour de sa vie, mais il n'a pas eu beaucoup de chance de ce côté-là. Juliette a joué là-dessus en… en se jouant de lui.

— Elle a humilié ce pauvre gars, grogna Jack.

— Ce n'est quand même pas un mobile suffisant pour un meurtre ?

— Son *ego* en a pris un coup, répliqua Jack en haussant les épaules. Des gens ont commis des meurtres pour moins que ça. Et tu sais ce qu'on dit : méfiez-vous de l'eau qui dort.

— D'accord, il est sur notre liste de suspects. Ça veut dire que Greta doit aussi y figurer, même si sa dispute avec Juliette remonte au lycée. Elle ne pensait pas voir de nouveau Juliette et avait mis tout ça derrière elle. Mais quand elles se sont retrouvées adversaires dans la même compétition et que Juliette lui a volé la vedette grâce à son charme féminin, ça a fait remonter sa rancœur. Tu parlais de l'eau qui dort. Je te réponds par la température à laquelle la vengeance se mange.

— Très bien, c'est noté. Il faut aussi que nous réfléchissions à Paul Dakin. J'espère vraiment que c'est lui.

— Je ne te le fais pas dire, acquiesça Alexi.

Elle observa en souriant Cosmo qui se dandinait devant le feu, ses quatre pattes en l'air pour le laisser réchauffer son ventre.

— Je pense que Juliette a réveillé chez lui le même genre de désir possessif que sa mère a créé chez Hammond, et qu'il était prêt à risquer sa carrière, son mariage, toute sa vie, pour une heure ou deux avec elle. Imagine comment il s'est senti quand il est arrivé et qu'il l'a vue se faufiler hors de l'appartement de Marcel.

— On sait déjà qu'ils se sont disputés.

Jack hocha la tête.

— Il pourrait aussi être le père de l'enfant qu'elle portait si leur liaison a commencé pendant les sélections. Dakin a participé à cette étape, donc ils ont dû se rencontrer il y a plusieurs semaines, et je ne pense pas que Juliette aurait laissé passer l'opportunité de… d'obtenir un avantage avec les gros bonnets.

— On devrait ajouter le père du bébé, peu importe qui il est, à la liste des suspects. Est-ce que la police peut découvrir son identité ?

— Oui, elle peut prélever un échantillon ADN du fœtus, et je pense que c'est déjà fait, mais si le père n'est pas l'un de nos suspects, ou que son ADN n'est pas dans le fichier, on ne trouvera pas de correspondance.

Le silence s'installa entre eux pendant un moment. Les pensées d'Alexi s'attardèrent sur le pauvre bébé qui n'avait pas eu la moindre chance.

— Tout va bien ? lui demanda Jack en lui serrant la main.

— Passons à Anton, soupira Alexi. Il faudra qu'on l'interroge demain pour lui parler de ses dettes et savoir si Juliette avait abordé la question avec lui. Il répondra que non, bien sûr, mais il faut quand même qu'on le lui demande. Ton détecteur à conneries nous dira s'il nous ment.

— Mon détecteur est fiable à 100 %, assura Jack avec un sourire.

— Est-ce qu'on devrait donner une copie des notes de Hammond à Vickery ?

— Oui, elles sont essentielles à cette affaire. Ce serait de la rétention d'informations, sinon. Il faut aussi qu'on parle à Gerry Salter, dit Jack d'un air pensif. Peu importe qui est l'assassin, je ne pense pas que ç'ait été sur un coup de tête.

— À cause des caméras désactivées dans sa chambre au moment où on a tué Juliette pour la mettre en scène dans la pièce ?

— Oui. N'importe qui aurait pu les éteindre, mais Salter aurait dû s'en rendre compte.

— Sauf si c'est lui le coupable.

— Très bonne remarque.

— Nous avons donc six suspects, dont cinq qui avaient une bonne raison de se débarrasser d'elle.

Gerry Salter est notre sixième suspect, mais on ne sait pas si Juliette l'avait suffisamment énervé pour qu'il en vienne au meurtre.

— Marcel est celui qui a l'air le plus coupable en théorie, mais il n'a pas vraiment de mobile, fit remarquer Jack.

— Tant mieux, je ne veux pas que ce soit lui. L'hôtel ne s'en remettrait pas.

— Le travail de détective n'est-il pas incroyable ? demanda Jack en lui lançant un sourire diabolique. Malheureusement, ce n'est pas aussi chic qu'à la télé. Je n'ai jamais mis un suspect face à une preuve pour qu'il avoue tout devant une pièce remplie de témoins. Ils essayent toujours de mentir pour s'en sortir, et je ne pense pas que cette affaire sera différente.

— Quelle chance que nous n'ayons pas besoin d'obtenir d'aveux. C'est le boulot de Vickery de s'assurer qu'il a les preuves nécessaires pour une condamnation.

— À son propos, il faut que j'aille le voir demain matin, pour lui donner le dossier que Hammond nous a fourni et pour voir s'il a autre chose à nous apprendre. Mais je vais d'abord passer à Cash Out pour dire à mon client que l'affaire est résolue.

— Assure-toi qu'il ne poursuive pas Dean en justice, lui ordonna Alexi avec force.

Il saisit sa main et la serra dans la sienne.

— Ne t'inquiète pas. S'il commence à parler de ça, je lui rappellerai la mauvaise publicité qu'il risque.

— Quel dommage si la presse venait à en entendre parler ! menaça Alexi malicieusement.

— Ne sois pas mesquine !

— Oh, mais je ne l'étais pas.

— Je suis sûr qu'il ne voudra pas porter plainte. Depuis le début, il essaye de faire profil bas, c'est pour ça qu'il n'a pas impliqué la police. Et puis, si je lui dis que Hammond va rembourser ses pertes, je suis sûr que ça lui suffira.

— Tant mieux !

Alexi étira ses bras au-dessus de sa tête et bâilla.

— Qu'est-ce que je vais faire pendant que tu seras à Newbury ?

— Essaye de voir si tu peux parler à Gerry des caméras. Découvre ce qu'il a dit à la police, où il était quand Juliette est morte. Comme d'habitude. On s'occupera d'Anton à mon retour, sûrement avant le déjeuner.

Alexi étouffa un nouveau bâillement.

— Avec toute cette nourriture et ce vin, je suis épuisée.

— Alors va dormir. Il est tard, de toute façon.

Jack se leva, l'attrapa par la main et la tira debout.

— Vas-y, avant que j'oublie que je suis un gentleman.

Il déposa sur sa joue un baiser presque trop chaste pour Alexi, et la laissa partir trop facilement à son goût.

— Dors bien.

— Toi aussi.

Elle mit le pare-feu en place et se dirigea vers l'escalier.

— Bonne nuit, lança-t-elle par-dessus son épaule.

12

Le lendemain matin, Alexi et Jack quittèrent le cottage en même temps et prirent chacun leur véhicule.

— On se voit à Hopgood Hall dans quelques heures, dit Jack en déposant un baiser sur la joue d'Alexi.

— Oui, à tout à l'heure.

Elle ouvrit la portière pour permettre à Cosmo de sauter dans la voiture. Jack et elle se comportaient comme un vieux couple, mais sans les avantages en nature, pensa-t-elle en attendant que le chauffage dégivre le parebrise. Ils avaient pris le petit déjeuner ensemble, mais seulement parce que Jack s'était levé assez tôt pour cuisiner quelque chose ; il avait même nettoyé derrière lui. Il avait l'air de vouloir lui prouver qu'il était bien éduqué.

— Qu'est-ce qui ne tourne pas rond chez moi, Cosmo ?

Elle regarda la zone dégagée qui s'élargissait et frissonna en attendant que le chauffage se décide à souffler de l'air chaud.

— Pourquoi je ne peux pas me laisser aller ?

Elle enclencha la marche arrière pour sortir de son allée et s'engagea sur l'étroite route couverte de givre à une vitesse plus réduite que celle que Jack avait jugée convenable un instant plus tôt.

— Je veux dire, ajouta-t-elle en serrant le volant de ses mains gantées, il est beau, attirant, intelligent, drôle, et en plus, il sait cuisiner. Je n'ai qu'à lui donner le feu vert et on est partis.

Alexi secoua la tête.

— Tu sais, je pense qu'il y a quelque chose qui cloche dans mon cerveau, Cosmo. La plupart des femmes seraient prêtes à tuer pour avoir une chance avec Jack Maddox.

Elle menait toujours une conversation à sens unique avec Cosmo en arrivant à Hopgood Hall. La police n'était plus là, et la troupe de journalistes s'était réduite à quelques rares déterminés. La majorité d'entre eux allait sûrement s'installer au bar dès que le restaurant ouvrirait pour le service du midi, pensa Alexi avec un sourire ironique. Ses anciens collègues étaient particulièrement assidus dans leur chasse au scoop, surtout s'ils pouvaient l'attendre au chaud et en compagnie d'un bon verre d'alcool.

— Bonjour, lança Alexi en arrivant dans la cuisine avec Cosmo.

— Coucou, ma chérie.

Cheryl était assise à table, en train de bercer Verity pendant que Drew les observait avec un regard gaga.

— Où est Jack ?

Cosmo se dirigea vers le panier de Toby, tandis que le petit chien dansait quasiment sur ses pattes arrière pour l'accueillir.

— Parti pour Newbury.

Alexi ôta son manteau et ses gants, puis elle prit le bébé des bras de Cheryl. Elle s'extasia sur la petite merveille en la câlinant pendant qu'elle racontait à ses amis leur avancée dans l'enquête.

— Pauvre Melody Davis, soupira Cheryl avec les yeux larmoyants. Et pauvre Dean. C'est tellement triste. Hammond a vraiment l'air d'être un horrible personnage. Je commence à comprendre pourquoi Juliette était devenue la femme qu'elle était. Avec ce père autoritaire, elle n'avait aucune chance.

— Je ne vais pas dire le contraire, acquiesça Alexi.

— Un café ? lui proposa Drew.

— Tu lis dans mes pensées.

— De notre côté, on a appris que l'émission continue, dit Cheryl. Les caméras sont de nouveau allumées et Marcel va pouvoir rouler des mécaniques dans la cuisine avec les autres candidats aujourd'hui.

— Je suis contente, mais je doute qu'il ait le cœur à ça.

— Salut.

La porte s'ouvrit, et Patrick entra. Cosmo feula.

— J'ai cru entendre ta voix.

Il se pencha vers Alexi, qui serrait toujours le bébé dans ses bras et déposa un baiser sur son front.

— Tu vas bien ?

— Passons le fait qu'il y a un meurtrier en liberté, que des personnes à qui je tiens sont suspectées, que l'entreprise dans laquelle j'ai investi risque d'en souffrir, et je me porte comme un charme, merci.

— Désolé, répondit Patrick en levant les mains dans un geste d'excuse. Question stupide. J'aurais dû demander si tu t'en sortais.

— Oui, soupira Alexi. À peu près.

— Est-ce que la police a fait des progrès ? demanda Patrick.

Alexi se redressa légèrement, ayant à peine entendu la question, lorsqu'une pensée lui vint à l'esprit.

— Qu'est-ce qu'il y a ? s'enquit Cheryl. On dirait que tu viens d'avoir une révélation.

— Oh, rien.

Alexi n'était pas encore prête à partager son hypothèse naissante.

— Si ça peut te consoler, reprit Patrick, les plus grands esprits judiciaires de l'empire du patron pensent que le meurtrier est quelqu'un qui avait un compte à régler avec Juliette, pas un tueur en série qui se lance dans une folie meurtrière parce qu'il déteste les chevaux de course, les compétitions de cuisine ou les vaisseaux extraterrestres.

— Les vaisseaux extraterrestres ?

— J'essaye de détendre l'atmosphère, répondit Patrick avec un grand sourire.

Alexi lui jeta un regard étrange.

— Très rassurant.

Patrick s'installa à côté d'Alexi et hocha la tête en guise de remerciement lorsque Drew posa une tasse de café devant lui. Verity commença à pleurer, et Cheryl la reprit dans ses bras.

— Il faut que je la change, annonça-t-elle en disparaissant derrière la porte qui menait à leur appartement.

Drew marmonna quelque chose à propos de « trucs à faire », et quitta la pièce à son tour. *Merci bien, les amis !* Le silence s'éternisa entre Patrick et elle, tendu et pesant.

Alexi ne fit aucun effort pour le briser et se concentra sur son café.

— Tu sais, si je pouvais remonter le temps, je ferais les choses différemment.

Son attention se reporta immédiatement sur Patrick. Alexi l'avait rarement entendu si peu sûr de lui. Il ne s'excusait pratiquement jamais car il était persuadé de ne jamais avoir tort.

— J'étais tellement sur les nerfs à cause du journal, à essayer de gérer autant de choses en même temps, que j'ai perdu de vue ce qui était important pour moi. J'ai tellement essayé de ne pas faire de favoritisme à ton égard que j'ai fini par faire le contraire. Quel imbécile !

C'est sûr, pensa Alexi sans se donner la peine de le dire à voix haute. Ils avaient déjà eu cette discussion, et rien n'avait changé depuis. De plus, elle était mal à l'aise d'être si près de lui et voulait s'en débarrasser le plus vite possible, plutôt que de se lancer dans une discussion détaillée sur ses sentiments pour lui. Ou plutôt, sur son absence de sentiments.

Il marqua une pause sans détourner le regard.

— Je t'aimais tellement, je t'aime toujours.

Il secoua la tête, l'air démuni et plein de rancœur envers lui-même.

— Mais j'ai tout gâché, et je sais que tu ne reviendras pas à Londres.

— En effet. Même si ce petit village calme a l'air d'être le repaire des meurtriers du moment, j'aime cet endroit. Tout va moins vite, et j'ai moins de chance de m'épuiser ici. La commande pour le livre m'occupe, je peux choisir les histoires que je vous propose, à toi et à d'autres éditeurs, et mon investissement dans cet hôtel m'aide à rester motivée, expliqua-t-elle en souriant. J'ai aussi des amis qui m'aiment et une vie sociale qui ne tourne pas autour du prochain scoop. Ce n'est pas rien !

— Je peux comprendre.

Patrick lui lança un sourire contrit.

— Qui l'eût cru !

— Le rythme en ville finit par fatiguer tout le monde, donc en un sens, tu m'as bien aidée. Si tu m'avais davantage soutenue, je serais toujours en train de trimer au *Sentinel*, sans me rendre compte que je n'ai plus rien à donner.

— Mais tu adorais ça.

— Oui, jusqu'à ce que j'arrive ici et que je découvre qu'il y a beaucoup d'autres choses dans la vie plus intéressantes que de damer le pion à la concurrence.

Alexi se détendit légèrement, même si elle n'était pas vraiment à l'aise avec la nature introspective de leur conversation.

— Mais toi, le feu de l'action te manquerait après une seule semaine sans aucun doute, ajouta-t-elle.

— C'est pour ça que tu ne veux plus de moi ? Parce que tu n'es plus à l'aise dans mon monde ?

— Non, Patrick, il n'y a rien à sauver dans notre relation, déclara-t-elle fermement sans laisser de place au doute. Ça marchait avant, mais nous avons changé, ou en tout cas, moi, j'ai changé, donc maintenant, ça ne fonctionnerait plus.

— Peut-être que si.

Il bloqua sa main entre la sienne et la surface de la table.

— Londres n'est pas très loin. Je pourrais venir ici quelques jours par semaine… commença-t-il avant de secouer la tête. Tu vas refuser, hein ?

— C'est fini, Patrick, acquiesça-t-elle. Passe à autre chose. Tu n'auras aucun mal à trouver quelqu'un d'autre.

— Est-ce que c'est à cause de Maddox ?

Ses sourcils froncés accentuaient les rides de son front.

— Je sais qu'il dort chez toi.

Alexi retira sèchement sa main.

— Est-ce que tu m'espionnes ?

— Je suis passé devant chez toi hier soir, en espérant qu'on puisse parler ailleurs qu'ici, mais j'ai vu sa voiture.

— Ça n'a rien à voir avec qui que ce soit. Je n'arriverai juste jamais à avaler le fait que tu as fait passer l'intérêt du journal avant notre relation.

— Je le sais, avoua-t-il en baissant la tête avant de la secouer de droite à gauche. Maintenant.

Il avait l'air tellement triste qu'Alexi faillit céder. L'espace d'un instant, elle aperçut chez lui le petit quelque chose qui l'avait attirée la première fois chez le rédacteur plein d'énergie. Néanmoins, elle tint bon : elle savait pertinemment que s'il revenait dans sa vie, elle finirait par se laisser convaincre de retourner à Londres. Elle était elle-même surprise de voir à quel point elle n'avait aucune envie de partir.

— Retourne à Londres, Patrick. L'émission est de nouveau sur la bonne voie, et avec un peu de chance, Vickery va bientôt attraper le meurtrier.

— Je vais y aller, mais seulement parce que je le dois et que je ne pense pas que tu sois en danger.

Il la transperça d'un regard déterminé, le même qu'elle

l'avait vu arborer lorsqu'il se mettait en tête de couper l'herbe sous le pied des concurrents du *Sentinel*, à n'importe quel prix.

— Mais garde bien ça en tête, continua-t-il en repoussant distraitement une mèche de cheveux qui lui tombait dans les yeux. Je ne fais pas une croix sur toi. Je vais te laisser un peu d'espace et de temps, mais sache que ce n'est pas fini entre nous.

Alexi laissa échapper un soupir de frustration. Elle pensait avoir réussi à le convaincre, mais elle savait maintenant que la partie n'était absolument pas terminée.

Il se leva, lui serra brièvement l'épaule et se dirigea vers la porte.

— Prends soin de toi, dit-il en se retournant rapidement pour la regarder.

Puis il disparut.

— Ouf !

Alexi se pencha en arrière sur sa chaise et poussa un très long soupir.

Bien décidée à ne pas s'attarder sur ce qui restait de sa relation avec Patrick, elle termina son café tiède et essaya de choisir quoi faire. Il n'était que 10 heures du matin. Les candidats étaient sûrement dans l'annexe, à discuter de recettes ou à débattre de ce qu'ils allaient faire. Marcel devait être avec eux, son accent français de nouveau bien présent. Si Gerry Salter ne surveillait pas les caméras, il était probablement quelque part dans le coin. Comme toujours. Alexi savait qu'il avait déjà été interrogé par la police, mais elle n'avait pas pu lui parler elle-même. Elle enfila sa veste en peau lainée et se dirigea vers la porte arrière.

— Pas toi, annonça-t-elle lorsque Cosmo se leva pour la suivre. Tu ne ferais que causer une nouvelle catastrophe.

Cosmo miaula d'un air indigné, lui tourna le dos et s'enroula autour de Toby comme s'il voulait étouffer le pauvre petit chien. Alexi ouvrit la porte en riant et reçut une bouffée d'air glacial. La tête penchée en avant, elle manqua de rentrer dans une personne arrivant dans l'autre sens.

— Désolée ! s'excusa-t-elle en relevant la tête. Oh, bonjour Mike. Je ne savais pas que tu étais là aujourd'hui. Tu n'as pas cours ?

— C'est une journée de formation pour les profs, ou quelque chose dans le genre. Drew a dit qu'il avait besoin d'un coup de main, donc me voilà.

— Il va bientôt revenir, expliqua Alexi en reculant dans la cuisine avant de fermer la porte. Sers-toi une tasse de café.

— Merci.

Mike attrapa une poignée de biscuits et s'affala, comme tous les adolescents, sur une chaise. Il vivait dans le coin et donnait un coup de main pour faire le sale boulot en échange d'un peu d'argent de poche. Alexi supposa que ce jour-là, sa présence n'était pas vraiment liée à une demande de Drew, mais plutôt à la curiosité de Mike.

— Du nouveau ? demanda-t-il en confirmant ainsi les soupçons d'Alexi. Tout le village ne parle que de ça, et j'ai dit à maman que j'allais voir ce que je pourrais trouver.

— Il est encore trop tôt pour dire quoi que ce soit.

Alexi ne voulait pas perdre de temps, et elle ne voulait

pas non plus révéler des éléments qu'elle aurait dû garder pour elle. Cosmo ne s'opposa pas à la présence de Mike, elle pouvait donc les laisser seuls tous les deux.

— Je dois y aller. À plus tard.

Mike trempa son troisième biscuit dans sa tasse.

— Ouais, à plus.

Les mains enfoncées dans ses poches, Alexi se dirigea vers l'annexe. Le cordon de police avait disparu du jardin. Elle dut néanmoins se préparer mentalement pour traverser cet endroit qu'elle aimait tant auparavant. Elle n'arrivait pas à oublier qu'à peine deux jours plus tôt, une femme avait perdu la vie dans ce havre de paix que Fay avait créé à partir de rien. La pièce d'eau sur laquelle Juliette était tombée semblait désolée, presque sinistre, sous le soleil fragile de l'hiver. L'eau qui, en été, s'élançait dans les airs avant de s'écouler le long d'une pente artificielle, avait été coupée, et le centre d'attention du jardin arborait un air abandonné. Alexi avait été enthousiaste vis-à-vis du design de Fay, mais elle ne pourrait plus l'admirer avec le même plaisir.

— Ça fait froid dans le dos, hein ?

Alexi sursauta au son d'une autre voix. Elle pensait être seule, mais en se retournant, elle vit Gerry Salter adossé contre le mur extérieur de l'annexe. Il ne portait pas de manteau ; il était sorti rapidement pour fumer, comme le prouvait la cigarette qu'il tenait dans sa main droite, presque entièrement consumée.

— C'est vrai.

Alexi était contente d'être tombée sur Gerry par

hasard au lieu d'avoir à montrer son intention en allant le chercher.

— J'imagine que c'est là qu'elle a été tuée, continua-t-elle.

Gerry se redressa et écrasa sa cigarette contre le talon de sa botte.

— Apparemment.

— Vous êtes en service ?

— Pas avant une heure, lorsqu'ils iront dans la cuisine.

— Il y a du café dans notre cuisine si vous voulez, proposa Alexi.

Elle savait que Gerry ne pouvait pas se servir dans la réserve des candidats si Marcel était là et que les caméras étaient allumées. Elle avait aussi aperçu Drew et Mike disparaître dans l'un des débarras un instant plus tôt ; la voie était donc aussi libre que possible.

— Je vous suis, répondit Gerry avec un large sourire.

— Est-ce que la police vous a déjà interrogé ? lui demanda Alexi lorsqu'ils s'assirent face à face avec leurs cafés, Gerry semblant lutter pour ne pas rallumer une cigarette.

— Oui. Ils avaient l'air de penser que je devais savoir ce qu'il s'est passé pour que les caméras soient éteintes dans la chambre de Juliette. Ils n'ont pas lâché le morceau, ils voulaient absolument savoir comment ça pouvait arriver, si quelqu'un m'avait demandé de le faire, ce genre de trucs. Tu parles d'un interrogatoire, ajouta-t-il en frissonnant. Tout le monde finit par se sentir comme un lion en cage dans les émissions de téléréalité, tôt ou tard, et…

— Vous avez déjà travaillé sur ce genre d'émissions ?

— Plusieurs fois. C'est pour ça qu'on m'a engagé.

Alexi afficha un air surpris.

— Vous êtes employé par Far Reach ?

Elle l'ignorait, et si les enquêteurs de Hammond le savaient, ils ne l'avaient pas mentionné dans leur rapport.

— Nan. Je suis ingénieur son certifié.

Gerry se pencha en arrière sur sa chaise, visiblement prêt à papoter. Cela convenait parfaitement à Alexi. Elle aurait ainsi l'occasion d'essayer de mieux le comprendre. D'habitude, elle était douée pour juger les gens – un talent nécessaire à n'importe quel journaliste digne de ce nom – mais Gerry demeurait pour elle une énigme, et elle ne parvenait pas à le cerner.

— J'ai travaillé un moment chez Elstree, reprit-il en parlant des studios britanniques. J'ai appris le métier là-bas, je me suis fait des contacts, et je me suis lancé comme indépendant.

— Si vous êtes bon en matière de son, pourquoi vous retrouvez-vous à contrôler les caméras ?

Il renifla.

— C'est ce qu'on appelle être multitâche. C'est aussi ce qui arrive quand les chefs sont radins, expliqua-t-il en agitant une main. Non, ce n'est pas exactement ça. Avec l'avancée des technologies, de moins en moins de techniciens sont nécessaires pour ce genre de tournages. Donc ceux qui veulent continuer à travailler, comme moi, doivent suivre le mouvement. Je suis au top en matière de son, mais je dois aussi faire le sale boulot.

Alexi l'examina pendant qu'il parlait en continu. Au début de la trentaine, petit et légèrement enrobé, avec des cheveux blond roux et fins déjà clairsemés et des yeux un peu trop rapprochés, il était loin d'être un canon de beauté. Mais il était plutôt avenant et, d'après ce qu'Alexi avait pu voir les semaines précédentes, il semblait bien s'entendre avec tout le monde.

— Ça ne vous dérange pas d'être tout le temps en déplacement ? l'interrogea Alexi. Ça ne doit pas être pratique pour votre vie de famille.

— Non, je suis un esprit libre. Je vais là où on a besoin de moi.

— Comment avez-vous dégoté ce job, dans ce cas ?

— Une agence me vend à des clients, mais pour ce cas précis, j'ai demandé à être listé en priorité.

— Pourquoi cela ? s'étonna Alexi en clignant des yeux. Qu'est-ce que cette émission a de spécial ?

— Je suis de la région. Je suis né et j'ai grandi à Reading, donc j'ai au moins l'occasion de dormir dans mon propre lit. Et puis je savais grâce aux bruits qui courent dans l'industrie que *Qu'est-ce qu'on mange ?* était un succès presque garanti. Les rumeurs se trompent rarement sur ce genre de choses. Donc je me suis dit : pourquoi pas ?

Il s'avachit un peu sur sa chaise, agrippant sa tasse de café des deux mains.

— Ça ne fera pas de mal à ma carrière de participer à une production à succès de Far Reach.

— Contente de voir que vous pensez que l'émission sera un succès. J'avais quelques doutes. Je veux dire, les émissions de cuisine et les histoires à la *Big Brother* ont été tellement faites et refaites. Est-ce qu'elles ne risquent pas d'ennuyer à mort les spectateurs ?

Alexi plaça immédiatement une main devant sa bouche.

— J'aurais peut-être dû formuler ça autrement.

Gerry ne répondit pas. Il attrapa un nouveau biscuit, laissant des miettes tomber partout sur son sweat-shirt lorsqu'il l'avala en deux bouchées.

— Vous n'avez pas participé aux sélections ? demanda Alexi quand elle se rendit compte que la conversation menaçait de stagner.

— Non, ils n'avaient pas besoin de moi.

— Qu'est-ce que vous avez dit à la police à propos des caméras ?

Alexi s'attendait à ce qu'il commence à se méfier et lui demande pourquoi elle voulait savoir cela, au lieu de quoi il se pencha en avant comme pour lui donner un récit détaillé. Alexi lui versa une nouvelle tasse de café et poussa l'assiette de gâteaux préparée par Cheryl vers lui.

— C'est ce que je disais tout à l'heure. Personne ne peut vivre sous le feu des projecteurs en permanence, renifla-t-il. Tout le monde pense pouvoir y arriver, jusqu'au moment de le faire. Il y a des heures et des heures d'images ennuyeuses, et nul ne peut se permettre d'être naturel, de se détendre, parce qu'à la seconde où quelqu'un fait quelque chose d'un tout petit peu étrange, le pays entier le voit. Les producteurs créent eux-mêmes ce genre de situations parce qu'ils savent que quelqu'un finira par craquer. Ça tombe sous le sens que les candidats veuillent quelques minutes de répit pour être eux-mêmes.

Alexi croisa les bras sur la table et fixa Gerry d'un regard perçant.

— Vous voulez dire que les candidats éteignent souvent leurs caméras ?

— Tout le temps. Officiellement, je suis censé les vérifier à l'instant où elles s'éteignent.

— Il y a un voyant sur la console ?

— Oui. Officieusement, je les laisse un peu tranquilles pendant environ une demi-heure. Si, par exemple, quelqu'un veut un peu d'intimité pour… eh bien, faire ce qu'on peut vouloir faire dans une chambre, seul ou pas, on ne dit rien. Mais ils n'ont sûrement pas envie que le monde entier le sache.

— Donc le fait que les caméras de la chambre de Juliette soient éteintes n'était pas inhabituel ?

— Non, on leur a tous dit officieusement que les petites pauses étaient nécessaires, tant qu'ils n'en abusaient pas. Je leur ai montré moi-même comment éteindre et rallumer le flux vidéo. Ça évite beaucoup de problèmes techniques. En tout cas, on ne leur dit rien quand ils le font de temps en temps, tant que ce n'est pas quand Dakin vient rouler des mécaniques… pardon, qu'il vient s'entretenir avec eux. En plus, il n'irait pas faire ça dans leurs chambres.

Gerry lança un nouveau sourire à Alexi.

— En tout cas, pas devant les caméras.

— Vous pensez que Juliette et lui avaient une liaison ? demanda Alexi en se redressant.

— Il la suivait partout comme un petit chien, ça ne me surprendrait pas, répondit Gerry en haussant les épaules.

— Est-ce que Juliette avait déjà éteint ses caméras ?

— À vrai dire, non. Elle est la seule qui ne l'avait jamais fait. Je pense qu'elle aimait être vue dans ce genre de situation. Il y en a toujours un comme ça, ajouta-t-il avec un sourire en coin.

— Les autres ne m'ont jamais parlé de déconnecter leurs caméras, réfléchit Alexi à haute voix.

— Évidemment, répliqua Gerry en agitant une main. Techniquement, c'est contraire aux règles, et je leur ai dit, quand je leur ai montré comment s'y prendre, de ne pas en parler. J'ai expliqué que je risquerais de perdre mon travail s'ils le faisaient. Ce n'est pas vrai, bien sûr, mais la compagnie de production préfère préserver l'illusion que les candidats n'ont jamais de répit.

— Mais quelqu'un est mort !

Le fait que la coupure des caméras ait eu lieu au même moment pourrait changer la direction de l'enquête.

— Oui, mais je ne crois pas que les autres pleurent vraiment la mort de Juliette. Même si ça paraît cruel, elle n'était qu'une petite peste et n'a rien fait pour se faire apprécier.

— Alors qu'est-ce qui est arrivé, à votre avis ?

Gerry haussa simplement une épaule en réponse.

— Allons, vous devez bien avoir une idée.

— Je ne sais pas, mais ça doit être un crime passionnel. Sinon, pourquoi la mettre dans sa chambre et la poignarder dans… euh, ses parties améliorées ?

— Qui suspectez-vous ?

— Je ne pense pas que ce soit Marcel. Il n'est pas assez bête pour laisser des preuves qui le désignent. Et puis, à ma connaissance, les couteaux d'un chef sont ses bijoux. Je ne sais pas si Marcel avait une raison de tuer Juliette, mais je sais qu'il n'aurait pas profané l'un de ses couteaux en l'utilisant sur elle.

— Ça laisse Dakin, dit Alexi d'un air songeur.

— Il était là, et il a été entendu en train de se disputer avec elle exactement là où elle a été tuée.

— C'est vous qui l'avez entendu ?

Alexi posa la question sur un coup de tête. Elle avait seulement entendu dire qu'un membre de l'équipe de tournage les avait vus se disputer, mais personne n'avait donné de nom.

— Eh bien, oui, répondit Gerry, légèrement surpris. Comment l'avez-vous su ?

— C'est mon travail de fourrer mon nez partout.

— Il était là, mais il ne sait pas que je l'ai vu. Il pensait avoir échappé aux caméras, ce qui est contre nature pour un narcissique comme lui. Et c'est bien le cas, mais moi, je l'ai vu et entendu.

— Vous savez à propos de quoi ils se disputaient ?

— Absolument pas. Je n'ai pas entendu ce qu'ils disaient, je les ai juste vus un instant. J'ai été distrait par un problème sur un autre écran, et je n'y ai plus pensé. Juliette se prenait toujours la tête avec quelqu'un, ajouta-t-il avec un nouveau haussement d'épaules négligent. Tout ce que je sais, c'est que je n'ai pas tué Juliette, et que j'espère que la police va trouver le coupable.

— Espérons-le.

— Et le spectacle continue.

Gerry leva les yeux au ciel.

— Le nombre de spectateurs crèvera certainement le plafond après ça, et les sponsors feront la queue pour financer la prochaine émission. Peut-être qu'Evan Southgate est le meurtrier, glissa-t-il avec un sourire en coin.

— Ne me dites pas que Juliette couchait avec lui aussi ?!

— C'est le producteur. L'homme qui a le pouvoir de tout faire. Il est évident qu'elle a tenté sa chance avec lui. Mais il n'était pas là la nuit du meurtre, dit Gerry en roulant des épaules. En tout cas, les autres se sont remis du choc et se sont concentrés sur l'émission. Repose en paix, mademoiselle Hammond, mais le spectacle doit continuer.

— Avez-vous parlé à la police de ce que vous venez de me dire sur Juliette qui utilisait le sexe pour influencer le résultat des votes et sur les caméras qui étaient parfois éteintes ?

— Bien sûr. Je ne voulais pas qu'on me suspecte, et ça a semblé être le cas pendant un moment. J'en ai parlé avec Grenville Scott, d'abord, et il a pensé qu'il fallait que je dise toute la vérité. « Vérité » et « avocats » ne sont pas des mots qui vont bien ensemble dans une phrase, si vous voulez mon avis, ajouta-t-il avec un petit rire. Bref, Grenville était avec moi pendant tout l'interrogatoire pour s'assurer que je ne parle pas des autres petits secrets bien cachés de Far Reach.

— Je n'ai même pas envie de demander, dit Alexi en frissonnant.

— C'est sûrement mieux, répondit Gerry avec un sourire.

Il jeta un coup d'œil à sa montre, vida sa tasse de café d'une traite et se leva.

— Bon, il faut que je retourne au travail. Pas de repos pour les braves.

— Heureuse d'avoir pu discuter avec vous, lança Alexi distraitement.

— De même.

Gerry attrapa un nouveau biscuit et disparut par la porte de derrière. Elle le vit s'arrêter pour allumer une cigarette à l'instant où le battant se refermait sur lui.

Alexi resta à table et réfléchit aux révélations de Gerry. Les choses ne se présentaient pas bien pour Marcel, elle devait l'avouer. S'il savait qu'une caméra éteinte ne provoquait pas de panique immédiate, cela changeait tout. S'il avait bel et bien tué Juliette et qu'il avait voulu, pour une obscure raison, mettre en scène son cadavre dans sa chambre, il aurait très bien pu s'introduire dans la pièce et couper la transmission en sachant que personne ne viendrait vérifier les lieux avant une bonne demi-heure. Heureusement, il n'avait toujours pas de mobile solide. De plus, s'il avait été suffisamment prudent pour éteindre les caméras, cela défiait toute raison de l'imaginer planter son propre couteau dans l'un des seins refaits de Juliette et de l'y laisser.

— Tu as été rapide, dit Alexi en levant les yeux lorsque la porte s'ouvrit.

Un sourire spontané s'installa sur ses lèvres lorsqu'elle vit Jack se tenir en face d'elle.

— Comment ça s'est passé ?

— Pas très bien.

Alexi remarqua son expression anxieuse et commença à s'inquiéter.

— Qu'est-ce qu'il s'est passé ?

— Vickery est en route pour l'hôtel, répondit-il laconiquement. Ils vont ramener Marcel pour l'interroger.

— Pourquoi ? s'exclama Alexi. Pour quelle raison ?

— Il ne m'en a parlé que par courtoisie, mais je ne peux pas prévenir Marcel, et toi non plus.

Jack passa une main distraite dans ses cheveux.

— Les résultats d'analyse des empreintes digitales dans la chambre de Juliette sont arrivés pendant que je parlais avec Vickery, donc il n'a pas pu me cacher que les empreintes de Marcel ont été retrouvées sur un verre posé sur sa table de chevet…

— Ça ne veut rien dire, s'indigna Alexi. N'importe qui aurait pu le mettre là.

— Oui, mais une empreinte a aussi été trouvée sous la table elle-même.

13

— Merde !

Alexi fixa Jack, bouche bée. Son postulat sur l'honnêteté de Marcel était remis en question.

— Alors, il nous a menti.

— C'est ce que j'ai pensé au début.

Jack ôta sa veste en cuir et la jeta sur le dossier d'une chaise. Il en retourna une autre et se mit à califourchon dessus en appuyant ses bras sur le dossier.

— Mais j'ai eu le temps d'y réfléchir sur le chemin, et ça me paraît trop maladroit pour être vrai.

— Parce qu'on ne veut pas y croire ?

Jack haussa les épaules.

— Peut-être.

— Mettons ça de côté un instant, je vais te raconter ce que Gerry Salter m'a raconté sur la transmission des caméras.

— Ah, dit Jack lorsqu'elle eut fini son explication. Ça change tout.

— C'est ce que j'ai pensé. Mais on ne sait pas si Marcel savait que les candidats pouvaient éteindre les caméras eux-mêmes. On leur a dit de garder le secret sous peine d'être disqualifiés. Je ne pense pas que Cheryl et Drew le savaient.

— Mais Dakin aurait pu être au courant ?

— Sûrement, répondit Alexi d'un air renfrogné. Jack, c'est le pire coup monté de l'histoire du crime.

Elle se leva et fit les cent pas dans la cuisine, manquant de trébucher lorsque Cosmo se glissa entre ses jambes. Elle prit le gros chat dans ses bras et le jeta par-dessus son épaule. Cosmo ronronna bruyamment dans son oreille.

— Réfléchis-y deux secondes. Pour que Marcel soit coupable, il aurait dû suivre Juliette pour une raison ou une autre après qu'elle a quitté son appartement et après sa dispute avec Dakin. Mais pourquoi ?

— La police va peut-être dire qu'il l'a vue avec Dakin et qu'il l'a confrontée à ce propos, répondit Jack. Ou alors ils vont suggérer que ce n'est pas Dakin et Juliette qui se sont disputés, mais Marcel et Juliette.

— Ils ne peuvent pas raconter ça, puisque Dakin a avoué qu'il était là et s'est disputé avec elle.

Jack fit un geste désinvolte de la main.

— Je me fais l'avocat du diable. Peu importe comment ils tourneront la situation, ils trouveront un moyen de placer Marcel dans le jardin avec Juliette, que ce soit à la place de Dakin ou après son départ. Ils diront que ses célèbres colères ont fini par l'emporter quand il s'est rendu compte que Juliette couchait aussi avec Dakin. Il a poussé Juliette, et... je ne sais pas, elle s'est cogné la tête sur la pièce d'eau et elle est morte. C'était juste un terrible accident.

— Ensuite, il a essayé de déguiser les faits. Dans un état de panique – on peut imaginer qu'il n'avait pas les idées claires –, il a pris le temps d'aller dans sa chambre, même s'il savait que les caméras étaient allumées. Malgré ça, et sans laisser une seule empreinte ou preuve en dehors du verre et de la table, bizarrement, il a réussi à éteindre la transmission.

Alexi fronça les sourcils.

— Enfin, revenons-en à notre situation hypothétique. Marcel était dans la chambre de Juliette, et il a déconnecté la transmission des caméras. Sans savoir de combien de temps il disposait avant que quelqu'un vienne vérifier, il est tranquillement retourné dehors, a jeté le corps sans vie de Juliette sur son épaule et, pour une raison qu'il est le seul à connaître, il l'a mise en scène sur le lit. Ensuite, il est allé dans la cuisine du restaurant, a pris l'un de ses précieux couteaux et l'a poignardée avec. Puis il a bu dans le verre sur la table de chevet parce qu'évidemment, laisser autant de traces derrière soi, ça donne soif. Mais il n'a déposé d'empreintes nulle part ailleurs parce qu'il portait des gants ? Il y avait des empreintes de Juliette partout, donc le meurtrier portait des gants.

— Alors comment Marcel a-t-il pu laisser une empreinte sur la table de chevet ?

— Aucune idée, répondit Jack, mais je pense que Vickery aura quelques théories. Mais si Marcel est notre tueur, il a porté des gants et laissé son couteau et un verre avec ses empreintes dessus, mais pas ailleurs. Un peu de bon sens, voyons !

— Tu me rassures tellement, souffla Alexi. Un avocat de la défense un minimum débrouillard anéantira cette hypothèse en moins de deux.

— Ma théorie, c'est que le meurtrier a fabriqué une diversion sur le moment, et que c'est tombé sur Marcel.

— Ça sous-entend un crime passionnel, ou le fait que Juliette a vu ou entendu quelque chose qui a fait d'elle une cible à éliminer. Ce n'est peut-être pas un meurtre prémédité. Le tueur a dû faire avec les moyens du bord.

Alexi se rassit à table et posa ses coudes dessus.

— Est-ce qu'on va arrêter Marcel ? Je l'imagine mal rester passif s'il est accusé à tort. Ses colères sont réelles, tu sais.

— Vickery devra lui parler de ce nouvel élément, mais j'espère qu'il réfléchira et ne se braquera pas. Le fait qu'il ne veuille pas l'arrêter tout court est une bonne nouvelle. Il faut qu'on parle à Grenville Scott pour lui exposer la théorie qu'on vient d'élaborer, et lui montrer qu'il serait stupide d'accuser Marcel. Où est-il, d'ailleurs ?

— Marcel ? Ils ont repris le tournage aujourd'hui. Il sera dans la cuisine du restaurant encore une heure au moins. Vickery ne l'embarquera pas devant les caméras quand même ? s'indigna Alexi. Je pense que Marcel risquerait de s'énerver s'il se trouvait humilié de la sorte.

— Je ne pense pas, soupira Jack. On a de la chance que ce soit lui qui gère l'enquête. Il est impartial et malgré la pression des résultats, personne ne pourra le forcer à arrêter qui que ce soit tant qu'il n'aura pas de preuves solides.

— C'est toujours ça, je suppose.

— Bien sûr, tu es en partie responsable de tout ça.

— Moi ?! s'exclama Alexi en faisant les yeux ronds. Qu'est-ce que j'ai fait ?

— Ta réputation te précède, répondit-il avec un grand sourire. Les journalistes sont rarement les meilleurs amis des flics, crois-moi. Tu as celle d'être ferme, mais juste, et tu es souvent du côté des gentils. Mais tu es aussi connue pour foncer dans le tas si tu penses qu'une injustice a été commise. Les supérieurs de Vickery s'y connaissent en médias, et ils n'ont pas envie qu'une journaliste d'investigation en furie leur cherche des noises s'ils peuvent l'éviter.

— Contente de servir à quelque chose. Grrr !

Jack éclata de rire.

— Il leur faudra un dossier en béton, sinon le service des poursuites judiciaires ne voudra pas donner suite. Je suis pratiquement sûr que, en l'état actuel des choses, ils ne peuvent pas accuser Marcel. La cour leur rirait au nez.

— Est-ce que Grenville Scott est toujours dans le coin ? demanda Alexi. Patrick est retourné à Londres ce matin, et j'ai eu l'impression que Grenville partait avec lui.

— Il n'y a qu'un moyen de le savoir.

Jack sortit son portable de sa poche et composa le numéro de l'avocat.

— Monsieur Maddox, répondit une voix sophistiquée. Que puis-je faire pour vous ?

Un silence pesant s'installa après que Jack eut fini d'expliquer la situation délicate de Marcel.

— Vous êtes toujours là ? demanda Jack.

— Oui, mais malheureusement, je suis en route pour Londres. Je dois être au tribunal cet après-midi.

— Pouvez-vous envoyer quelqu'un d'autre défendre Marcel jusqu'à ce que vous puissiez vous libérer ?

— Eh bien, ça ne va pas être possible. Marcel Gasquet n'est pas vraiment un client de Far Reach, vous savez, donc il n'est pas sous ma responsabilité.

Jack n'aurait pas dû être surpris par cette déclaration.

— Donc vous avez l'intention de le laisser se débrouiller tout seul ? demanda Jack d'une voix rendue instable par sa colère à peine maîtrisée. Il fait un bouc émissaire parfait auquel Far Reach peut tourner le dos ?

— Ce serait un conflit d'intérêts, mon très cher, répondit calmement Scott. Si, comme vous le prétendez, Gasquet est innocent, il y a de grandes chances qu'une personne liée à l'entreprise de mon client soit coupable. Ce serait alors mon travail de la représenter une fois les charges retenues. Pour défendre Gasquet, il pourrait être nécessaire d'accuser quelqu'un qui travaille pour mon client. Je ne ferais pas mon travail correctement si je ne pensais pas à cela, et Far Reach le sait.

— Oui, mais Marcel n'est pas…

— J'ai reçu des instructions et je suis dans l'obligation de les suivre. Je suis désolé. J'apprécie Gasquet et, si vous voulez mon avis, je ne pense pas qu'il ait tué cette pauvre fille. Et puis, beaucoup d'autres bons avocats sont disponibles. Voulez-vous que je vous en recommande un ?

Jack raccrocha et jeta son téléphone sur la table. Celui-ci glissa de l'autre côté jusqu'à ce qu'Alexi l'attrape avant qu'il s'écrase sur le sol et se brise.

— Les ordures ! marmonna-t-il.

— Calme-toi, Jack, dit Alexi en lui touchant le bras. Ça ne te surprend pas, quand même ?

— Non, je m'en doutais, mais cette façon qu'ont les grosses compagnies de couvrir leurs arrières quoi qu'il en coûte et… enfin, ça me met en rogne.

— Ils savent que Dakin est le suspect le plus probable, donc ils resserrent les rangs pour le protéger.

— Eh bien, c'est nul, déclara Jack avec dégoût.

— Ce qui m'énerve, moi, c'est que Scott était sûrement dans la voiture de Patrick. Le même Patrick qui m'a assuré qu'il ferait tout ce qu'il pourrait pour protéger l'hôtel et ceux qui y travaillent, grogna Alexi en soufflant. « Je ferais tout pour te montrer à quel point tu comptes pour moi », tu parles. Il était tellement convaincant, il a failli m'avoir.

— Si tu as pu voir le vrai visage de ton ex, tout ça n'aura pas servi à rien.

Jack serra la main d'Alexi, un peu plus calme, en réfléchissant à l'étape suivante.

— Il se trouve que je connais la personne parfaite pour représenter Marcel. Un vieil ami, un autoentrepreneur installé à Newbury. Il travaillait avec une grosse boîte mais il en a eu marre.

Alexi hocha la tête avec emphase.

— Je le comprends.

Jack tendit la main vers son téléphone et fit défiler ses contacts.

— Ben Avery a travaillé avec Cassie et moi sur quelques affaires, et je suis sûr qu'il tuerait pour s'occuper de celle-ci.

Il appela Ben qui décrocha, et ils échangèrent des politesses. Jack lui expliqua la situation. Quelques instants plus tard, il raccrocha, un grand sourire aux lèvres.

— Quand Marcel sortira de la cuisine, Ben sera là. Je suis déjà soulagé parce que la loyauté de Ben ne sera pas à remettre en question.

— Qu'a dit Vickery sur les notes de Hammond au sujet des autres candidats ? demanda Alexi.

— Il a trouvé ça étrange. L'œuvre d'un parent trop zélé. N'oublie pas qu'il a déjà rencontré Hammond et qu'il a vu quel genre d'homme il est, donc ça ne l'a pas surpris.

— Et ton client ? Chez Cash Out. Qu'a dit Mick Bailey quand tu lui as annoncé que tu avais résolu l'enquête ?

— Il a été scandalisé par le renvoi de Melody Davis. Il se souvenait d'elle à la réception, même s'il n'avait parlé qu'une ou deux fois avec elle en passant.

— Ce n'est pas surprenant qu'il l'ait remarquée. C'est une très belle femme. Difficile de l'oublier après l'avoir vue.

— En tout cas, Bailey ne savait pas qu'elle avait été virée. Il ne s'occupe pas du recrutement et des renvois, mais il a prévu d'en toucher deux mots au responsable. Il a aussi compris pourquoi son fils avait agi ainsi, et il ne va pas porter plainte ni lui demander de rendre l'argent.

— J'espère bien !

— J'ai parlé à Dean après avoir vu Bailey, et je lui ai annoncé la bonne nouvelle. Il a pris un jour de congé aujourd'hui, il ne savait pas si son travail l'attendrait si Bailey portait plainte, donc ça l'a soulagé. Il s'inquiète pour sa mère. Il lui a annoncé la mort de Juliette, mais il m'a dit qu'elle n'avait pas l'air de se rendre compte de ce qu'il lui disait. Elle était, selon ses dires, « beaucoup trop calme ».

— Elle le comprendra plus tard.

— Probablement. L'inspectrice Hogan se préparait à leur parler, c'est aussi pour ça que Dean voulait être là.

— Est-ce que tu as dit à Dean que Hammond a promis de s'occuper d'eux deux ?

— Non, ça ne concerne qu'eux. Je ne veux pas m'en mêler.

— C'est sûrement plus sage, soupira Alexi. Mon Dieu, quelle journée.

— Qu'est-ce que tu as pensé de Gerry Salter ? lui demanda Jack. Tu l'as cru ?

— Je n'avais aucune raison de ne pas le croire. Je ne suis pas aussi bonne que toi pour savoir quand on me ment, mais j'ai quand même beaucoup d'expérience en matière d'attitude fuyante avec toutes les interviews que j'ai menées. Gerry a répondu à mes questions sans aucune hésitation, et il ne m'a pas paru suspect.

Alexi mit un coude sur la table et posa sa joue sur sa main ouverte, se remémorant sa conversation avec Gerry.

— Il n'avait pas non plus de mobile, à part que Juliette n'a pas essayé de le séduire comme les autres hommes qui pouvaient l'aider.

— Tu penses que ça l'a dérangé ?

Alexi prit le temps de réfléchir à la question.

— À vrai dire, non. Son *ego* en a peut-être pris un coup, mais pas au point de commettre un meurtre.

— Probablement pas, confirma Jack.

— Il est du coin, tu sais, il est né et a grandi à Reading.

— Je l'ignorais.

— Selon lui, il a une bonne réputation et de nombreux boulots. D'habitude, on lui propose du travail mais il a demandé à son agent de tâter le terrain parce qu'il voulait cette émission.

— Pourquoi ?

— Les rumeurs prédisaient un succès, répondit Alexi en haussant les épaules.

Jack fronça les sourcils.

— Comment pouvait-on affirmer ça avant qu'un seul épisode ait été diffusé ?

— Aucune idée, mais il dit que les rumeurs se trompent rarement. On fait des sondages, ce genre de trucs, non ?

— À toi de me le dire. Ça relève plus de ton domaine d'expertise que du mien.

Jack se leva et se servit une tasse de café.

— Le truc, c'est qu'à moins qu'on trouve qui a tué Juliette, le doute planera sur Marcel.

— Et sur la réputation de cet établissement.

Jack agita la cafetière dans la direction d'Alexi, mais celle-ci fit non de la tête.

— On n'a pas encore reparlé à Anton ni à John. J'espérais qu'on s'occupe d'eux cet après-midi.

— Essayons, répondit Jack.

Il s'adossa au mur et sirota son café en réfléchissant.

— Ce dont on a vraiment besoin, c'est une explication plausible sur la présence de l'empreinte de Marcel sur cette table de chevet. C'est le point qui me tracasse le plus. Ça place Marcel dans la pièce alors qu'il a affirmé tout du long n'y avoir jamais mis les pieds. Ce qui remet en cause sa déclaration.

— Il nous faut aussi un autre suspect potentiel.

— Je vais demander à Cassie de se pencher un peu sur le passé de Dakin. Il a peut-être échangé des textos ou des e-mails avec Juliette. Les gens ne prennent aucune précaution avec ce genre de choses.

— Ça prouverait qu'ils avaient une liaison, mais Dakin me l'a déjà avoué. Je suppose qu'il l'a aussi dit à la police. Il serait bête de ne pas l'avoir fait.

— Je vais demander à Cassie de creuser dans cette voie.

— Quelle voie ? demanda Drew qui arrivait avec Cheryl depuis leur appartement.

— Nous avons de mauvaises nouvelles.

Alexi leur expliqua les nouveautés concernant Marcel et pourquoi ils pensaient qu'il n'allait pas être arrêté.

— Vous l'avez prévenu ?

— Non, répondit Jack, et on ne doit pas le faire. Vickery va arriver d'un moment à l'autre, sûrement avant que Marcel finisse en cuisine. L'avocat que j'ai engagé pour le représenter aussi.

— Je suis contente qu'il n'ait pas besoin de compter sur ce Grenville, dit Cheryl. Son attitude était plus que prétentieuse et condescendante.

Drew s'assit à table à côté de sa femme et plaça un bras autour de ses épaules.

— Arrête d'avoir l'air aussi morose, mon cœur. Tout va bien se passer, tu verras.

— Il vaut mieux, sinon on va se retrouver au chômage.

— À ce propos, intervint Alexi, je me demande si nous n'avons pas abordé les choses sous le mauvais angle.

— Qu'est-ce que tu veux dire ? demandèrent Jack et Drew d'une même voix.

— Réfléchissez. On pense tous que Juliette est morte parce qu'elle a énervé quelqu'un qui est lié à l'émission. Mais peut-être que ça n'a rien à voir. Jack et moi avons bousculé quelques esprits quand on a révélé que Graham Fuller n'était qu'une ordure de meurtrier. Même si notre preuve était irréfutable et qu'il a fini par avouer avoir tué sa propre fille, certaines personnes du coin continuent de nous tenir pour responsables de les avoir privés d'un des meilleurs entraîneurs. Ils considèrent que nous avons insulté Lambourn, expliqua Alexi en les fixant tour à tour. Et si quelqu'un voulait prendre sa revanche sur moi ? Quelle meilleure façon que de s'attaquer à la réputation de l'hôtel et de son célèbre chef ? Le nom de Marcel assure au restaurant d'être toujours plein et nous permet d'être solvables… à peu près.

Drew et Jack échangèrent un long regard.

— C'est possible, j'imagine, dit Jack, mais c'est extrêmement risqué, avec ces caméras partout.

— Et qui pourrait vouloir prendre ce risque ? demanda Cheryl.

— Le fils de Fuller essaye de garder l'entreprise de son père à flot, mais la plupart des propriétaires de bons chevaux ont mis leurs animaux ailleurs, répondit Alexi. Il pensait pouvoir succéder à son père en se reposant sur sa réputation et prendre les rênes d'un commerce prospère. À la place, il se retrouve avec des chevaux de seconde zone et doit être plein de ressentiment, d'autant que sa mère, qui tenait les cordons de la bourse, a fait ses valises pour retourner en Amérique et l'a laissé en plan. Fuller Junior cherche peut-être quelqu'un à blâmer, et nous serions la cible idéale.

— Mais comment serait-il arrivé jusqu'à l'annexe ? demanda Jack.

— C'est facile si tu es du coin et que tu connais le terrain, répondit Cheryl. Il y a un raccourci à travers les enclos voisins. Ils sont privés, mais qui va vérifier que personne ne passe par là dans le froid, par une nuit glaciale de novembre ?

— Et si Fuller, de façon était habillé tout en noir avec le visage couvert ? Il ne serait pas reconnaissable sur une caméra, réfléchit Alexi.

— Comment aurait-il pu savoir que Juliette serait à l'extérieur, dans la cour ? interrogea Jack. Comme Cheryl vient de le dire, ce n'était pas une nuit à traîner dehors.

— Un coup de chance, répondit Alexi. Juliette n'était pas forcément sa cible. N'importe qui aurait fait l'affaire. Et ce n'était peut-être pas sa première tentative.

— Mais comment aurait-il pu aller dans la cuisine récupérer le couteau de Marcel ? s'enquit Drew. Il faut le code pour ouvrir la porte. Tous les candidats et les employés le connaissent, évidemment, donc ça ne réduit pas tellement les suspects. Ça exclut tout de même les étrangers.

— Je réfléchis encore à cette partie.

Alexi faisait les cent pas.

— J'imagine que quelqu'un a pu s'introduire incognito à l'heure du déjeuner, en plein coup de feu, dit Drew. La porte est toujours ouverte à ce moment-là, et habillé en blanc comme les cuisiniers, en gardant la tête baissée, il aurait pu passer inaperçu. Dans ces moments-là, chacun est concentré sur ce qu'il doit faire, et personne ne fait attention aux autres.

— Donc, si tu as raison, le couteau aurait été volé avant les faits ? demanda Jack en clignant des yeux. Ça ferait du meurtre un crime prémédité, préparé, ou ce que tu veux, à l'inverse du résultat de… je ne sais pas, une dispute qui aurait mal tourné, par exemple.

— C'est peu vraisemblable, je le sais, soupira Alexi. Mais je pense que ça vaut la peine d'en parler à Vickery comme d'une nouvelle potentielle piste. Ce nouveau champ de possibilités pourrait aider à blanchir Marcel au besoin.

— Me blanchir pour quoi ? demanda Marcel en arrivant avant de se laisser tomber sur la chaise la plus proche. Oh là là, je regrette d'avoir accepté ce cirque.

— Pense à la célébrité et à la gloire, dit Alexi en essayant en vain d'avoir l'air enjouée.

— Qu'est-ce qu'il y a ? demanda Marcel en s'apercevant de la gêne de Jack et Alexi.

Au même instant, Vickery arriva dans la cuisine en compagnie de l'inspectrice Hogan, et demanda à Marcel de le suivre au poste de police.

14

Ben arriva juste après Vickery. C'était un homme grand, d'environ 35 ans, avec un visage franc et amical ayant trompé plus d'un adversaire sur sa vive intelligence. Il avait des cheveux en bataille roux, les taches de rousseur qui allaient avec, et des membres longs et fins qui lui donnaient un léger air de mante religieuse.

— Merci d'être venu aussi vite, dit Jack en lui serrant la main.

— Heureux de te rendre service.

— Voici Marcel Gasquet et Alexi Ellis. Drew et Cheryl Hopgood.

De nouvelles poignées de main furent échangées.

— L'inspecteur en chef Vickery, et l'inspectrice Hogan, que tu connais déjà sûrement.

— Bienvenue à bord, lança Vickery avec un sourire amusé.

— Je ne manquerais ça pour rien au monde.

— Pas de problème, mais je ne sais toujours pas ce qu'il se passe, répondit Marcel d'un air perplexe. Pourquoi dois-je aller au commissariat ? J'ai déjà fait ma déposition.

— Nous avons de nouvelles informations à propos desquelles nous devons nous entretenir avec vous, dit Vickery.

Marcel cligna des yeux.

— Expliquez-moi.

— Chaque chose en son temps, monsieur Gasquet.

— Puis-je parler quelques minutes avec Ben ? demanda Jack.

Vickery acquiesça.

— Nous allons emmener M. Gasquet. M. Avery pourra nous rejoindre lorsqu'il sera prêt. Nous ne commencerons pas sans lui.

— Très bien, répondit Jack.

— Ne dites rien en mon absence, conseilla Ben.

Marcel se leva, marmonnant dans sa barbe que la police lui faisait perdre son temps. Mais Jack pouvait voir que sous ses airs renfrognés, il avait peur. Il espérait vraiment que leur chef charismatique leur avait tout dit, et que cette peur était infondée.

Une fois la police partie en compagnie d'un Marcel mécontent, Jack ne perdit pas un instant pour expliquer la situation à Ben. Ce dernier ne prit aucune note. Il n'en avait pas besoin : Jack savait qu'il avait un esprit aiguisé et une mémoire quasi photographique. Jack et Alexi, avec quelques interventions de Drew et Cheryl, listèrent toutes les raisons pour lesquelles il s'agissait sûrement d'un maladroit coup monté. Lorsqu'ils se turent enfin, Ben hocha la tête.

— Je suis d'accord, et Vickery en a clairement conscience lui aussi, ou il aurait déjà arrêté Marcel. Cela nous aiderait cependant d'avoir une explication à fournir sur cette empreinte. Et ce serait encore mieux, dans une enquête aussi médiatisée, si nous avions un autre suspect à offrir, ajouta-t-il en faisant la grimace.

— Nous en avons un, répondit Alexi. Paul Dakin. Il avait les moyens, le mobile et l'opportunité. Mais les avocats du studio ont laissé tomber Marcel et font bloc pour défendre Paul à la place.

— On va continuer à fouiller, dit Jack. Si nous savions qui est le père du bébé, ça pourrait nous aider. Ça ne peut pas être Marcel, de toute façon. Il n'a pas du tout participé aux sélections et il n'a rencontré Juliette que lorsqu'elle est arrivée ici.

— S'il dit bien la vérité, ajouta Alexi.

— Il dit la vérité, intervint Cheryl. Je peux m'en porter garante. Je sais quand elles ont eu lieu. Comme c'était dans le coin, tout le monde en parlait, et Marcel a travaillé ici tout ce temps. On ne savait même pas à ce moment-là que notre hôtel serait le cadre de la compétition.

— C'est une bonne chose, répondit Jack, puisque ça élimine le mobile pour Marcel.

— Juliette avait l'air d'avoir des problèmes avec tous les autres candidats, continua Alexi. Nous n'avons pas parlé à John pour le moment, et il faut que nous revoyions quelque chose avec Anton.

Elle leur donna tous les détails sur la situation financière d'Anton, et sur la grosse dette qu'il avait contractée auprès d'une source peu fiable.

— Juliette a peut-être utilisé ça contre lui. Si ça avait été interprété comme une activité illégale, il aurait pu se faire virer de l'émission, ce qui lui donne un mobile. Et il aurait su comment éteindre les caméras. En tout cas, nous allons essayer de lui parler cet après-midi.

— Juliette ne s'est pas franchement fait d'amis ici, et elle n'a pas fait bonne impression. Son père est le seul à avoir l'air de pleurer sa perte, dit Jack avant de déposer une tape amicale sur l'épaule de Ben. Bref, tu ferais mieux d'aller au commissariat pour empêcher Marcel de péter un câble. On va continuer à se renseigner sur le passé de Juliette.

Ben leur adressa un signe de la main et quitta les lieux. Les quatre amis le regardèrent par la fenêtre traverser le parking sur les échasses qui lui servaient de jambes jusqu'à ce qu'il grimpe dans une vieille Volvo.

— Et maintenant, qu'est-ce qu'on fait ? s'enquit Cheryl.

— On mange, répondit Drew. Nous affamer ne fera pas avancer le schmilblick.

*

— Cette empreinte, marmonna Jack.

Ils étaient tous les quatre en train de se servir dans le plat de sandwichs au saumon fumé et à l'avocat que Drew avait préparé.

— Qu'est-ce qu'elle a, cette empreinte ? demanda Alexi en essuyant la mayonnaise au coin de sa bouche à l'aide d'une serviette.

— J'aimerais vraiment savoir, au moins pour ma tranquillité d'esprit, d'où elle vient. Est-ce que tout le mobilier de l'annexe est neuf ?

— Oui, répondit Cheryl. On voulait que les meubles soient assortis.

— Donc ils sont interchangeables ?

— Toutes les chambres ont le même mobilier, mais Marcel est catégorique sur le fait qu'il n'a mis les pieds dans aucune d'entre elles, dit Cheryl en haussant les épaules.

— J'imagine qu'il n'a pas aidé à l'installation ? interrogea Jack, plus par espoir que parce qu'il y croyait vraiment. Je suppose que tout le monde était sur le pont pour que tout soit prêt à temps.

Cheryl fut tellement surprise par cette suggestion qu'elle manqua de s'étouffer avec son sandwich. Elle se dépêcha de boire un peu de thé pour se dégager la gorge.

— C'était la folie, répondit Drew en tapotant le dos de sa femme. Tout le monde a mis la main à la pâte, mais il n'est venu à l'esprit de personne de demander à Sa Majesté de la cuisine de salir ses précieuses mains.

— Ça valait la peine de demander.

— Quelle est la prochaine étape ? s'enquit Alexi en poussant son assiette vide de côté et en se tournant vers Jack.

— Il faut qu'on parle à Anton et qu'on en sache plus sur son échange avec Juliette.

— Il va falloir attendre, intervint Drew. Ils vont filmer une session avec Paul.

— Ça promet d'être intéressant, fit remarquer Cheryl. Je veux dire, il va bien falloir qu'ils abordent le sujet de Juliette, et les candidats ne pourront pas dire ce qu'ils pensaient vraiment d'elle.

— Personne ne le fait quand quelqu'un décède brutalement, dit Alexi. En tout cas, pas en public.

— Je viens de penser à quelque chose.

Toutes les têtes se tournèrent vers Drew.

— Je ne sais pas si ça a une quelconque importance, mais Marcel s'est disputé récemment avec le gars avec qui il travaillait à Londres avant de venir ici. Je l'ai entendu lui crier dessus au téléphone. À propos d'argent, m'a-t-il dit. Ça a bien dégénéré.

— C'est vrai, confirma Cheryl pensivement. Marcel et un homme du nom de David Rowe, qui a aussi été formé en France, avaient ouvert un restaurant ensemble à Chelsea, mais ça n'a pas fonctionné. Il faut croire que tout le monde a voulu y mettre son grain de sel…

— D'autant qu'ils ont un *ego* de la taille d'un petit pays indépendant, ajouta Drew. Il me semble qu'ils se prenaient tout le temps la tête sur les spécialités, l'origine des ingrédients, les prix… S'ils pouvaient se disputer, ils le faisaient. Il paraît qu'ils avaient l'habitude de s'engueuler au milieu du restaurant, et les clients venaient autant dans l'espoir de voir une dispute que pour manger. Marcel a dit qu'il en a eu marre de toutes ces bagarres, qu'il ne pouvait pas y avoir deux chefs dans une seule cuisine, donc il a préféré limiter la casse et il est venu travailler ici.

— C'est la première fois que j'entends parler du passé de Marcel, dit Alexi.

— Et là tout de suite, je ne vois pas le rapport avec notre affaire, ajouta Jack.

— Pourquoi est-ce que Marcel s'est installé ici, à Lambourn ? s'enquit Alexi. Sans vouloir vous vexer, ce n'est pas l'endroit le plus branché qui existe, et s'il vivait à Londres…

Drew haussa les épaules.

— De nombreux chefs connus s'installent dans des restaurants rattachés à des hôtels de campagne. Marcel aime les courses hippiques, donc Lambourn a dû lui plaire pour cette raison, je suppose. Il reçoit des tuyaux de la bouche même des chevaux, en quelque sorte. Et puis il avait besoin d'argent, j'en suis sûr. Il a dû racheter sa part pour se sortir de son contrat avec David, et le restaurant n'était pas ouvert depuis assez longtemps pour qu'il en tire profit. Son *ego* a dû aussi en prendre un coup, c'est pour ça qu'il était aussi enthousiaste à l'idée d'être la star ici.

— À quel point la situation entre lui et David Rowe était-elle compliquée ? demanda Alexi.

— Je ne suis pas sûre, répondit cette fois-ci Cheryl. Je sais qu'ils étaient proches avant, mais maintenant il y a beaucoup de rancœur entre eux. David n'a pas pu maintenir le restaurant à flot sans Marcel. Marcel était le principal attrait pour les clients, et ça a dû contrarier l'amour-propre de David. Il me semble que David est sur le point d'engager des poursuites contre Marcel. Il dit qu'il est revenu sur leur engagement, que c'est pour ça que l'entreprise a fait faillite et a coûté à David tout ce qu'il avait. Marcel prétend le contraire.

Cheryl haussa les épaules.

— Qui croire ?

— Est-ce que ça pourrait être pertinent, puisque David veut absolument se venger ? demanda Drew avec espoir. On aurait dû en parler plus tôt, mais je n'y ai pas pensé.

— David est-il venu ici pour affronter Marcel ? interrogea Alexi. En d'autres termes, est-ce qu'il pourrait connaître les environs ?

Cheryl et Drew échangèrent un regard avant de secouer tous deux la tête.

— Pas à ma connaissance, répondit Drew. Mais si tu penses qu'il a peut-être joué un rôle dans la mort de Juliette…

— On dirait que leur dispute a tourné au vinaigre. Si David a tout perdu et qu'il se retrouve au pied du mur, il a pu se dire qu'il n'avait rien à perdre et venir ici à toute berzingue pour se venger, intervint Jack.

— Saboter l'émission grâce à laquelle Marcel devient célèbre et le lier à un meurtre serait une très bonne façon de se venger, mais je ne vois pas comment il aurait pu s'y prendre, dit Drew. C'est compliqué avec l'annexe bloquée aux visiteurs, les caméras à déconnecter, et tout le reste. Je n'y crois pas. En plus, est-ce que quelqu'un qui a des comptes à régler serait prêt à commettre un meurtre *et à* s'embêter avec la mise en scène pour avoir le dernier mot ? continua-t-il en secouant la tête. Ça me paraît peu vraisemblable.

— Peut-être, répondit Alexi, mais c'est toujours une nouvelle piste à explorer.

Gerry arriva d'un pas nonchalant dans la cuisine, prenant un raccourci pour aller de sa chambre à l'annexe.

— Est-ce que j'ai entendu le nom de David Rowe ? demanda-t-il.

— Oui, répondit Alexi.

Elle échangea un regard déconcerté avec ses amis, qui avaient tous l'air aussi intrigués qu'elle.

— Vous le connaissez ?

— Pas personnellement, mais je sais qu'il était sur la liste de présélection pour être chef dans *Qu'est-ce qu'on mange ?* avant que cet hôtel soit choisi.

Il attrapa une pomme dans le bol sur la table et se dirigea vers la porte arrière.

— Il faut que j'y aille. Notre présentateur vedette s'apprête à faire le beau devant les candidats. Il ne faudrait pas manquer d'enregistrer un si grand moment de télévision. À plus tard.

— Oh mince, souffla Alexi dans le silence qui s'ensuivit. On dirait que j'ai indirectement causé un nouveau revers à David Rowe.

— Comment ça ? demanda Cheryl.

— Comme tu le sais, Patrick a suggéré de filmer l'émission ici et d'utiliser Marcel pour me faire une faveur. Il savait qu'on essayait de renouveler l'image de l'hôtel, et… enfin, ce que je veux dire, c'est que David aurait peut-être eu la chance de briller sur le petit écran sans cela.

— Ne t'en veux pas pour ça, dit Jack. Ce n'est pas ta faute, mais j'imagine que David, s'il s'est disputé avec Marcel à cause de leur restaurant et s'il a perdu l'occasion de participer à l'émission face à lui, pourrait avoir un mobile de taille pour piéger Marcel. Ça ne me paraît plus si tiré par les cheveux d'organiser tout un meurtre pour ça.

— Tu vas trouver la solution, Jack, dit Cheryl. J'ai confiance en tes talents.

— Tu es bien la seule, répondit Jack avec un sourire affable.

Cheryl s'en alla voir comment se portait le bébé. Drew avait d'autres choses à régler dans l'hôtel, et il devait vérifier comment avançait l'inventaire des réserves dont s'occupait le jeune Mike. Alexi et Jack se dirigèrent vers le salon des résidents à l'étage, et Jack alluma son ordinateur portable.

— Qu'est-ce que tu cherches ? s'enquit Alexi.

— Tout ce que je peux trouver sur la dispute entre Marcel et David. Il aurait pu nous en parler. Enfin, s'il le menaçait de porter plainte, ça implique un certain niveau d'animosité. Quelqu'un d'aussi rancunier serait prêt à tout par vengeance.

— Je suis d'accord, mais Marcel est perturbé par tout ça, il n'a sûrement pas les idées claires.

Jack étudia attentivement des pages de contenu tandis qu'Alexi mettait à jour ses e-mails personnels.

— Nous y voilà, déclara Jack en se reculant pour qu'elle puisse lire par-dessus son épaule. Il y a une audience prévue dans quatre semaines à Londres.

Il siffla doucement de surprise.

— David attaque Marcel en justice pour rupture de contrat, perte de chiffre d'affaires et dommages causés à sa réputation. Il demande un million de livres.

Alexi éclata de rire.

— Dans ce cas, c'est plutôt Marcel qui devrait le tuer.

— Il n'a clairement plus d'argent, ou alors il n'est pas sûr de gagner, parce qu'il a signé un contrat au pourcentage avec un avocat pour le représenter.

— L'avocat doit penser avoir de bonnes chances de gagner, sinon il n'aurait pas accepté l'affaire. J'ai entendu dire que beaucoup d'organismes, comme les compagnies d'assurances, préfèrent ce type de contrat. Cela leur évite une mauvaise publicité et de perdre du temps et de l'argent en allant au tribunal.

Jack haussa les épaules.

— L'avocat voit peut-être cette affaire comme une occasion de se faire un nom, de faire ses preuves. Le procès fera forcément les gros titres. Je suis surpris que ce ne soit pas déjà le cas, étant donné ce qu'il se passe ici.

— Ce n'est qu'une question de temps. Bref, Marcel aurait dû en parler, soupira Alexi. Je pense qu'il n'a toujours pas conscience de la portée des soupçons qui pèsent sur lui, sinon il l'aurait fait.

— Nous devrions faire des recherches sur M. Rowe pour l'interroger, je pense.

— Tu penses qu'il acceptera de nous dire quelque chose s'il découvre que nous sommes du côté de Marcel ?

Jack haussa de nouveau les épaules.

— Les gens rancuniers ne peuvent s'empêcher de parler à tout-va à qui veut les entendre, même à une oreille hostile.

— En tout cas, je comprends qu'il ait un gros problème avec Marcel. D'abord, l'histoire de l'échec du restaurant l'a laissé sur la paille et en disgrâce. Ensuite, il a perdu l'émission. S'il avait décroché l'opportunité, il aurait pu renflouer son compte en banque et redorer son blason. C'est déjà une sacrée déroute, mais en plus, à cause de Marcel, son ancien ami et sa Némésis… Oui, le désespoir aurait pu le pousser à essayer d'obtenir réparation, expliqua Alexi avant de froncer les sourcils. J'aimerais trouver de quelle manière il aurait pu s'y prendre, mais un étranger à l'hôtel n'aurait pas eu la moindre chance.

— Je ne pense pas qu'il ait pu commettre le meurtre non plus, à part si ta théorie sur le fils de Fuller est fondée sur l'argent. David aurait pu faire des recherches en entendant que Marcel décroche le rôle principal dans l'émission et qu'il travaille ici. Il y a plein d'articles sur le Net à propos de Fuller, et il n'est pas difficile d'imaginer que son fils éprouve une sacrée rancune envers cet hôtel, réfléchit Jack avec un haussement d'épaules. Je sais que c'est tiré par les cheveux, mais j'ai déjà vu des choses bien plus bizarres. Les fils de Fuller et David ont tous les deux des soucis financiers et cherchent à se venger. Des mobiles irréfutables. Et puis, on n'a rien d'autre à examiner pour le moment.

Jack était toujours surpris par la facilité avec laquelle on pouvait trouver les informations personnelles de n'importe qui en ligne. Ils obtinrent très vite tout ce dont ils avaient besoin. David Rowe travaillait en tant que traiteur pour des événements mondains depuis son domicile, son adresse étant obligeamment affichée partout sur son site web. *C'est une sacrée dégringolade pour un ancien chef renommé ayant dirigé son propre restaurant*, pensa Jack. Personne ne pouvait lui en vouloir d'être amer.

— Il vit à Kensal Green, annonça Jack. On peut y être dans une petite heure si on part maintenant.

Cosmo, qui les avait accompagnés à l'étage et s'était couché sur le fauteuil près de la fenêtre, s'étira, comme s'il savait qu'un voyage en voiture se préparait. Il les suivit au rez-de-chaussée et fut le premier à sortir. Il ne laisserait personne partir sans lui. Toby gémit, mais il savait qu'il ne pouvait pas être de la partie. Alexi grimpa côté passager dans la voiture de Jack, en riant de la relation symbiotique entre les deux animaux, puis elle ferma les yeux lorsque Jack sortit en marche arrière de sa place de parking.

— Tu es fatiguée ? demanda-t-il.

— Je ne dors pas très bien, répondit-elle en ouvrant à nouveau les paupières. Je suis inquiète, Jack, et je me sens coupable. J'ai poussé Drew et Cheryl à s'agrandir, à être plus ambitieux. Et si j'avais causé la perte de leur entreprise, voire de leur réputation ?

— Tu n'as rien fait de mal.

Il ôta une main du volant et la plaça sur sa cuisse.

— Tu essayais de les aider. Tu les *as* aidés. Marcel n'est pas coupable, j'en mettrais ma main à couper, et nous allons le prouver, d'une manière ou d'une autre. En plus de tous les autres éléments, je n'ai jamais vu un coup monté aussi mal ficelé. Le couteau, le verre avec son empreinte… celle sur la table est toujours le seul obstacle. Mais Marcel n'aurait pas été aussi catégorique sur le fait qu'il n'était jamais allé dans la chambre de Juliette s'il avait menti. Comme tu n'arrêtes pas de le dire, il n'est pas stupide. Juste arrogant, ajouta Jack avec un sourire.

— Merci, c'est exactement ce que j'avais besoin d'entendre.

— Tout le plaisir est pour moi. Et je suis un excellent rapport qualité-prix, parce que si tes insomnies continuent, j'ai aussi un excellent moyen d'y remédier.

— Ça ne m'étonne pas du tout.

Alexi lui lança un sourire ironique, mais ne s'inquiéta pas davantage lorsqu'il laissa sa main sur sa cuisse.

Une fois que Jack atteignit l'autoroute, le mouvement de la voiture la berça jusqu'à ce qu'elle s'endorme. Jack lui lança de réguliers coups d'œil en coin pendant qu'il conduisait ; il appréciait ce qu'il voyait, et il espérait qu'elle accepterait de faire avancer leur relation. Sans se presser. Il pouvait se montrer patient quand c'était nécessaire, et Alexi valait le coup.

Elle se réveilla en sursaut lorsqu'ils arrivèrent en périphérie de Londres et que la voiture commença à avancer par à-coups dans les bouchons.

— Désolée, dit-elle en bâillant et en s'étirant. Je ne suis pas de très bonne compagnie, hein ?

— Tu feras l'affaire.

Jack écouta les consignes de la voix désincarnée de son GPS et tourna à gauche.

— C'est par là.

— Et s'il n'est pas chez lui ?

— Je suis sûr qu'il sera là. S'il cuisine des repas pour des soirées, il doit le faire l'après-midi. De toute façon, je préfère prendre ce risque plutôt que de le prévenir de notre venue. En plus, s'il savait que nous sommes liés à Marcel, il pourrait refuser de nous voir. Si on est déjà à sa porte, ce sera plus difficile pour lui de se débarrasser de nous, dit-il en ralentissant, à la recherche d'une place pour se garer. On y est.

Il indiqua d'un signe de tête une maison mitoyenne quelconque, dans une rue résidentielle sans vie.

Cosmo resta dans la voiture, confortablement étalé sur la banquette arrière, tandis que Jack et Alexi remontèrent l'allée et sonnèrent à la porte.

— Il était temps !

Un petit homme aux cheveux aussi sombres que son attitude, enveloppé d'un tablier blanc, ouvrit la porte d'un coup sec.

— J'espère que vous… Vous êtes qui, vous ?

— Probablement pas la personne que vous attendiez, répondit Alexi. Vous devez être David Rowe. Je suis

Alexi Ellis. Voici Jack Maddox. Nous espérions pouvoir nous entretenir avec vous quelques instants.

— Oui, c'est moi Rowe. De quoi s'agit-il ? demanda David d'un air méfiant.

— Marcel Gasquet.

David plissa les yeux.

— Je n'ai absolument rien à vous dire sur cette enflure.

Il essaya de fermer la porte, mais il ne faisait pas le poids face à Jack.

— Même s'il est suspecté de meurtre ?

Un large sourire apparut sur le visage de David.

— Ça, c'est une bonne nouvelle, s'exclama-t-il en ouvrant davantage la porte. Puisque vous n'êtes pas mes fournisseurs et que je ne peux rien faire tant que ma commande n'est pas arrivée, autant que vous entriez.

Alexi et Jack suivirent David jusqu'à un petit salon. Une arcade menait au fond de la maison, entièrement transformée en une large cuisine professionnelle. Deux jeunes hommes habillés du blanc des cuisiniers s'affairaient d'un côté.

— Prenez une pause, les gars, déclara David.

Ils sortirent tous les deux un paquet de cigarettes de leur poche et disparurent sans dire un mot.

— Très bien, comment puis-je aider à faire condamner cette sale fouine ? demanda David en s'adossant à l'un des îlots, les bras croisés.

— Comment en êtes-vous arrivés à vous détester à ce point, tous les deux ?

Jack connaissait déjà la réponse, mais il voulait connaître le point de vue de David.

— Il me semble que vous avez tenu un restaurant ensemble, continua-t-il, et je sais qu'il a coulé, mais ce n'est pas…

— Il n'a pas coulé, ou plutôt, il n'aurait pas coulé si Marcel était prêt à faire des compromis.

David vibrait de la tête aux pieds de colère. Il s'agissait clairement d'un sujet délicat pour lui.

— Tout devait toujours se faire selon ses termes. Je suis un chef aussi doué que lui, mais il n'acceptait jamais aucune de mes suggestions, parce qu'il avait toujours un avis.

Jack hocha la tête, choisissant une approche compatissante.

— Ce n'était peut-être pas possible pour deux meneurs de… eh bien, de mener ensemble.

— Nous en avions parlé en long, en large et en travers. Tout était prévu. Nous étions engagés financièrement dans ce restaurant, mais Marcel n'a pas respecté sa part du contrat. Il pensait qu'il était meilleur que moi, affirmait que les clients ne venaient que pour ses plats à lui, pas pour les miens. Il disait que je prenais trop peu de risques, bla-bla-bla. Qui avait décrété qu'il était le chef ? Bref, maintenant, j'en suis réduit à ça.

Il fronça les sourcils en balayant d'un geste la large cuisine, avec ses appareils en acier inoxydable rutilants et de nombreux ustensiles parfaitement alignés dans des supports accrochés au plafond.

— Ma réputation ne va jamais s'en remettre, et ce connard doit payer.

— Est-ce qu'il a vraiment rompu votre accord d'affaires ? s'enquit Alexi.

— Mes avocats ont l'air de le penser, grogna David. Mais vous êtes qui, tous les deux ? Pourquoi vous vous intéressez à tout ça ?

Jack lui expliqua leur lien avec Lambourn et l'émission de télévision.

— J'ai entendu parler de cette fille qui a été tuée. Marcel est sacrément colérique, mais même moi, je ne l'aurais pas pensé capable d'assassiner quoi que ce soit d'autre qu'un soufflé.

— Il ne l'est pas, répliqua Alexi.

Elle était quelque peu surprise que David ne saute pas sur l'occasion d'appuyer la potentielle culpabilité de Marcel. Il s'agissait d'une opportunité en or pour un homme ayant une telle soif de vengeance de rendre la vie encore plus difficile à son ennemi juré.

— Quelqu'un essaye de le faire condamner, continua-t-elle.

— C'est pas moi, mais si vous découvrez de qui il s'agit, dites-le-moi pour que je puisse le remercier.

— Comment avez-vous rencontré Marcel ? demanda Alexi.

— On s'est rencontrés à Paris. On avait tous les deux décroché une position de chef en apprentissage auprès de M. Mason.

Alexi hocha la tête, comme si elle savait de qui David parlait. Sûrement un homme très réputé dans le monde de la gastronomie. Jack la croirait sur parole.

— On s'entendait bien, d'autant qu'il avait grandi en France et qu'il parlait la langue. La plupart du temps, je n'avais aucune idée de ce que les gens disaient, et il m'aidait, je dois bien le reconnaître. On habitait ensemble, on travaillait et s'amusait ensemble, et on avait décidé que lorsque l'heure serait venue, on ouvrirait un restaurant ensemble. Une idée stupide comme on en fait peu, mais c'est toujours plus facile à dire avec du recul. Au moins, moi, j'étais prêt à travailler pour ça, à faire de mon mieux pour réussir. Marcel ne cherchait que la gloire.

Jack avait des doutes à ce sujet. Marcel était bel et bien un tyran dans la cuisine, principalement parce qu'il cherchait toujours la perfection, mais il ne l'imaginait pas essayer de tirer dans les pattes d'un partenaire.

— J'ai entendu dire que vous aviez été retenu comme potentiel chef dans l'émission, mentionna Alexi innocemment.

David la fusilla du regard.

— Oui, brièvement. Mais le nom du petit génie a été proposé, et ça s'est terminé comme ça.

— Avez-vous rencontré les producteurs ? s'enquit Jack.

— On a eu quelques réunions d'exploration, répondit David d'un air évasif. Mais j'ai préféré ne pas me faire de faux espoirs.

— Qui avez-vous rencontré ? l'interrogea Alexi. Et où ?

— À quoi vous jouez ? Au jeu des 20 questions ? s'emporta David en levant les bras au ciel. J'ai rencontré deux gars en costard à Londres lors d'un déjeuner, et j'ai eu un deuxième entretien dans leurs bureaux. Je ne me rappelle pas les noms de ces personnes.

Menteur, pensa Jack. Six semaines en première partie de soirée à la télévision étaient une opportunité tombée du ciel dans la situation de David. Il se rappelait forcément à qui il avait parlé, mais il n'avait visiblement pas envie de le dire. David venait de passer de la case « probablement pas impliqué » à la case « suspect principal » dans l'esprit de Jack.

— Vous n'avez porté plainte contre Marcel pour sa rupture du contrat qu'après avoir perdu l'opportunité de participer à l'émission, lança Jack d'un air détendu. Est-ce que ça a un rapport ?

— Nan, répondit David avec un geste désinvolte. J'avais contacté le cabinet d'avocats plusieurs semaines auparavant, mais ils avaient besoin de rassembler les informations nécessaires avant de poursuivre.

Il examina ses ongles comme s'il les trouvait soudain fascinants.

— Ce timing est une coïncidence. En plus, je n'ai pas perdu l'émission. On ne peut pas perdre quelque chose qui ne nous a jamais appartenu. Est-ce que je suis en colère que Marcel ait été choisi à ma place ? Évidemment. J'ai l'impression qu'on a jeté de l'huile sur le feu. Mais il aura assez d'argent pour payer les dédommagements quand j'aurai gagné le procès, non ?

— Pas s'il est inculpé pour meurtre.

Un éclair de malice traversa les yeux de David.

— Si ça veut dire qu'il ira en taule et qu'il passera les vingt prochaines années à servir des saucisses-purée à la moitié des prisonniers du pays, je retirerai ma plainte en un clin d'œil et je rirai bien.

— C'est très généreux de votre part, ironisa Alexi.

— Après tout ce qu'il m'a fait subir, il faudrait que je sois un homme bien meilleur que je le serai jamais pour m'attrister de son sort.

La sonnette retentit alors, et David parut soulagé.

— Ce sont sûrement mes fournisseurs. Il va falloir que vous partiez maintenant. Je suis déjà en retard.

— Merci de nous avoir accordé du temps.

Jack lui tendit la main et David la serra.

— Ravi d'avoir aidé à l'enfoncer, si c'est ce que j'ai fait. Je peux toujours rêver, répondit-il en serrant la main d'Alexi bien plus longtemps que celle de Jack.

— Qu'est-ce que tu as pensé de lui ? demanda Alexi tandis qu'ils regagnaient la voiture de Jack.

— Il est rancunier, jaloux du succès de Marcel et, j'imagine, moins bon cuisinier que lui. Reste à savoir si Marcel l'a vraiment roulé dans la farine, mais j'en doute.

— Il est plein de rancœur. La jalousie, l'amertume et l'humiliation forment un cocktail mortel.

— Effectivement.

Jack attacha sa ceinture et mit le contact.

— Ça vaut ce que ça vaut, mais je pense qu'il a bien rencontré un employé des studios qui aurait pu se laisser persuader de piéger Marcel pour lui. Ne me demande pas qui, par contre, parce que je n'en ai pas la moindre idée.

15

Lorsqu'ils arrivèrent enfin à Hopgood Hall, un Marcel particulièrement pâle et silencieux les attendait dans la cuisine en compagnie de Cheryl et Drew. Ses coudes étaient posés sur la table, et il se tenait la tête de ses deux mains, à deux doigts de craquer.

— Comment ça s'est passé ? s'enquit Alexi en posant la main sur son épaule.

— Tu parles d'une inquisition, répondit-il en relevant la tête avec un long soupir. Ils pensent que je suis coupable. Je le sais. Ils sont en train de monter un dossier contre moi, et je ne peux rien faire pour me défendre.

— S'ils te pensaient coupable et pouvaient le prouver, ils t'auraient déjà arrêté, le rassura Jack. Ils n'ont pour l'instant rien qui permettrait une condamnation. Fais-moi confiance. Les preuves sont trop évidentes, trop indirectes.

— Ouais, mais c'est juste une question de temps.

Drew jeta un coup d'œil à l'horloge.

— En parlant de temps, la journée est déjà bien entamée. Et puis, tu as l'air un peu patraque, Marcel, donc c'est une urgence médicale.

Il déboucha une bonne bouteille de rouge et en servit un verre à Marcel.

— Bois ça, mon vieux, la vie te paraîtra un peu plus rose.

Drew versa des doses plus mesurées à tout le monde, sauf à Cheryl.

— Est-ce que Ben a été utile ? demanda Jack.

— Oui, acquiesça Marcel, l'air toujours fatigué et morose. Je voulais te remercier de t'en être occupé. Au moins, j'ai eu l'impression qu'il était de mon côté, ce qui n'a jamais été le cas de Grenville Scott. Et il m'a empêché de m'énerver face à leurs questions stupides.

— Ils sont obligés de te les poser, répondit Jack. Et la provocation est volontaire. Comme ça, tu as plus de chances de faire une gaffe.

— Ou de leur en mettre une.

— Tu as vraiment besoin de l'aide de Ben, on dirait, dit Cheryl en sirotant son jus d'orange.

— Récapitulons ce qu'ils ont contre toi. Tu as couché avec Juliette, et tu l'as avoué, commença Alexi. Il n'y a aucune loi qui t'en empêchait. Elle était dans ton appartement peu avant sa mort, mais elle l'a quitté, en excellente santé. On l'a ensuite entendue se disputer avec Dakin, ce qui fait de lui le suspect le plus probable.

— Oui, mais elle a apparemment été vue ensuite dans l'annexe, bien vivante.

Jack et Alexi se redressèrent d'un coup.

— C'est la première fois que j'entends parler de ça, dit Jack. Qui l'a vue ?

Marcel secoua la tête.

— Ils ne veulent pas le dire.

— Ça ne change rien, de toute façon, si ? poursuivit Jack. Si elle a été vue par Dakin puis par quelqu'un d'autre après t'avoir quitté, il y a des chances que tu sois innocent.

— Vickery n'arrête pas de sous-entendre que je l'ai vue avec Dakin et que je suis allé la chercher après pour savoir à propos de quoi ils se disputaient.

— Ils ne peuvent pas prouver que c'est ce que tu as fait, répondit Jack. Pour l'instant, ils se raccrochent à ce qu'ils peuvent. Et c'est toi, le suspect le plus commode.

— Et cette foutue empreinte !

Marcel vida le reste de son verre.

— Comment a-t-elle pu se retrouver là ?

— Il y a forcément une explication logique, répliqua obstinément Cheryl.

— Ça ne leur suffit pas pour t'embarquer, le rassura Jack. Même si ça n'aide pas.

— Comme si je ne le savais pas déjà, rétorqua Marcel en reniflant.

Il passa une main dans ses cheveux, l'air perdu ; il était bien loin du chef assuré et franc avec qui Alexi avait dû se battre plusieurs fois au sujet des changements apportés à Hopgood Hall.

— Mon Dieu, comment suis-je censé continuer l'émission et faire semblant que mon monde n'est pas en train de s'écrouler ?

— Garde à l'esprit qu'il y a un tueur en liberté, dit Alexi. Quelqu'un que l'on connaît sûrement, à qui on parle tous les jours. Il faut qu'on reste prudents. Si on s'approche trop de la vérité…

— Mince, je n'avais pas du tout pensé à ça, intervint Cheryl en frissonnant.

— Le meurtrier se frotte probablement les mains, dit Jack à Marcel, en te voyant aussi mal à l'aise, et c'est probablement son intention…

— Ça m'étonnerait, répondit Marcel en se grattant le menton. Je me suis fait beaucoup d'ennemis, mais personne ne me déteste à ce point.

Il eut soudain l'air incertain.

— Enfin, il me semble ?

— Tu es le seul à pouvoir répondre à cette question, répondit Alexi.

— Personne ne me vient à l'esprit.

— En tout cas, il y a bien quelqu'un qui te veut du mal, lui rappela Jack. Quelqu'un qui ne se serait pas donné cette peine pour te piéger s'il ne voulait pas assister à la scène en se félicitant de son intelligence.

Marcel se redressa un peu, et une lueur de détermination se ralluma dans ses yeux.

— Ben cette pourriture va être déçue.

— Exactement ! l'encouragea Alexi avec un sourire.

— On revient de Londres, où on a parlé avec ton ancien partenaire, reprit Jack.

Le visage de Marcel se ferma de nouveau.

— J'imagine qu'il n'avait que du bien à dire sur moi.

— On peut dire ça, répondit Jack en agitant la main.

— Les choses ont bien dégénéré entre vous, continua Alexi. Tu as dû le soupçonner.

— Nan ! Il n'est pas assez débrouillard, et il ne connaît pas assez le terrain pour organiser ça.

— Tu ne te rends pas compte de ce dont est capable une personne amère et rancunière lorsqu'elle a été blessée.

Ce commentaire ne lui valut qu'un haussement d'épaules.

— Il a l'air de penser que c'est à cause de moi que le restaurant n'a pas marché. À vrai dire, c'était une idée stupide dès le départ. On ne peut pas avoir deux chefs, ou deux divas si vous préférez, et on se disputait à propos de toutes les décisions. David voulait conserver un menu éprouvé, mais je voulais être plus créatif. Ce sont mes plats innovants qui attiraient les clients. Et puis lui voulait se cacher dans la cuisine et ne pas avoir affaire au public. Malheureusement pour lui, ça ne fonctionne plus comme ça de nos jours. Pour justifier nos prix, il fallait accepter de se vendre au même titre que nos noisettes à la truffe. Voir et être vu. Faire de la lèche aux clients.

— Et avoir un mauvais comportement ? suggéra Cheryl avec l'ombre d'un sourire.

— Oui, aussi.

Les lèvres de Marcel tressautèrent ; il se pencha en arrière sur sa chaise et étira ses bras au-dessus de sa tête.

— Pour tout dire, David a géré la paperasse, il s'est occupé du bail et de l'administratif, j'ai signé là où il m'a dit de signer. Mais j'ai insisté pour un bail d'un an au début, reconductible sur deux ans. Je voulais être sûr que cette aventure fonctionne avant d'y mettre plus de fric. Il était d'accord avec moi, puis il a signé pour deux ans de plus sans me le dire.

— Il le pouvait ? demanda Jack.

— Oui, je lui faisais confiance à ce sujet, ce qui a été ma seule erreur. Il avait l'autorisation de signer pour nous deux.

— Tu dois être responsable, dans ce cas, dit Alexi.

— Non, une série d'e-mails entre David et moi confirme tout ce dont on était convenu à l'oral. J'ai insisté là-dessus, répondit Marcel en haussant les épaules. Peut-être que j'ai senti qu'il allait y avoir de l'orage dans l'air. Bref, j'avais bien écrit que je ne voulais pas prolonger notre accord initial avant d'être plus proche de la date du renouvellement parce qu'on perdait de l'argent. À moins qu'on réussisse à renverser la vapeur, ça ne valait pas le coup de continuer.

— Alors, pourquoi a-t-il signé ce prolongement ? s'enquit Jack.

— Je me suis souvent posé la même question.

Il agita un bras avec désinvolture.

— Les choses étaient déjà compliquées entre lui et moi à ce moment, et je pense que David savait que si nous nous séparions, il n'arriverait pas à s'en sortir tout seul.

— Il a essayé de te forcer à aller jusqu'au bout ? suggéra Drew.

— Oui, mais je ne réagis pas très bien au chantage. En tout cas, c'était le début de la fin. On a eu une grosse dispute, et je lui ai dit que je partirais à la fin de la première année. J'ai sauvé les meubles, en quelque sorte. C'est là que j'ai décidé de venir ici. David a menacé de me poursuivre en justice, mais je ne l'ai pas pris au sérieux, parce que je ne pensais pas qu'il y avait matière à monter un dossier. Mais il a trouvé des avocats susceptibles de démarcher les victimes d'accident, qui pensaient que nos échanges par e-mail ne seraient pas recevables au tribunal. Personnellement, je crois qu'ils veulent leur moment de gloire. David et moi sommes connus, et ils veulent leur part du gâteau.

— Mais comment auraient-ils gagné de l'argent si vous étiez en faillite ? demanda Jack.

— Le restaurant était en faillite, mais j'avais toujours des fonds personnels. Je ne suis pas suffisamment bête pour mettre tous mes œufs dans le même panier. David le savait et il a dû dire à ses avocats que ça valait le coup de me poursuivre en justice.

Il écarta les mains.

— En vérité, David est un chef décent et banal, mais il n'a pas l'étincelle, l'ingrédient secret si vous préférez, pour se démarquer dans un marché de plus en plus bouché. Je dis ça en toute modestie…

— Ce qui ne te ressemble pas, l'interrompit Cheryl avec un large sourire.

— C'est vrai, donc je vais le dire franchement.

Ils retrouvèrent l'espace d'un instant le Marcel arrogant lorsqu'il fit un clin d'œil à Cheryl.

— Je sais comment m'affirmer, avec ma cuisine comme avec mon attitude, pour pousser les clients à revenir. Soit ils m'adorent, soit ils me détestent. Mais ils ne peuvent pas m'ignorer. Bref, soupira-t-il, pourquoi êtes-vous allés voir David ?

— On a pensé que la tension qui vous oppose avait peut-être atteint un tel stade que David désespérait d'avoir le dernier mot, expliqua Alexi. Tu savais qu'il avait été présélectionné pour participer à *Qu'est-ce qu'on mange ?* avant que tu sois choisi ?

— Absolument pas ! s'exclama Marcel en se redressant. Ça a dû l'énerver.

— Plus précisément, ajouta Jack, il a eu deux rendez-vous avec l'équipe de production. Qui dit qu'il ne s'est pas rapproché de l'un des membres avec qui il aurait élaboré ce plan ? Ou même avec le fils de Graham Fuller ?

— Assassiner un candidat pour se venger de moi ?

Marcel haussa les sourcils jusqu'à les faire disparaître sous ses cheveux.

— Mince, ça ne m'a pas traversé l'esprit, c'est pour ça que je n'ai jamais parlé de David. Il est furieux et rancunier, mais je ne l'imagine pas se donner cette peine. Il n'a pas le cran pour ça. En plus, ce serait une vengeance un peu extrême.

— Il a dit la même chose à propos de toi, répondit Alexi. Pas sur le fait d'être furieux et rancunier. Il a choisi d'autres adjectifs pour qualifier ton attitude…

— J'imagine très bien… dit Marcel en riant.

— Mais il a dit qu'il ne te voyait pas en arriver au meurtre, d'autant que tout se passe très bien pour toi.

— Il a raison sur ce point, déclara Marcel en secouant la tête. Si j'avais voulu tuer quelqu'un, je n'essayerais pas de mettre en scène un coup monté pour m'accuser.

— Tout ça pour dire, expliqua Jack, que tant qu'on ne découvre pas le vrai meurtrier, il est dans ton intérêt que nous apportions le plus d'alternatives possibles à la police. Far Reach resserre les rangs autour de ses employés les plus précieux. Il faut qu'on fasse la même chose pour toi. Vickery est sûrement au courant de ta dispute avec David Rowe, mais comme il ne lui a pas encore parlé, il ne doit pas trouver cet élément pertinent. Je vais lui en toucher un mot ou deux pour essayer de le faire changer d'avis. Peut-être même que je vais balancer le nom du fils de Fuller, tant que j'y suis.

— J'apprécie ce que vous faites pour moi, déclara Marcel en se tournant vers Jack et Alexi. Et merci à vous deux de rester à mes côtés, ajouta-t-il en direction de Cheryl et Drew.

— On ne fait ça que parce que tu attires les clients avec ton caractère de cochon, lui assura Drew.

— Oui, attends que tout ça soit terminé avant de te montrer gentil, lui conseilla Cheryl. On s'est habitués à tes colères, peut-être même qu'elles pourraient nous manquer.

Marcel sourit, visiblement touché.

— Est-ce qu'on a d'autres suspects potentiels ? demanda Cheryl.

— On parie sur Dakin, répondit Alexi. Il avait les moyens, le mobile et l'opportunité, mais pour le moment, on ne peut pas s'attendre à ce qu'il dise quoi que ce soit de compromettant, surtout maintenant que les gros bras de la compagnie de production assurent ses arrières.

— De toute manière, ma partenaire se renseigne sur lui, sur ses finances et tout ce qu'elle peut trouver, dit Jack. On en saura plus dès qu'elle m'aura fait ses retours.

— Il faut toujours qu'on parle à Anton et John, continua Alexi. Surtout à Anton. On sait qu'il a emprunté une grosse somme d'argent à un usurier qui applique des taux d'intérêt exorbitants.

— Mince ! souffla Drew.

— Est-ce que ça suffirait vraiment à le faire éliminer de l'émission ? demanda Cheryl. Si les employés de Hammond ont vent de cette dette, je pense que le studio doit aussi avoir fait ses recherches et décidé que l'apparence et la personnalité d'Anton étaient plus importantes qu'une décision financière discutable. Dakin pourrait même lui en parler en direct. Beaucoup de gens se retrouvent dans des situations semblables et pourraient compatir avec lui. Si j'ai raison à ce propos, Juliette n'aurait pas pu le faire chanter pour l'obliger à se montrer mauvais en échange de son silence.

— Si on y réfléchit, répondit Jack, ceux qui ont dû lui prêter l'argent ne font pas dans la charité, et ils n'accepteraient pas de prêter une somme pareille à quelqu'un qui n'a pas les moyens de la rembourser. Les menaces, l'intimidation, voire des jambes cassées ne leur rendraient pas leur pognon. Alors pourquoi prêter de l'argent à quelqu'un comme Anton, dès le départ ?

— Parce qu'il peut leur être utile, suggéra Alexi lorsqu'elle comprit où Jack voulait en venir.

— Oui, c'est ce que je pense. Une suspension du remboursement en échange de services rendus. Parions que le genre de services dont ces gars ont besoin ne se trouve pas du côté de la loi. Anton est jeune, athlétique, et probablement intimidant s'il le veut. Exactement le type de personne qui peut inciter à payer. Juliette n'aurait eu qu'à le menacer de parler à une personne haut placée des activités suspectes d'Anton pour le faire virer de l'émission.

Alexi hocha la tête.

— Et ça ne laisserait pas à Anton d'autre option que de faire taire Juliette. De façon permanente.

— Où se trouvait-il lorsqu'elle a été tuée ? demanda Cheryl.

— Dans sa chambre, répondit Jack. Les caméras prouvent qu'il y est resté la majorité du temps, mais il est sorti à plusieurs reprises. Par contre, John était dans la sienne, il n'y a aucun doute là-dessus, donc l'interroger ne sera qu'une formalité. Quant à Anton, comme on ne connaît pas l'heure exacte du meurtre, il aurait pu le commettre pendant n'importe laquelle de ses absences.

— Vous feriez mieux d'attendre demain matin pour lui parler, indiqua Drew. Ce soir, ils doivent tous être au salon ensemble sous l'œil des caméras. Il ne pourra pas s'absenter.

— Ce sera donc pour demain, répondit Jack.

Le portable d'Alexi sonna, et elle s'écarta pour prendre l'appel.

— Allô, Fay ? dit-elle. Comment allez-vous ?

Fay avait de nombreuses questions concernant l'enquête, et Alexi ne pouvait pas répondre à la majorité d'entre elles.

— On fait un pas en avant, deux pas en arrière, répondit-elle.

— Est-ce que Jack et toi aimeriez venir m'en parler ce soir, autour d'un bon ragoût de bœuf ?

— Attendez, je vais le lui demander.

Jack accepta immédiatement.

— J'attends ça avec impatience, Fay, cria-t-il pour qu'elle puisse l'entendre.

— Très bien, nous serons là dans environ une heure, déclara Alexi avant de raccrocher. Fay te passe le bonjour, ajouta-t-elle à Marcel. Même si je ne comprends pas qu'on puisse être poli avec toi alors que tu ne fais aucun effort pour être agréable.

Marcel lui lança un sourire charmeur.

— Je serais prêt à faire une exception pour toi.

Jack le fusilla du regard, ce qui déclencha un éclat de rire général et détendit l'atmosphère.

— Va donc évacuer ta frustration dans la cuisine, Marcel, lança-t-il en se levant. Alexi et moi sommes attendus pour dîner.

Alexi avait besoin de faire un arrêt chez elle pour prendre une douche et se changer. Elle arqua un sourcil mais s'abstint de tout commentaire lorsque Jack sortit de sa voiture un sac de voyage contenant des vêtements propres et des affaires de toilette. Une fois tous les deux rafraîchis, ils prirent la voiture de Jack pour parcourir la courte distance jusqu'à la maison de Fay, marquant un arrêt chez un marchand de vins. Évidemment, Cosmo s'invita à la fête.

— Ça fait bien trop longtemps, déclara Fay.

Elle prit Jack dans ses bras pour un long câlin à l'instant où elle ouvrit la porte. Elle fit ensuite de même avec Alexi. Cosmo n'attendit pas d'être pris dans les bras et dépassa tout le monde à la vitesse de la lumière.

— Je suis très heureux de vous voir aussi, Fay, dit Jack.

— Désolée pour l'impolitesse de Cosmo, s'excusa Alexi en regardant son chat se diriger immédiatement vers la cuisine. Ça sent si bon que je ne peux pas vraiment lui en vouloir.

Alexi lui tendit le bouquet de fleurs que Jack avait acheté en même temps que le vin.

— J'ai un peu l'impression de porter de l'eau à la rivière.

— Bien sûr que non, le jardin est vide à cette époque de l'année, alors des fleurs pour la maison sont plus que bienvenues. Merci beaucoup. Je vais tout de suite les mettre dans un vase.

— Et je vais ouvrir une de ces deux-là, dit Jack en indiquant le sac contenant deux bouteilles. Je pense qu'on en a tous bien besoin.

Alexi avait toujours du mal à se retenir de frissonner en entrant dans cette maison. C'est là que Graham Fuller l'avait coincée et avait manqué de la tuer en l'étranglant. Au moins, cela avait eu lieu à l'étage, et elle n'avait aucune intention de s'approcher de la pièce en question. Le salon était bien chaud, avec un large feu de bois et des rideaux épais tirés pour contrer la froide nuit d'hiver. La table était mise pour trois, et Fay suggéra de passer immédiatement à table.

— Vous pourriez rivaliser avec Marcel, déclara Alexi.

Elle ferma les yeux en savourant le ragoût de bœuf de Fay, qui fondait dans sa bouche.

— Bien sûr que non ! Je peux cuisiner pour quelques personnes. Mais s'organiser pour qu'un restaurant entier dispose de plats différents en même temps ressemble à mon enfer personnel. Je n'arrive pas à comprendre que qui que ce soit se soumette volontairement à cette torture.

— Moi non plus, acquiesça Alexi. Mais tous les goûts sont dans la nature.

Ils parlèrent de choses et d'autres pendant le repas, principalement de la nouvelle vie de Fay et de son commerce florissant.

— Comme Noël arrive, raconta-t-elle en souriant, je reçois beaucoup de commandes pour des compositions et d'autres créations. C'est très gentil de la part des gens de la région de me donner du travail.

— Vous vous êtes tellement investie dans la vie du village, dit Alexi. Contrairement à moi. C'est normal qu'on vous soutienne.

— Le Women's Institute, les clubs d'arrangements floraux et l'église, ce n'est pas ton genre de trucs, répondit Fay. Laisse ça aux vieux comme moi qui n'ont rien d'autre à faire pour s'amuser.

Elle lança à Jack un sourire éclatant, comme si elle pensait savoir exactement comment lui et Alexi s'amusaient. Alexi secoua la tête en la voyant.

— Vous êtes une entremetteuse bien malicieuse, lui dit-elle. Jack et moi sommes seulement amis.

— Mais oui, ma chérie, lui répondit Fay en se levant pour débarrasser la table. Qui a envie d'un fraisier maison ?

Cosmo miaula, alors même qu'il venait d'avaler sa propre grosse portion de ragoût. Alexi laissa échapper un grognement.

— Fay, je crois que je vous aime.

— Ah ! s'exclama Jack en lui lançant un sourire espiègle. Je sais où j'ai fait fausse route, maintenant.

Fay éclata de rire.

— J'imagine que tu n'as pas l'habitude qu'on te dise non, Jack. Ça te fera du bien.

Alexi la menaça d'un doigt accusateur.

— Allez donc chercher le dessert et arrêtez de vous mêler de ça, espèce d'enquiquineuse !

Lorsque Fay sortit de la pièce, Jack tendit la main au-dessus de la table pour attraper celle d'Alexi.

— Tu vois, dit-il d'un air satisfait. Même Fay pense qu'on irait bien ensemble.

— Tu l'as payée pour qu'elle dise ça.

— Non, à vrai dire, mais maintenant que tu en parles… Aïe !

Alexi, qui venait de lui donner un coup de pied sous la table, lui adressa un sourire serein sans répondre. Ce n'était pas le bon moment pour annoncer à Jack qu'elle avait pris sa décision.

— Racontez-moi ce qui se passe à Hopgood Hall, demanda plus tard Fay lorsqu'ils furent installés devant la cheminée avec leurs cafés. J'ai de la peine pour les pauvres Drew et Cheryl. Ils ne méritent pas ça.

— C'est bien vrai, répondit Alexi.

Elle raconta ensuite à Fay tout ce qu'ils avaient découvert, et qui ils suspectaient.

— Donc ce pauvre Marcel n'est qu'un bouc émissaire, dit Fay pensivement. C'est malheureux pour lui.

— Il est inquiet, Fay, répondit Alexi, et honnêtement, moi aussi. Pour lui, et pour l'avenir de Hopgood Hall. Notre réputation se retrouve entachée par association. Ce n'est qu'une question de temps avant que la possible implication de Marcel soit révélée. Ce genre de choses finit toujours par se savoir, et même si la police n'a pas assez de preuves pour l'inculper, ça suffirait pour anéantir la carrière de Marcel.

— Je l'imagine bien. Peut-être que les résultats du test ADN du bébé de Juliette aideront. Le père est sûrement le suspect le plus probable.

— Nous pensons que Dakin est le tueur, expliqua Alexi, mais nous n'avons aucun moyen de le prouver, à moins que Cassie trouve quelque chose de compromettant dans ses recherches sur lui. Ou bien à moins qu'il se révèle le père de l'enfant, évidemment.

— Est-ce qu'on a demandé à tous les hommes de fournir un échantillon ADN ? demanda Fay.

— C'est une excellente question, répondit Jack. Une question que je n'ai pas pensé à poser à Vickery. Je suppose qu'on l'a demandé à tout le monde, mais il faudra que je m'en assure. Et si quelqu'un a refusé, ça ne fera que renforcer mes soupçons.

— Et les autres candidats ? s'enquit Fay. On dirait qu'ils avaient tous une dent contre Juliette.

— John est à peu près innocenté. Il était dans sa chambre, devant les caméras, pendant tout le laps de temps où elle a pu être tuée, expliqua Jack. Greta était dans le salon, devant les caméras aussi. Anton, par contre, a fait plusieurs allers-retours.

— On va essayer de lui parler demain, intervint Alexi.

— Et on va retourner à l'école, ajouta Jack.

— Ah bon ? s'étonna Alexi. C'est la première fois que j'entends dire ça.

— Je voulais t'en toucher deux mots. J'ai appelé la directrice d'Eversham aujourd'hui. Elle suit l'émission et se souvient que Greta et Juliette ont été élèves dans son établissement. Je me suis dit qu'elle pourrait nous éclairer sur l'animosité qu'elles entretiennent.

— J'en doute, répliqua Alexi. Les professeurs sont souvent les derniers à découvrir les problèmes des élèves. En plus, Greta a été filmée toute la soirée. Ça ne peut pas être elle.

— Quand bien même, il y a dans leur relation quelque chose qui me dérange, dit Jack d'un air pensif. J'ai appris à suivre mon instinct, d'autant plus quand je n'ai rien d'autre à faire. Mme Bagshaw, la directrice, peut m'accorder quinze minutes à 8 h 30 demain matin.

Il jeta un coup d'œil en direction d'Alexi.

— Comme tu le dis, c'est probablement une perte de temps, mais est-ce que tu as envie de m'accompagner ?

— Pourquoi pas ? Avec un peu de chance, ça aidera à disculper Marcel, et c'est notre but.

Alexi bâilla et s'excusa immédiatement.

— La journée a été longue.

— Rentrez donc. On dirait que vous allez vous lever tôt, demain.

— Je déteste partir aussi vite, protesta Alexi. Laissez-moi au moins vous aider pour la vaisselle.

— Sûrement pas.

Cosmo, allongé de tout son long devant le feu, se leva et se dirigea vers la porte d'entrée.

— Comment fait-il ça ?

— Il est très intelligent, déclara Alexi d'un ton si fier que Jack et Fay éclatèrent de rire.

— Impossible de dire le contraire, acquiesça Fay.

Ils n'avaient besoin que de quelques minutes pour rejoindre la maison d'Alexi. La température était tombée à zéro et Alexi, bien consciente que le chauffage de la voiture n'aurait pas le temps de les réchauffer avant qu'ils arrivent, s'emmitoufla dans sa veste.

Dès qu'elle eut ouvert la porte, Jack s'attela à préparer la cheminée. Il devait être pyromane dans une autre vie, décida Alexi, car il parvint à allumer le feu en un clin d'œil.

— Tu perds ton temps, dit-elle.

— Je pensais m'en être plutôt bien sorti, pourtant.

— Oh, c'est le cas.

Elle jeta sa veste dans un coin et se dirigea vers lui d'une démarche volontairement provocatrice.

— Mais j'ai l'impression que, comme tout le monde, y compris Fay, pense que nous sommes ensemble, on ferait mieux d'en profiter.

L'espoir s'alluma dans le regard de Jack.

— Tu as pris ta décision ?

— On dirait bien.

Il la fixa intensément.

— Tu es sûre de toi ?

— Tu as changé d'avis, Maddox ?

— Sûrement pas, mais je ne veux pas te mettre la pression.

— Arrête de tergiverser. Il est temps de tenir tes promesses.

Avec un autre sourire dévastateur, il franchit la distance qui les séparait, la prit dans ses bras et l'embrassa comme s'il avait quelque chose à prouver.

— Est-ce que tu imagines seulement combien j'ai rêvé de faire ça ? demanda-t-il d'une voix suave lorsqu'il la laissa enfin respirer.

— C'est la seule chose dont tu as rêvé ?

— Hum, c'est un début.

Ses mains parcoururent le corps d'Alexi, caressèrent sa poitrine avant de descendre sur ses fesses, l'attirant vers lui jusqu'à la presser contre son érection.

— Allez, dit-il d'une voix soudain impatiente. Poursuivons dans un endroit plus confortable.

16

Jack se réveilla tôt, avec une Alexi nue allongée sur lui. L'attente avait vraiment valu la peine. Enfin décidée à sauter le pas dans leur relation, Alexi avait abandonné sa retenue et lui avait dit exactement ce qu'elle voulait. Jack s'était montré très enthousiaste dans la mise en pratique.

Il l'observa dormir, sa tête posée sur son épaule, ses cheveux formant une auréole sur son torse. Jack aurait aimé la regarder indéfiniment avant de réfléchir à une manière créative de la réveiller, s'il en avait eu le temps. Malheureusement, ce n'était pas le cas. Ils devaient aller à Reading rencontrer l'ancienne directrice de Juliette. Mme Bagshaw n'avait accepté ce rendez-vous que par curiosité morbide, supposait-il, et peut-être parce qu'elle voulait protéger la réputation de son école. Jack, pratiquement certain qu'ils perdraient leur temps, fut tenté d'annuler pour faire la grasse matinée. Mais ses doutes sur l'adolescence de Juliette et Greta persistaient, et décidèrent pour lui.

Il extirpa son épaule de sous le visage d'Alexi avec un soupir. Elle marmonna quelque chose d'incompréhensible, se retourna et continua à dormir. Il allait prendre une douche rapide puis la réveiller avec un petit déjeuner au lit. Mais d'abord, il fallait qu'il se débarrasse d'un autre obstacle.

Cosmo n'avait pas apprécié que Jack prenne sa place habituelle aux côtés d'Alexi, et Jack avait mis du temps avant de réussir à lui faire comprendre la hiérarchie. Cosmo s'était offusqué, après avoir été éjecté du lit à plusieurs reprises, et avait fini par partir. Ce n'est que lorsqu'ils s'étaient installés pour dormir qu'il avait daigné les rejoindre, et il s'était installé sur les pieds de Jack, refusant d'en bouger.

— Allez, mon gros, dit-il en poussant le chat avec ses orteils. Il est temps de se lever.

Une demi-heure plus tard, Jack, tout frais après sa douche, et Cosmo, qui venait lui aussi de faire sa toilette, regagnèrent la chambre avec le petit déjeuner d'Alexi. Cette dernière se redressa lorsque la porte s'ouvrit, ses cheveux adorablement en bataille tandis qu'elle clignait des yeux. Elle repoussa les mèches qui lui tombaient sur le visage et caressa Cosmo, qui avait sauté sur le lit pour lui donner des petits coups de tête.

— Bonjour, la Belle au bois dormant.

Jack posa le plateau sur la table de chevet et se pencha pour un long baiser.

— Bonjour toi-même. Quelle heure est-il ?

— 7 h 30.

— Tu mens. On vient de se coucher.

Jack laissa échapper un gloussement.

— Le temps passe vite quand on s'amuse.

— Tu sens bon, et tu as l'air tout propre, dit-elle d'une voix accusatrice. Tu es levé depuis combien de temps ?

— Un moment.

Il examina le visage d'Alexi, essayant de déchiffrer son expression, mais elle ne laissa rien transparaître.

— Tout va bien ?

Elle lui lança un sourire somnolent.

— Ça va plutôt bien, pour quelqu'un qui n'a pas dormi.

— Pas de regrets ? lui demanda-t-il en souriant. Pour information, je ne suis pas du genre aventure d'un soir. J'espère que cette nuit était la première d'une longue série que nous partagerons.

Elle hocha la tête, l'air soulagé.

— On en parlera quand on aura attrapé le tueur de Juliette.

Il lui pinça gentiment le nez.

— Le rendez-vous est pris.

Elle étouffa un bâillement avec le revers de sa main.

— Est-ce que c'est du café que je sens ?

— Avec des œufs brouillés et du bacon.

Alexi se tortilla jusqu'à se redresser en position assise.

— Continue comme ça et bientôt, il faudra que je me mette de côté pour passer la porte.

— Est-ce que tu parles toujours autant, le matin ? demanda-t-il en riant.

Il attrapa un bout de son bacon, mais Alexi lui tapa les doigts.

— Seulement quand je suis nerveuse.

— Tu n'as pas besoin d'être nerveuse, ma belle. Maintenant, mange donc. Et ensuite, file à la douche. Il faut qu'on y aille.

À 8 heures, ils étaient en route, mais se retrouvèrent bloqués dans les inévitables bouchons du matin. Ils arrivèrent à Arborfield avec à peine quelques minutes d'avance sur leur rendez-vous avec Mme Bagshaw.

— Quel endroit ! fit remarquer Alexi tandis que Jack dépassait lentement un haut portail en fer forgé surmonté du nom de l'école. Ça doit coûter bonbon aux parents d'envoyer leurs petites chéries ici.

— Si tu te poses la question, c'est que c'est trop cher pour toi.

— Les enfants sont un luxe onéreux, surtout si tu veux leur offrir ce qui se fait de mieux. À se demander pourquoi les gens en ont autant.

— Tu ne t'es jamais imaginée mère ?

— Jamais, mais j'avoue que passer du temps avec la petite Verity m'a un peu donné envie d'avoir un bébé. Ne t'inquiète pas, ça me passera.

Jack l'observa longuement du coin de l'œil avant de reporter son attention sur la route.

— Je ne m'inquiète pas. Je suis juste curieux.

— Et puis, concentrons-nous sur Mme Bagshaw et ce qu'on va lui demander.

Jack jeta un coup d'œil aux arbres nus et couverts de givre qui menaient vers les bords de la rivière : on pouvait apercevoir un hangar à bateaux, ainsi que quelques robustes oiseaux qui barbotaient misérablement dans l'eau peu profonde. Pourquoi pensait-il qu'ils étaient misérables ? Ce n'étaient que des canards. Habitués à une eau gelée. Il rit dans sa barbe en considérant la nature rêveuse de ses réflexions tandis qu'ils continuaient d'avancer, dépassant des terrains de sport entretenus, des courts de tennis, et ce qui semblait être un gymnase. Quelques adolescentes en survêtement faisaient des tours sur une piste d'athlétisme. L'école n'occupait qu'une portion de ce qui était auparavant un domaine privé familial. Un ballet continu de voitures de luxe, certaines conduites par des chauffeurs, arrivait dans l'autre sens, probablement après avoir déposé les enfants.

— Elles ne dorment pas à l'internat ? demanda Alexi.

— Non. C'est un externat.

Jack trouva le parking et se gara sur une place libre. Cosmo remua à peine, conscient, comme il semblait l'être à chaque fois, qu'il ne les accompagnerait pas. Il ouvrit un œil, juste assez longtemps pour les observer quitter le véhicule, puis reprit sa sieste digestive.

Jack demanda des indications à l'enseignant qui accueillait les élèves à l'entrée, et fut envoyé vers le bureau de Mme Bagshaw. Ils traversèrent un long couloir, passant à côté de bandes de jeunes filles en uniforme qui papotaient et gloussaient, en échangeant des secrets et des informations croustillantes comme les adolescentes du monde entier.

Lorsqu'ils atteignirent leur destination, la secrétaire de la directrice leur indiqua qu'ils étaient attendus et qu'ils pouvaient entrer.

Mme Bagshaw était une femme élégante d'une cinquantaine d'années, voire plus, avec un tailleur gris sur mesure et des cheveux coupés en un carré propre. Elle se leva derrière son imposant bureau qu'elle contourna pour venir leur serrer la main. Jack fit les présentations.

— Merci d'avoir accepté de nous recevoir, dit-il.

— Je dois avouer que ma curiosité a pris le dessus, indiqua-t-elle en se tournant ensuite vers Alexi. Et j'avais une arrière-pensée. Je voulais rencontrer Mlle Ellis. J'admire votre travail. Il est bienvenu, de nos jours, de rencontrer une journaliste qui prend la peine de vérifier ses informations et refuse de compromettre ses idéaux.

— Merci beaucoup.

— J'espérais vous persuader, mademoiselle Ellis, de venir parler à certaines de nos lycéennes des défis et des avantages qu'offre votre travail, continua Mme Bagshaw en leur faisant signe de s'installer dans les fauteuils confortables occupant un coin de son spacieux bureau.

— Vous pouvez m'appeler Alexi, et je serai ravie de faire cela, répondit Alexi en échangeant un regard avec Jack comme pour partager sa première impression favorable de Mme Bagshaw. Mais je dois vous prévenir, je ne vais pas édulcorer les faits, et je découragerai peut-être de futures journalistes en leur parlant de la réalité. Cette industrie est devenue méconnaissable, pas forcément dans le bon sens du terme.

— Je pense qu'elles préfèrent connaître la vérité, affirma Mme Bagshaw en leur souriant avant de se redresser pour aborder le vif du sujet. Dites-moi, comment puis-je vous aider ? Vous m'avez dit que votre visite concernait Juliette Hammond et Greta Reid. J'ai été horrifiée en entendant ce qui est arrivé à Juliette.

— Comme nous tous, répondit Alexi avec délicatesse.

— Elle n'a pas toujours été facile à vivre, même enfant, mais elle ne méritait pas cela.

— Non, confirma Jack en hochant la tête. Personne ne le mérite.

— Je regarde l'émission, et je dois dire que j'ai été surprise de voir non pas une, mais deux de mes anciennes élèves y participer. Je me disais que ce n'était qu'une question de temps avant qu'elles se mettent à parler de leurs années ici devant les caméras. J'admets volontiers que j'appréhendais ce qu'elles pourraient avoir à dire.

— Il me semble qu'il y avait une certaine animosité entre elles lorsqu'elles étaient élèves, avança Jack. Cela expliquerait votre appréhension.

Mme Bagshaw prit le temps de réfléchir à sa réponse.

— Quatre-vingt-dix pour cent de nos élèves viennent de familles qui peuvent payer les frais de scolarité, elles n'ont donc pas toutes les mêmes capacités. Greta avait obtenu une bourse, et elle demeure pour moi l'une des élèves les plus intelligentes à qui il m'ait été donné d'enseigner. Et ma carrière s'étend sur plus de trente ans. Mais elle avait quelque chose de spécial. Elle n'avait pas seulement un esprit aiguisé et une excellente mémoire, elle voulait vraiment apprendre tout ce que nous pouvions lui enseigner. C'est comme si elle savait quelle chance elle avait, et elle n'avait pas l'intention de la gâcher.

— J'imagine que les boursières ne parlent pas la même langue que la majorité des élèves ici, fit remarquer Alexi.

— Elles ont la même langue, mais pas le même accent, répondit Mme Bagshaw.

Jack sourit. Il était déjà au courant de tout cela, après avoir entendu les accents de la haute société dans le couloir.

— Plusieurs de nos boursières sont parties car elles n'arrivaient pas à s'acclimater, et elles ont préféré l'établissement local, où elles se sentaient mieux. Nous appliquons une politique « zéro harcèlement », mais je ne suis pas assez naïve pour croire que rien n'arrive pour autant. Rappelez-vous vos années de lycée. Tous ceux qui sortaient du lot étaient victimes d'une forme de discrimination ou d'une autre. Greta était différente, pourtant. Cela n'avait pas l'air de la déranger de ne pas participer aux soirées mondaines ou de ne pas avoir accès à l'espace réservé du Royal Ascot…

— Vous vous fichez de nous, murmura Jack.

— À peine, répondit Mme Bagshaw avant de soupirer. Bref, Greta avait soif d'apprendre, et elle ne faisait aucun effort pour s'intégrer aux élèves les plus aisées. C'est Juliette, il me semble, qui l'a approchée et non l'inverse.

— Parce qu'elle attendait quelque chose d'elle ? suggéra Alexi.

— C'est presque certain. Juliette, comme beaucoup d'autres jeunes femmes qui ont fréquenté cet établissement, avait l'habitude d'utiliser son charme et sa malice pour obtenir ce qu'elle voulait. Je suis pratiquement sûre que Greta a aidé Juliette pour certains de ses devoirs à la maison en échange d'une place dans son groupe.

— Vous n'avez pas essayé d'empêcher Juliette de se faire aider ? demanda Jack.

Mme Bagshaw sembla trouver la question amusante.

— Ce serait comme tenter d'arrêter un raz-de-marée. Si elles ne copient pas sur d'autres, elles se tournent vers Internet. C'est comme ça, de nos jours. Heureusement, pendant les examens, elles ne peuvent se reposer que sur leurs connaissances, ou leur absence.

Elle marqua une pause, semblant peser ses mots.

— Il faut que vous compreniez que les élèves de cette école, et des établissements similaires, s'attendent en quelque sorte à obtenir une certaine maîtrise des talents qu'elles possèdent. Juliette adorait la cuisine, et elle était talentueuse. Elle était aussi une excellente sportive, douée pour le tennis, le hockey et le ski. Mais quand il s'agissait de projets intellectuels… Disons qu'Oxbridge n'aurait jamais cherché à la recruter.

— Il doit parfois être décourageant de savoir que les parents n'attendent pas de vous que vous poussiez un peu vos étudiantes.

— De temps en temps, quelqu'un comme Greta arrive, et ça en vaut la peine. Quant à Juliette, elle pouvait toujours bénéficier d'un traitement de faveur dans sa recherche si elle postulait pour un emploi à sa portée comme du secrétariat ou du relationnel, simplement grâce à son statut.

Mme Bagshaw était une femme bien pragmatique, pensa Jack.

— Le monde dans lequel nous vivons fonctionne ainsi. C'est peut-être injuste, mais nous devons faire ce que nous pouvons, dans les limites du système.

— Vous disiez que Greta et Juliette étaient proches. Quand est-ce que la situation a changé ? s'enquit Alexi.

— Pendant la dernière année de Greta chez nous. Juliette était dans la classe en dessous. Avant que vous posiez la question, je n'ai aucune idée de ce qu'il s'est passé.

Jack hocha la tête en se remémorant leur dispute au sujet de l'assistant du jardinier ; ce n'était sûrement pas quelque chose dont elles avaient parlé à leur directrice. Même dans un établissement où l'argent semblait permettre un certain niveau de laxisme, coucher avec un employé ne serait probablement pas vu d'un très bon œil et conduirait à une expulsion.

— Greta était plus jolie lorsqu'elle était ici, fit remarquer Mme Bagshaw.

Elle attrapa un album de promotion et leur montra un portrait d'elle. Son visage était beaucoup plus fin à l'époque, et elle arborait l'air optimiste des jeunes et des rêveurs persuadés de pouvoir changer le monde. Ses cheveux étaient sans conteste son meilleur atout, se dit Jack en observant sa photo. Ils étaient attachés en une queue-de-cheval qu'elle avait ramenée sur l'une de ses épaules lorsque la photo avait été prise. Il y avait aussi une photo de classe. Jack trouva immédiatement Greta.

— Oui, c'était une jolie fille, acquiesça Alexi. Elle l'est toujours.

— Juliette jouait dans une tout autre catégorie, évidemment.

Mme Bagshaw changea d'album et leur montra une photo de Juliette.

— Et elle le savait, ajouta-t-elle en faisant la grimace.

— Vous ne l'appréciiez pas ? lui demanda Jack.

— La plupart de mes étudiantes qui payent pour venir à l'école ont une très haute estime d'elles-mêmes. Elles grandissent en entendant qu'elles doivent se considérer comme meilleures que les autres. Juliette était un exemple extrême de ce comportement. La vie lui devait tout.

— Ouah ! s'exclama Alexi en secouant la tête devant la photo de Juliette adolescente. Quel gâchis.

— Je suis d'accord. Je n'aimais pas son attitude, mais elle ne méritait pas de mourir, soupira Mme Bagshaw. Qui le mérite ?

— La seule chose que nous puissions faire pour elle aujourd'hui est de trouver qui l'a tuée, et pourquoi, déclara Jack.

Mme Bagshaw sembla surprise.

— C'est le travail de la police, non ?

— Alexi a investi dans l'hôtel où l'émission est tournée. Elle ne veut naturellement pas que l'endroit hérite d'une mauvaise image, d'autant qu'il appartient à des amis à elle.

— Je comprends, dit Mme Bagshaw en hochant la tête. Si la police ne démasque pas le coupable, les rumeurs naîtront et pourront ruiner l'hôtel.

— Exactement, acquiesça à son tour Alexi. Pensez-vous à quelque chose qui se serait passé entre Greta et Juliette lorsqu'elles étaient élèves, et aurait créé une tension quand elles se sont retrouvées par hasard dans la même émission ?

Mme Bagshaw fit non de la tête.

— Même s'il y avait eu quelque chose, Greta n'est pas une meurtrière.

— Bien sûr, approuva Jack tout en pensant que n'importe qui est capable de tuer sur une provocation suffisante. Nous essayons juste de nous faire une meilleure idée de Juliette. Nous devons comprendre qui elle était et ce qu'il se passait dans sa vie.

— Je pense aux filles depuis que j'ai appris qu'elles participaient à cette compétition, dit Mme Bagshaw. Il y a eu un incident peu avant que Greta parte, même si je ne vois pas comment cette information pourrait vous aider. En tout cas, Greta est arrivée un jour à l'école avec les cheveux rasés. Tous les professeurs étaient stupéfaits.

Elle était extrêmement fière de ses cheveux, et il était évident que le changement n'était pas volontaire.

Elle fronça les sourcils, l'air pensif.

— J'ai essayé d'aller au fond du problème puisque quelque chose n'allait pas, mais elle a refusé de m'en parler. J'ai toujours eu le sentiment que cela avait un lien avec Juliette. Elles étaient à couteaux tirés ensuite. Elles ne pouvaient pas se trouver dans la même pièce sans que l'atmosphère se dégrade. Je n'ai jamais vu une telle hostilité. Cela va sans dire, mais Juliette avait presque toute l'école de son côté, et la pauvre Greta s'est retrouvée sans amis.

— Qu'avez-vous fait ? demanda Alexi.

— Qu'y pouvais-je ? répliqua Mme Bagshaw, le visage fermé. Greta n'avait pas déposé de plainte, et elle n'aurait pas apprécié que j'intervienne. On aurait dit qu'elle avait cafté, et cela aurait été encore pire pour elle. J'ai essayé de lui poser quelques questions discrètement, mais le silence a été sa seule réponse. D'autres problèmes sont survenus pour me distraire, et au final, j'ai jeté l'éponge. Il y a des limites à ce que je pouvais faire sans avoir l'air d'une fouineuse.

— Je comprends, répondit Jack avant de se rappeler autre chose. Vous aviez une équipe qui s'occupait de l'entretien du terrain, à l'époque. Vous rappelez-vous le nom de la compagnie ?

— Mon Dieu, qu'est-ce que ça a à voir ?

— Ça n'a peut-être aucun lien, mais Greta en a parlé à un moment. Je me demandais si…

— Si c'est important, je peux vous dire que la compagnie s'appelle Wright Landscaping. Nous faisons toujours appel à elle. Elle est installée à Reading, et vous pouvez la trouver dans l'annuaire, ou je peux demander à ma secrétaire de vous donner son numéro, si vous voulez la contacter. Je ne vois pas pourquoi, mais bon…

Ils poursuivirent encore un peu leur discussion, mais Mme Bagshaw n'avait rien de plus à leur apprendre.

— C'était un plaisir de vous rencontrer tous les deux, déclara-t-elle en jetant un coup d'œil à sa montre avant de se lever. Mais je vais devoir m'excuser. Je ne pense pas pouvoir vous dire quoi que ce soit de plus pour vous aider, et j'ai un autre rendez-vous.

— Bien sûr, répondit Jack. Merci d'avoir pris du temps pour nous recevoir.

— Voici ma carte, dit Alexi en en sortant une de son sac pour la tendre à Mme Bagshaw. Appelez-moi si vous étiez sérieuse à propos de la conférence, nous pourrons arranger quelque chose.

— C'est très gentil de votre part.

Mme Bagshaw les accompagna jusqu'à la porte.

— Tenez-moi au courant de l'avancement de vos recherches, surtout si elles ont un lien avec notre établissement. Je ne vois pas comment ce pourrait être le cas, mais je dois rendre des comptes à l'administration.

Jack et Alexi lui souhaitèrent une bonne journée et retournèrent à la voiture de Jack. Lorsqu'ils se glissèrent à l'intérieur, Cosmo les fixa d'un air accusateur, à l'image d'un père leur demandant ce qui avait bien pu leur prendre si longtemps. Alexi tendit la main pour lui caresser la tête, ce que Cosmo prit comme une invitation à sauter par-dessus son dossier pour atterrir sur ses genoux avec un bruit sourd étonnamment léger étant donné sa taille.

— Je me demande ce qui est arrivé aux cheveux de Greta, dit Alexi d'un air pensif peu de temps après. Tu crois que ça peut être important ? Il est évident qu'elle est très fière de ses cheveux aujourd'hui ; elle devait aussi l'être à l'époque, et elle n'aurait pas tout coupé comme ça.

— C'est une très bonne question, répondit Jack en se retranchant dans ses pensées. On pourrait le lui demander, j'imagine.

— On pourrait, mais est-ce qu'elle nous répondrait honnêtement ? En plus, elle saurait que nous sommes venus ici poser des questions, ce qui pourrait la pousser à se méfier.

— C'est vrai.

Jack marqua un arrêt pour laisser un troupeau de jeunes filles traverser la route devant la voiture.

— On verra le moment venu.

— Tu penses que Mme Bagshaw considère cet incident comme important ?

— Oui. Elle nous en a bien parlé pour une raison. Elle a l'air vraiment investie dans le bien-être de ses élèves, et dans la réputation de son école, évidemment. En tout cas, rentrons pour voir s'il y a eu du nouveau.

17

Alexi avait l'esprit occupé par une foule de questions sans réponses, et pas seulement concernant l'entrevue avec Mme Bagshaw. Elle n'aurait vraiment pas dû penser à sa nuit torride avec Jack à un tel moment. Pourtant, même si cela faisait d'elle une femme égoïste et superficielle, elle n'arrivait pas à se concentrer sur quoi que ce soit d'autre. Alexi était accro : tous les doutes qu'elle avait pu avoir avaient disparu, et elle voulait savoir ce qui les attendait.

Mais ce n'était pas le moment de se poser cette question. Ils avaient un meurtrier à démasquer d'abord, ou au moins, Hopgood Hall et un chef caractériel à protéger. De plus, Jack s'était montré étrangement silencieux pendant le trajet du retour vers Lambourn. Elle avait le sentiment qu'il était concentré sur quelque chose que Mme Bagshaw leur avait dit. Quelque chose qu'elle n'avait pas remarqué, mais qui avait interpellé l'esprit vif de Jack.

— Qu'est-ce qu'on fait, maintenant ? demanda-t-elle lorsqu'il gara sa voiture sur le parking de Hopgood Hall.

Jack jeta un coup d'œil à l'horloge du tableau de bord.

— C'est peut-être le moment idéal pour aller voir Anton.

Alexi vérifia l'heure à son tour ; il était 10 h 30.

— Oui, ça doit être bon.

Elle enleva sa ceinture. Cosmo sauta de ses genoux à l'instant où elle ouvrit la porte, et il disparut derrière le coin de l'hôtel pour patrouiller son domaine.

— Ils ne sont pas attendus dans la cuisine avant une trentaine de minutes.

— Je te rejoins dans deux minutes, annonça Jack en se dirigeant vers l'escalier. Il faut que je fasse le point avec Cassie, et j'ai quelques appels à passer. Ça ne me prendra pas longtemps.

Il effleura le bas du dos d'Alexi et déposa un baiser au sommet de son crâne.

— Ne commence pas sans moi, lança-t-il d'un air provocateur.

— Je vais essayer de convaincre Anton de venir dans le bâtiment principal, répondit Alexi. Il ne nous dira jamais rien si on lui parle dans l'annexe, avec les caméras.

— Bien vu.

Cheryl était seule dans la cuisine, en train de bercer le bébé. Il ne fallut qu'un coup d'œil en direction d'Alexi pour qu'un énorme sourire apparaisse sur son visage.

— Il était temps, annonça-t-elle d'une voix suffisante.

— De ? s'enquit Alexi d'un air innocent en se dirigeant immédiatement vers la cafetière.

— Ah ! Comme si ce n'était pas écrit sur ton visage. Tu as l'air d'une femme qui a connu un renouveau intérieur, et il n'y a qu'une chose qui engendre ce genre de réaction à ma connaissance. C'était comment ?

Alexi s'assit et ne put s'empêcher de lui sourire en réponse.

— Ça valait le coup d'attendre.

— Mais ? l'encouragea Cheryl en la fixant. Tu as encore des doutes.

— Pas vraiment des « doutes ».

Alexi souffla sur la surface de son café et prit une gorgée prudente.

— Je comprends que tu sois sur tes gardes, mais Jack n'est pas un nouveau Patrick. Tous les hommes ne sont pas des enflures égocentriques. Et puis, on ne vit plus au Moyen Âge. Si tu te rends compte que c'était une erreur, vous pouvez toujours vous séparer et déclarer que c'était une expérience. Ce sera peut-être un peu bizarre, comme vous travaillez ensemble sur cette affaire, mais…

— Tu as raison. Je réfléchis trop, comme d'habitude, la coupa Alexi avec un sourire. C'est la faute de mon travail. Je ne prends jamais rien pour argent comptant car les choses sont rarement aussi simples. Je cherche toujours s'il n'y a pas une idée cachée derrière les faits.

— L'idée très peu cachée de Jack était de coucher avec toi. C'était évident quand vous travailliez sur l'affaire Parker. Il n'y a que toi qui n'en avais pas conscience.

Cheryl caressa la tête de sa fille désormais endormie.

— Je suis contente que tu aies sauté le pas. Ça fait bien assez longtemps que tu as pris tes distances avec les hommes, et Jack est le gars parfait pour te remettre dans le bain.

— Il a fait quelques remarques indirectes à propos d'une relation.

— Tu vois !

Cheryl avait l'air très satisfaite d'elle-même.

— Je t'avais dit qu'il avait des valeurs.

— Qui donc ? demanda Drew.

Il franchit la porte et se frotta les mains. S'il ne portait pas un simple tee-shirt et ne sortait pas sans manteau comme en plein été, il n'aurait sûrement pas si froid, se dit Alexi.

— Justement l'homme qu'il me fallait ! déclara Alexi en changeant habilement de sujet. Avant que tu te réchauffes, tu ne voudrais pas aller dans l'annexe demander à Anton s'il a quelques minutes à m'accorder, dis-moi ? Jack et moi pensions tenter notre chance pour lui parler de l'argent qu'il a emprunté.

— À ton service, répondit Drew en lui lançant un petit salut avant de disparaître de nouveau.

— Comment va Marcel ? s'enquit Alexi en attendant.

— Il est en train de se devenir chèvre à essayer de comprendre comment son empreinte a pu arriver sur la table de chevet. Certaines des théories qu'il a élaborées sont folles, soupira Cheryl. Je ne pensais pas dire ça un jour, mais ça ne lui va pas d'être enfermé. Je serais même contente de le voir piquer une colère.

— Ne perds pas espoir maintenant, dit Alexi.

Elle prit alors conscience de l'inquiétude qui rongeait Cheryl concernant l'avenir de l'hôtel. Alexi n'avait fait qu'un petit investissement, qu'elle pouvait se permettre de perdre. Mais pour Drew et Cheryl, c'était toute leur vie.

— On sait toutes les deux que Marcel n'est pas l'assassin et on trouvera un moyen de le prouver.

Alexi se demanda si elle était en train de faire une promesse qu'elle ne pourrait pas tenir.

— Tu verras, affirma-t-elle.

— Vous avez découvert quelque chose d'utile à l'école ?

— Je crois, mais je ne suis pas sûre de savoir l'interpréter, répondit Alexi en fronçant les sourcils.

Elle raconta à Cheryl la rancœur qui existait entre les deux filles, née après que Juliette avait volé le jardinier à Greta ; elle n'avait pas encore eu l'occasion de lui en parler.

— Eh bien, souffla Cheryl avec stupéfaction. Qu'est-ce que tu penses de tout ça ?

— Aucune idée, je ne sais pas si c'est pertinent…

— Tu penses que Greta l'a tuée ? demanda Cheryl, les yeux écarquillés.

— Je n'ai éliminé personne de la liste des suspects, mais si c'est elle, je ne sais pas comment elle a fait, soupira Alexi. Ses caméras n'étaient pas coupées. C'est tellement frustrant.

— J'ai un bon remède contre la frustration, lança Jack avec un grand sourire lorsqu'il les rejoignit.

— Ça, je pense bien, répondit Cheryl en ignorant l'air renfrogné d'Alexi.

Anton et Drew arrivèrent par la porte arrière au même moment en se frottant les mains pour combattre le froid. Drew et Cheryl sonnèrent rapidement la retraite tandis qu'Anton s'asseyait à table ; il semblait mal à l'aise.

— Est-ce que tu vas sortir les instruments de torture ? demanda-t-il.

— J'allais juste vous demander à tous les deux si vous vouliez un café, lança Alexi.

Elle pensa à Anton et comme elle l'appréciait ; elle espérait vraiment qu'il n'était pas coupable. Elle se devait de rester impartiale, mais s'il avait une explication plausible pour sa dette, elle lui donnerait le bénéfice du doute.

— Je peux aller chercher les instruments de torture, si tu préfères. Avec ou sans sucre ?

— Le café, répliqua-t-il avec un petit rire.

— Comment ça se passe, là-bas ? demanda Jack en pointant du pouce l'annexe par-dessus son épaule.

— L'ambiance est plutôt lourde. Personne n'a le cœur à continuer la compétition, mais on veut quand même tous gagner, répondit-il avec un geste désinvolte de la main. C'est contradictoire, je sais, et ça me rend fou de ne plus avoir la motivation qui m'a amené jusque-là. Juliette trouverait hilarant que sa mort affecte notre investissement dans la compétition.

— Elle réussirait à faire dans la mort ce qu'elle a échoué à faire vivante, dit Alexi. C'est-à-dire influencer les résultats.

— Si elle ne pouvait pas gagner elle-même, oui, tout chambouler lui suffirait.

Anton étira ses longues jambes devant lui et croisa les mains derrière sa tête.

— On se retrouve avec Paul Dakin sur le dos constamment ; il surjoue son approche sentimentale. « Faisons-le pour Juliette. » Ça me rend malade. Mais vous connaissez le pire, dans cette histoire ?

Jack et Alexi secouèrent la tête en même temps.

— Eh bien, je suis sûr que les spectateurs vont tout avaler.

— Il y a de grandes chances, en effet, acquiesça Jack.

— Personnellement, je déteste les effusions en public, donc même si j'étais en deuil, je préférerais m'épancher en privé.

— Qu'est-ce que vous en dites entre vous ? l'interrogea Alexi. Toi, Greta et John. Je sais que vous avez des moments pour parler hors caméra. Vous ne seriez pas humains si vous n'aviez pas vos propres théories sur la cause de la mort de Juliette et son coupable.

— On n'a aucune idée de qui a tué Juliette, c'est la vérité. Fais-moi confiance, si j'avais la moindre suspicion, je vous le dirais, à vous deux, ou à Vickery. Notre problème, c'est que trop de gens avaient l'air de la détester pour qu'on puisse réduire la liste des suspects.

Anton se redressa sur sa chaise et s'appuya sur ses coudes.

— Mais il y a une chose dont nous sommes sûrs. Ce n'est pas Marcel. Il a été piégé.

— Je suis bien d'accord, répondit Alexi. Je sais que c'est ton héros, mais comment tu peux en être aussi certain ?

— Son couteau, le verre… c'est trop facile.

— Vous n'aimiez pas Juliette, fit remarquer Jack. Donc votre nom est sur cette liste. Ceux de Greta et de John aussi, d'ailleurs.

— Oui, souffla Anton en passant une main dans ses dreadlocks. Vous avez raison.

— Peut-être que vous êtes tous dans le coup, lança Jack sans avoir l'air de plaisanter.

— Franchement, j'aimerais presque que ce soit le cas, répondit Anton. Mais si je me débarrassais de toutes les personnes que je déteste, je pourrais proposer ma propre solution au problème de la surpopulation du monde.

— En d'autres termes, vous n'avez pas de mobile, résuma Jack.

— C'est ça, lança Anton avec un sourire étincelant.

— Parle-nous de ta dispute avec Juliette, demanda Alexi d'une voix douce.

— Pour m'incriminer moi-même, tu veux dire ? répliqua Anton en secouant la tête. Je suis pas bête.

— Écoutez, la police est déjà au courant pour l'argent que vous avez emprunté, lui annonça Jack.

Alexi remarqua la tension qui émanait maintenant d'Anton, alors qu'il était détendu jusqu'alors.

— Merde ! s'exclama-t-il à voix basse.

— Le père de Juliette a fait des recherches sur les antécédents de tous ses concurrents, expliqua Jack, sûrement pour que sa fille ait un avantage. Étant donné ce qu'on sait d'elle, il paraîtrait surprenant qu'elle ne s'en soit pas servie. Nous avons dû en informer la police.

— On ne m'en a pas encore parlé, répondit Anton d'un air sombre. Mais j'imagine que je vais bientôt être ramené au poste.

Alexi était surprise que ce ne soit pas déjà le cas. Cela voulait-il dire que les policiers avaient déjà décidé qu'ils avaient leur coupable en la personne de Marcel, ou bien qu'ils étaient trop occupés à explorer d'autres pistes ?

— Expliquez-nous, dit Jack. On ne pense pas que vous l'ayez tuée, mais il y a des moments où on ne sait pas où vous étiez passé, ce qui veut dire que vous avez eu des occasions de le faire. Et la police pourrait maintenant penser que vous aviez un mobile. Pourquoi étiez-vous suffisamment désespéré pour emprunter de l'argent à des gens aussi louches ?

Anton poussa un soupir.

— Juliette était une sacrée peste ! cracha-t-il. Elle a essayé de séduire John en le perturbant tellement qu'il avait l'esprit ailleurs avant qu'on s'affronte en cuisine. Elle savait exactement ce qu'elle avait fait à ce pauvre gars. J'ai tenté de le prévenir, mais il m'a dit que j'étais jaloux et que je ferais mieux de le laisser tranquille. Que Juliette appréciait ses qualités et qu'il avait un rendez-vous avec elle.

Il secoua la tête.

— Comme si c'était vrai.

— On sait que ce n'est pas le cas, répondit Alexi, et que John a l'impression d'être le dindon de la farce. Mais on ne pense pas qu'il l'ait tuée pour ça.

— Nan, il a pas ce qu'il faut.

— Et Greta ? s'enquit Jack.

— Elle vivait dans la peur des horribles histoires que Juliette pourrait raconter devant les caméras à propos de leurs années d'école. Greta était frustrée de ne pas pouvoir dire la vérité. Je ne sais pas quelle était vraiment la vérité, mais je suppose que les manipulations de Juliette n'ont pas rendu la vie facile à Greta quand Juliette n'a plus eu besoin d'elle.

— Est-ce que Juliette t'a parlé de ta dette ? lui demanda Alexi.

— Bien sûr. Elle avait hâte de me montrer qu'elle était au courant et qu'elle n'hésiterait pas à me faire virer de l'émission si je ne sabotais pas mes plats.

— Et comment avez-vous répondu ? s'enquit Jack.

— Je lui ai ri au nez. Et je lui ai dit de donner tout ce qu'elle avait.

— Ça ne devait pas vraiment être la réaction qu'elle attendait, commenta Alexi.

Elle non plus n'aurait pas pensé qu'il réagirait ainsi.

Anton les observa tour à tour.

— Elle ne pouvait rien faire contre moi. Aucune loi n'interdit d'emprunter de l'argent à un usurier, et j'avais même hâte qu'elle en parle devant les caméras.

— Ah bon ? s'étonna Alexi en échangeant un regard avec Jack. Pourquoi ?

— Pour pouvoir la remettre à sa place, répondit Anton avant de frotter son visage de ses deux mains. Ma grand-mère m'a enseigné les valeurs, elle m'a gardé sur le droit chemin. Je lui dois tout.

— Qu'est-ce qui est arrivé à tes parents ? demanda Alexi.

Il haussa les épaules.

— Ma mère s'est cassée quand j'étais petit, elle m'a laissé avec mamie, la mère de mon père. Lui, il était musicien. Un dieu du calypso pour les Trinidadiens, surtout pendant le carnaval. Il est parti aux États-Unis, en quête de célébrité et de fortune, mais il a été tué pendant une bagarre de gangs dont il ne faisait même pas partie. Au mauvais endroit, au mauvais moment, comme on dit. Un avocat de Miami a convaincu mamie d'obtenir compensation pour la perte de son fils, et elle a reçu une belle somme quand l'affaire a été réglée en dehors du tribunal. La plus grosse partie a été placée et elle ne peut pas y avoir accès avant encore quelques mois. Mais elle avait besoin d'aller à Miami pour une opération de la hanche. Elle disait qu'elle pouvait attendre, mais il en était hors de question. Elle souffrait en permanence, et je ne voulais pas la laisser souffrir alors que je pouvais faire quelque chose pour l'aider.

— Donc vous avez emprunté cet argent pour payer l'opération en sachant que vous pourriez le rembourser une fois l'investissement débloqué, continua Jack tandis que son inquiétude s'estompait.

— C'est ça, acquiesça Anton, mais je préférais ne rien dire à Juliette. Pour la laisser se ridiculiser toute seule.

Il écarta les mains en un geste nonchalant.

— Elle n'avait pas l'air de comprendre qu'il faut être fair-play, alors pourquoi l'en empêcher ?

— Ce que tu as fait pour ta grand-mère, dit Alexi en touchant doucement la main d'Anton. C'est la chose la plus gentille que j'aie jamais entendue.

Anton haussa les épaules, visiblement mal à l'aise face à ces éloges.

— Mamie est la seule famille qui me reste. On se serre les coudes, dans une famille. C'est la meilleure chose à faire.

— Comment êtes-vous arrivé ici ? demanda Jack.

— J'ai gagné une compétition de cuisine pour jeunes talents dans les Caraïbes, ce qui voulait dire que je pouvais venir en Angleterre en apprentissage avec un chef londonien. Ah ! aboya-t-il avec un rire amer. J'ai servi de larbin sous-payé, tu parles d'une opportunité. C'est pour ça que je voulais tellement être sélectionné pour cette émission, pour montrer au public ce dont j'étais capable. Mais pour tout dire, je ne saurais même pas cuire un œuf sans ma grand-mère. Elle est la meilleure cuisinière que je connaisse, et elle n'a pas un seul livre de recettes. Elle a juste beaucoup d'instinct, elle adore essayer des trucs et elle m'a poussé à m'y intéresser quand j'étais tout petit. Sans elle, je ne serais pas là où je me trouve aujourd'hui. Je lui dois tout. Plus que je pourrais jamais lui rendre.

— Bon, dit Jack. Vous n'aviez clairement aucune raison de tuer Juliette.

Anton vida son café d'une traite et se releva.

— Eh bien, si c'est tout ce qu'il vous fallait, je ferais mieux de retourner au boulot.

— Merci d'avoir été honnête avec nous, Anton, et j'espère que tout ira bien pour ta grand-mère, lui lança Alexi.

Il esquissa un sourire.

— Oh, elle va bien. Elle a été opérée la semaine dernière, et elle est déjà sur ses deux pieds.

— Je suis rassurée.

— Moi aussi.

Anton sortit par la porte arrière, et ils l'observèrent à travers la fenêtre se diriger tranquillement vers l'annexe de sa démarche nonchalante, hochant la tête sur un rythme qu'il était le seul à entendre.

— Il nous a dit la vérité, hein ? s'enquit Alexi.

— Il sera facile de vérifier son histoire, mais je laisse à Vickery le soin de le faire. Je n'ai pas vu le moindre signe qu'il nous ait menti.

— Je pense qu'il avait vraiment hâte de ridiculiser Juliette devant les caméras, dit Alexi en souriant à Jack. Je ne peux pas lui en vouloir, et je suis contente qu'il ne soit pas le meurtrier.

— Ça nous laisse donc Dakin, ou peut-être Gerry Salter, conclut Jack, mais pour l'instant, Cassie n'a rien trouvé qui puisse nous aider à prouver que l'un des deux est coupable.

— Alors…

— Toc toc !

Mike passa la tête par la porte arrière.

— Je peux entrer ?

— Bien sûr, Mike, annonça Alexi en souriant à l'employé de Drew. Je ne savais pas que tu devais venir aujourd'hui.

— Pas de cours aujourd'hui, donc je me suis dit que j'allais voir si Drew avait besoin d'aide. Je ne dirais pas non à plus d'argent.

— Voici Jack Maddox. Jack, Mike. Il donne un coup de main de temps en temps.

Les deux hommes se serrèrent la main.

— Des progrès sur l'enquête ? Tout le monde à l'école dit que Marcel est coupable.

— Mince ! marmonna Alexi. Sur quels fondements ?

— Tu sais comment ça marche. On sait que Marcel est un peu chatouilleux, donc c'est forcément lui le coupable.

Alexi fit la grimace.

— Moi, j'aime bien Marcel, déclara Mike. Il est sympa. Évidemment, il est impatient et il pète un boulon parfois. Comme quand ses nouvelles caves à vin ont été mélangées à d'autres trucs dans le camion de livraison. Le premier coup, c'étaient les mauvais produits qui avaient été livrés et il était furax. Il a refusé d'attendre que je trouve les nouvelles pour les lui apporter. Il a foncé au fond du camion pour les chercher.

Alexi et Jack échangèrent un regard.

— Quand est-ce que c'était, Mike ? lui demanda Alexi. Et qu'y avait-il d'autre dans le camion ?

— Je sais plus trop, répondit-il en se grattant la tête. Pourquoi ?

— Ça pourrait être vital. Réfléchis.

— Eh ben, on venait de finir de peindre l'annexe, et c'était surtout le mobilier pour…

— Marcel a touché les meubles ? le coupa Jack d'un ton pressé.

— Euh, oui, il fallait tout déplacer pour atteindre le fond du camion.

— Est-ce que c'étaient des meubles pour les chambres ? demanda Alexi.

Elle retint sa respiration pendant que Mike prenait son temps pour répondre.

— Oui, les petits meubles. Des tables de chevet, ce genre de…

— Mais le mobilier est arrivé emballé dans du plastique, il me semble, intervint Alexi en perdant son enthousiasme.

— Oui, mais ce truc est tellement fin qu'il ne sert à rien. Si tu prends un meuble un peu trop brutalement, tes doigts passent directement au travers.

— Merci beaucoup, Mike !

Alexi avait presque envie de l'embrasser.

— Tu viens de nous fournir la dernière pièce du puzzle.

— Ah bon ? s'étonna Mike d'un air stupéfait.

Jack hocha la tête.

— Ça expliquerait pourquoi il n'y avait qu'une empreinte. Je n'arrivais pas à comprendre. Si Marcel avait touché cette table, il ne l'aurait pas fait avec un seul doigt.

— Mais si son doigt est passé au travers du plastique… acquiesça Alexi. Il faut que Vickery sache ça.

— En effet. Mike, est-ce que quelqu'un d'autre que toi a vu Marcel déplacer des meubles dans le camion ?

— Oui, le conducteur et son collègue. Ils avaient l'air assez surpris qu'un chef en tablier s'abaisse à faire le sale boulot, donc ils doivent s'en souvenir.

Jack attrapa son téléphone, appela Vickery et lui annonça qu'il avait un nouveau témoin à qui il aurait probablement envie de parler.

— Viens, Mike, annonça-t-il. Toi et moi, on va faire une petite excursion à Reading.

— Qu'est-ce que je peux faire pendant que tu es parti ? demanda Alexi à Jack en aparté. On a déjà innocenté Marcel et Anton. On est presque certains que John n'est pas coupable, et je ne vois pas pourquoi Gerry le serait. Je continue de parier sur Dakin, mais comment pourrais-je le prouver ? Il doit y avoir quelque chose qu'on a raté.

— On a une copie des images filmées pendant la période clé, mais on n'a pas encore eu le temps de se pencher dessus nous-mêmes. Tu peux les regarder pour voir s'il y a quelque chose d'anormal. On aurait dû s'en occuper avant. Oh, ajouta-t-il avec un sourire, tu devrais dire à Marcel qu'il est innocenté pour l'empreinte digitale.

— Avec plaisir.

Il déposa un rapide baiser – bien trop rapide – sur ses lèvres et disparut avec Mike.

Alexi enfila de nouveau sa veste et sortit d'une démarche bien plus détendue. Cosmo, qui était resté dehors avec Toby depuis qu'ils étaient revenus, se matérialisa, trottinant derrière Alexi pendant qu'elle se dirigeait vers la cuisine du restaurant.

— Tu sais bien que tu n'es pas le bienvenu, lui rappela-t-elle en se penchant pour tirer sur une de ses oreilles aplaties. Si tu mets une seule patte dans la cuisine de Marcel, tu finiras probablement en plat du jour.

Cosmo poussa un miaulement indigné et battit rapidement en retraite.

Alexi entra par la porte arrière avec un sourire. Marcel était occupé à donner à son équipe habituelle et aux candidats les instructions sur ce qui était attendu pour le service de ce midi-là. Alors qu'elle restait en retrait pour l'écouter, il parut à Alexi bien terne et loin de son caractère déterminé habituel. Il semblait évident, étant donné l'expression des candidats et des commis, qu'il était loin de les motiver.

Marcel l'aperçut debout dans un coin, ordonna à ses employés de se mettre au travail, et traversa la cuisine pour la rejoindre.

— Des nouvelles ? demanda-t-il. Je ne les veux que si elles sont bonnes.

— Elles le sont. Tu te rappelles, quand il y a eu un problème sur la livraison de tes caves à vin et qu'elles sont arrivées plus tard dans…

— Mais bien sûr !

Il souleva Alexi et la fit tournoyer, puis, à la surprise de toute l'assistance, les employés s'étant arrêtés pour les observer, il déposa un baiser bruyant sur sa joue.

— J'étais furieux à cause de la confusion et j'ai insisté pour vérifier les caves dans le camion. Je ne voulais pas qu'on sorte les mauvais produits une deuxième fois.

— Et tu as poussé certains petits meubles hors de ton chemin pour les atteindre ?

— Comment j'ai pu oublier ça ? grogna Marcel.

— Heureusement pour toi, Mike s'en est rappelé. Il est parti à Reading avec Jack pour en parler à Vickery.

— Alors celui qui a essayé de me piéger avec mon couteau et ce verre a eu un coup de chance avec cette empreinte.

Il croisa les bras en fronçant les sourcils, et cria quelque chose en direction de Greta qui avait visiblement fait quelque chose lui ayant déplu, à l'autre bout de la cuisine. Alexi se demanda comment il avait pu s'en apercevoir d'aussi loin.

— Vous en êtes où, d'ailleurs, dans votre recherche du vrai coupable ?

— On cherche toujours. Le plus important, c'est que tu es de moins en moins suspect.

— Merci, Alexi.

Il poussa un grognement lorsqu'il vit un autre candidat commettre un autre affront à la gastronomie.

— Je ferais mieux de m'occuper d'eux avant que le peu de réputation qui me reste soit réduit en poussière.

— Je préfère que ce soit eux plutôt que moi.

Alexi frissonna, mais elle avait aussi l'impression qu'un énorme poids venait de disparaître de ses épaules. Le meurtre avait bien eu lieu à Hopgood Hall, il n'y avait rien à faire contre ça, mais au moins, il n'avait pas été commis par leur célèbre chef. Le coupable, quel qu'il soit, était forcément une personne extérieure ; avec un peu de chance, la réputation de l'hôtel en sortirait indemne.

Marcel lui fit un clin d'œil, l'air déjà bien plus lui-même qu'avant.

— Ils m'adorent, en vérité.

— Si tu le dis. À plus tard.

18

Cheryl et Drew se trouvaient tous les deux dans la cuisine lorsqu'Alexi revint.

— Vous serez ravis d'apprendre que Marcel a retrouvé son caractère irascible, leur annonça-t-elle en se laissant tomber sur une chaise.

— Par quel miracle ? s'enquit Drew.

Alexi leur expliqua la situation.

— Jack a emmené Mike au commissariat de Reading pour le dire à Vickery.

— Dieu merci ! s'exclama Cheryl en s'effondrant sur une chaise. Je savais qu'il y avait une explication logique. Il doit être tellement soulagé.

— Je n'étais pas là quand le mobilier a été livré, ajouta Drew. Je m'en serais souvenu, sinon. Je veux dire, continua-t-il avec un large sourire, quelque chose d'aussi extraordinaire que Marcel en train d'aider à vider un camion de livraison m'aurait marqué.

— Je ne savais pas qu'il avait fait ça, dit Cheryl. J'avais demandé à Mike de gérer la livraison, mais il n'en a jamais parlé.

— Je ne pense pas que Marcel soit allé jusqu'à faire le sale boulot, fit remarquer Alexi. D'ailleurs, ça pourrait aider si tu pouvais retrouver le nom de l'entreprise qui a livré le mobilier, Drew, au cas où Vickery souhaite parler avec le conducteur pour vérifier l'histoire de Mike.

— Je vais faire ça.

— Je suis contente que Marcel soit innocenté, renchérit Cheryl, mais ça ne nous avance toujours pas pour démasquer le meurtrier. À ce propos, je suppose qu'Anton n'est pas le coupable ?

— Loin de là.

Alexi leur répéta l'histoire justifiant qu'Anton ait emprunté autant d'argent.

— Oh, c'est adorable de sa part de s'occuper de sa grand-mère, souffla Cheryl. Je savais qu'il y avait une raison pour que je l'aime bien.

— Ça n'a rien à voir avec le fait qu'il soit beau gosse, bien foutu, et qu'il ait un magnifique sourire, alors ? demanda Drew en souriant lui-même.

— Nous ne sommes pas tous aussi superficiels, répondit Cheryl en se retenant de rire.

— Quand même, réfléchit Alexi en penchant la tête sur le côté, de tels éléments entrent en considération, si je peux me permettre.

— Toi, tu peux, pas comme quelqu'un que je ne nommerai pas, déclara Drew en lançant à sa femme un regard faussement réprobateur, puisque tu n'es pas maquée. Oh, pardon, il y a eu du changement, non ?

Alexi se remit debout.

— Ça ne va peut-être pas durer si Jack continue à me donner les tâches ingrates.

— Depuis quand quelqu'un peut t'obliger à faire quelque chose que tu ne veux pas ? demanda Cheryl. Elle est complètement mordue, Drew.

— Si tu savais ! Je dois visionner toutes les images du moment du meurtre pour voir si j'aperçois quoi que ce soit d'anormal. Quelle chanceuse je fais, ajouta Alexi en grimaçant.

— Je te souhaite bonne chance, dit Drew.

— Tu veux de l'aide ? s'enquit Cheryl.

— Nan, c'est bon. Pas besoin qu'on soit deux à perdre notre joie de vivre.

Alexi se servit une énième tasse de café, attrapa quelques biscuits faits par Cheryl, et se dirigea vers la porte.

— Si je survis à cette mission incroyablement ennuyeuse, on se voit plus tard.

Alexi emporta son café au salon des résidents, où son ordinateur portable était installé. Elle avait les vidéos que Jack avait téléchargées et, avec un soupir las, elle s'installa pour les regarder. Elle tenta de rester concentrée, mais il ne lui fallut pas longtemps avant de commencer à piquer du nez. Elle n'avait pas beaucoup dormi, et observer des gens essayer de se comporter normalement en sachant qu'ils étaient sous le feu des projecteurs n'était pas des plus passionnants. Même Cosmo n'était pas venu voir ce qu'elle faisait. On faisait mieux en matière d'ami. Elle avait laissé la porte du salon ouverte, dans l'espoir de se distraire avec des passants, mais pas une personne n'avait traversé le couloir durant l'heure pendant laquelle elle avait travaillé.

— Je n'en peux plus, lança-t-elle à haute voix. Il doit bien y avoir quelque chose.

Mais Alexi savait que les experts de la police avaient déjà dû observer chaque pixel des vidéos, et qu'ils étaient bien plus perspicaces qu'elle. S'il y avait quelque chose, ils l'auraient déjà trouvé, non ? Ce n'était qu'une perte de temps. Malgré tout, elle persévéra, en se demandant pourquoi Jack avait insisté pour qu'elle s'en occupe. Elle se rappela combien il était préoccupé lorsqu'ils étaient revenus de l'école. Elle refusait de penser qu'il avait des doutes à l'idée d'entamer une relation avec elle ; cela voulait donc dire qu'une nouvelle alternative lui était venue à l'esprit. Une possibilité sur laquelle il espérait qu'elle tombe d'elle-même, afin de confirmer son hypothèse sans qu'il l'influence.

Alexi cligna des yeux pour éclaircir sa vision et poursuivit sa mission. Elle nota l'heure et la durée des absences d'Anton de sa chambre, même si elle était persuadée qu'il n'avait pas tué Juliette. Elle savait néanmoins qu'un avocat compétent se servirait de ces absences afin de le désigner comme coupable potentiel.

Une fois qu'elle eut fini la vidéo d'Anton, elle reporta son attention sur celle de John. L'horodatage dans le coin de l'écran confirma ce qu'elle savait déjà : il n'avait pas quitté sa chambre de la période correspondant au meurtre de Juliette.

Elle se pencha en arrière, plaça ses mains dans le bas de son dos et s'étira, plus convaincue que jamais qu'elle était en train de perdre son temps. Elle poursuivit tout de même en passant à la vidéo du salon des résidents dans l'annexe, sachant déjà ce qu'elle allait y voir. Greta, ses pieds glissés sous ses fesses, se reposait sur le coin d'un canapé en lisant un livre. Alexi étouffa un bâillement, surprise qu'on puisse rester aussi immobile deux heures entières. Alexi aimait elle aussi lire, et elle savait combien il était facile de se perdre dans une bonne histoire, mais Greta était passée experte dans l'art de faire la loque sur un canapé.

Ses yeux se fermèrent. Elle avait résisté au sommeil pendant tout son visionnage, et les trois cafés qu'elle avait bus le matin ne suffisaient plus pour la garder éveillée.

Elle jeta un coup d'œil à sa montre au bout de ce qu'elle pensait être une ou deux minutes et jura. Plus d'une heure et demie était passée. Heureusement qu'elle avait appuyé sur pause dans la vidéo, même si elle ne se rappelait pas l'avoir fait, ou elle aurait dû tout recommencer.

Sauf qu'elle n'avait pas mis la vidéo en pause, se dit-elle en se redressant légèrement. Elle regardait toujours Greta, dans la même position que lorsqu'elle s'était endormie. Elle en était sûre, parce qu'à ce moment, elle avait tendu la jambe pour se gratter le pied. Et qu'elle faisait alors exactement la même chose, alors que l'horodatage au coin de l'écran confirmait que trente minutes s'étaient écoulées.

Désormais bien réveillée, Alexi revint en arrière pour confirmer ce qu'elle savait déjà.

— Merde ! jura-t-elle à haute voix lorsque plus aucun doute ne fut possible. Quelqu'un a trafiqué la vidéo pour…

— Je savais que vous finiriez par le découvrir.

Alexi sursauta brusquement. Elle était tellement absorbée par la vidéo qu'elle n'avait pas entendu quelqu'un entrer dans le salon. Depuis combien de temps Greta se trouvait-elle là ? Elle était immobile, telle une statue, appuyée contre le montant de la porte, et observait Alexi avec un calme troublant ; elle avait sûrement entendu sa réaction lorsqu'elle avait découvert la vérité.

Greta s'écarta et se pencha au-dessus d'Alexi, éveillant chez cette dernière un sentiment de panique. Qu'était-elle censée faire ?

Son premier réflexe fut d'appeler à l'aide, mais il y avait peu de chance que cela se révèle utile. Personne n'était passé, en tout cas lorsqu'Alexi était réveillée. Cheryl et Drew se trouvaient quelque part à l'intérieur de la maison et ne pourraient pas l'entendre. Cosmo était Dieu savait où. La seule solution était d'appeler la police, mais quelque chose empêcha Alexi de le faire. Même si Greta était peut-être une meurtrière sans pitié, Alexi n'avait pas peur d'elle. Elle observa son visage pour déchiffrer son état d'esprit, et eut l'impression qu'elle était finalement plus nerveuse que dangereuse.

Greta avait peut-être, ou peut-être pas, tué Juliette, mais elle en savait visiblement plus sur le crime qu'elle l'avait avoué jusque-là. Cela paraissait évident. Beaucoup de choses l'étaient, finalement. Jack avait sûrement compris quelque chose concernant Greta lorsqu'ils étaient à l'école, d'où son introspection pendant le retour. Heureusement qu'il avait partagé ses doutes avec elle. Alexi décida de ne pas appeler les renforts. Son besoin d'entendre la vérité avant que celle-ci se retrouve déformée par des policiers agressifs et des avocats surprotecteurs l'emporta.

— Qu'est-ce qu'il se passe, Greta ? demanda Alexi, surprise par son propre calme.

— Vous savez, n'est-ce pas ?

Alexi ne voyait aucune utilité à tergiverser.

— Une partie seulement, mais j'aimerais entendre votre version des faits.

— Prenez votre sac, on va aller faire un tour.

La peur finit enfin par se manifester, et sa main s'approcha de son téléphone posé près de son ordinateur.

— Pourquoi ne pas discuter ici ?

— Il faut que vous voyiez quelque chose.

— Écoutez, Greta, vous avez visiblement un lien avec la mort de Juliette, alors pourquoi je vous suivrais volontairement quelque part, seule ?

— Je n'ai pas tué Juliette.

Elle croisa le regard d'Alexi sans ciller, et Alexi décida de la croire.

— Mais vous savez qui l'a tuée.

— Je sais pourquoi elle est morte, oui.

— Mais vous ne l'avez pas dit à la police.

Greta lança un regard réprobateur à Alexi.

— La police ne comprendrait pas.

— Mais vous pensez que moi, si ?

— Vous êtes journaliste, une très bonne journaliste. Je pense que vous allez venir avec moi parce que votre curiosité l'emportera, et parce que vous sentez que je ne suis pas une menace pour vous, soupira Greta. Cette conversation doit se dérouler quelque part pour vous aider à comprendre l'ensemble de l'histoire plus clairement.

Il aurait fallu qu'Alexi refuse de la suivre, mais Greta avait raison : son instinct de journaliste avait flairé quelque chose. Il s'agissait peut-être du genre d'histoire qui n'arrive qu'une fois dans une vie, et aussi d'une opportunité de laver l'honneur de l'hôtel. Évidemment, il était possible que Greta veuille l'emmener dans un endroit reculé pour… disons, s'assurer de son silence pour toujours, mais Alexi n'avait toujours pas peur. Soit elle était particulièrement bête et naïve, soit elle avait un très bon instinct.

— Jack est au courant, déclara-t-elle. C'est lui qui m'a dit de regarder les images de nouveau, et que j'y verrais quelque chose.

Greta baissa brièvement la tête.

— La police sera donc bientôt là. Il ne nous reste pas beaucoup de temps. Vous voulez tout savoir, ou pas ?

— Laissez-moi juste prévenir Drew et Cheryl que nous allons sortir un moment.

— On n'a pas le temps, mais prenez votre portable si ça vous rassure.

Greta attrapa le téléphone d'Alexi et le jeta dans son sac, qu'elle tendit ensuite à Alexi. À moins que Greta l'emmène quelque part où il n'y avait pas de réseau, tout irait bien, non ? Bien sûr, on ne captait pas la moitié du temps dans le coin, mais elle devait tenter le coup. Greta avait l'air calme, lucide, résignée à l'idée d'avoir été démasquée, mais Alexi sentait aussi un certain désespoir chez elle. Elle devait découvrir son histoire, ce qu'elle ou ce que quelqu'un d'autre avait fait à Juliette, et pourquoi. De plus, l'une des rares faveurs que lui avait faites Patrick avait été d'insister pour qu'elle prenne des cours d'autodéfense, étant donné certains des endroits où ses enquêtes la menaient. À moins que Greta ait une arme, ce dont doutait Alexi, elle était sûre de pouvoir se défendre.

Mais où était Cosmo ? Elle se sentirait plus en sécurité s'il les accompagnait, où qu'elles aillent. Ce sale frimeur de chat était sûrement encore en train de se pavaner devant les caméras.

— On va prendre votre voiture, Alexi, annonça Greta en passant devant pour quitter l'hôtel.

*

Jack et Vickery discutaient dans le bureau de l'inspecteur, ce dernier ayant tout juste fini d'observer Mike faire sa déposition.

— On n'aurait jamais inculpé Gasquet, même sans une explication sur la provenance de cette empreinte digitale, expliqua Vickery. Mais je suis heureux qu'on ait réglé cette histoire.

— C'est gentil de m'avoir prévenu, répliqua Jack avec un sourire en coin.

Vickery écarta les mains, l'air de dire : « Que voulez-vous que j'y fasse ? »

— Vous savez comment ça se passe. Il fallait qu'on suive la procédure. Dakin est toujours notre suspect principal, mais pour l'instant, on n'a rien pour le lier au crime.

— Rien d'autre que sa présence à l'hôtel alors qu'il n'était pas censé y être, et sa dispute avec Juliette.

— Oui, à part ces éléments sans importance qui ne feraient pas le poids face à un bon avocat de la défense. On attend toujours les résultats du test ADN sur le fœtus de Juliette. Le labo est surbooké, comme d'habitude. Une urgence prend deux semaines quand on a de la chance. De toute manière, si Dakin est bien le père, ses avocats de luxe ne pourront pas le protéger.

— Quel dommage.

Vickery hocha la tête avec emphase.

— Je suis bien d'accord.

Jack expliqua à Vickery ce qu'Anton leur avait appris le matin même sur sa dette.

— Nous avions prévu de l'interroger un peu plus tard aujourd'hui. Il va quand même falloir qu'on le fasse, mais on dirait qu'il est hors de cause.

— Je pensais que vous lui aviez déjà parlé.

— Il y a eu un double meurtre hier soir, ici, à Reading.

L'inspecteur leva les yeux au ciel, et Jack remarqua combien ses traits étaient tirés et son visage, fatigué.

— Devinez qui s'est retrouvé chargé de l'enquête.

Jack compatit avec la situation de l'inspecteur. Il ne se rappelait que trop bien sa propre frustration lorsqu'un grand nombre de crimes l'empêchait d'enquêter correctement sur le moindre d'entre eux. Cela arrangerait les affaires de Far Reach si le dossier de Juliette se retrouvait au bas d'une pile, à ramasser la poussière, dans un bureau quelconque. Les gens finiraient par oublier, et ils pourraient inventer une histoire pour se donner le beau rôle. Jack savait pertinemment qu'en dépit de l'innocence de Marcel, une bonne équipe de communication se ferait un plaisir d'utiliser les preuves indirectes qui l'impliquaient. Sa réputation serait ruinée. Ainsi que celle de l'hôtel.

— Pas tant que je serai là, murmura-t-il pour lui-même.

Mike revint alors, après avoir signé sa déposition. Il avait l'air plus enthousiaste qu'inquiet, maintenant que c'était fait. Son visage pâle avait repris des couleurs, et il avait redressé les épaules. Jack supposa que le rôle qu'il avait joué dans l'affaire deviendrait de plus en plus important à chaque fois qu'il le raconterait, mais il ne pouvait pas en vouloir au gamin de chercher à profiter de son moment de gloire.

— C'est bon ? demanda-t-il en lui donnant une tape dans le dos. Prêt à rentrer ?

— Bien sûr.

— Merci pour votre aide, dit Vickery.

— De rien.

Jack écouta d'une oreille distraite le monologue enthousiaste de Mike dans la voiture sur le chemin du retour à Lambourn. Ce qu'il espérait vraiment entendre, c'était la sonnerie de son téléphone. Il attendait que Wright Landscaping le rappelle. Ce ne fut que cinq minutes avant d'arriver à Hopgood Hall que son portable sonna.

— M. Maddox. Ben Wright, nous avons échangé il y a peu.

— Oui, merci de m'avoir rappelé. Avez-vous réussi à vérifier vos archives d'il y a dix ans ?

— C'est pour ça que je vous appelle.

Jack avait mis le haut-parleur, et Mike écoutait chaque mot de leur échange, les yeux écarquillés de curiosité.

— Nous avions deux employés à temps partiel à ce moment-là. Des étudiants qui se faisaient un peu d'argent de poche pendant leur temps libre.

— Vous avez leurs noms ? demanda Jack en essayant de calmer sa propre impatience.

— L'un des deux s'appelait Crispin Fuller.

Crispin ?!

— L'autre gars s'appelait Gerry Salter.

19

— Où va-t-on ?

Les deux femmes traversèrent le hall et descendirent les marches de l'entrée de l'hôtel. Il n'y avait pas âme qui vive. Il était trop tôt pour que le bar soit ouvert au service du midi, et toutes les personnes impliquées dans l'émission devaient se trouver, à cette heure-là, dans la cuisine.

Qui était, évidemment, l'endroit où Greta était censée être.

— Ils ne vont pas avoir besoin de vous, à la cuisine ? s'enquit Alexi.

— Ça ne me paraît pas très important, maintenant, répondit Greta avec une pointe de regret. Mais je les ai appelés pour dire que je ne me sentais pas bien, si vous vous posez la question.

Alexi déverrouilla sa voiture et se glissa derrière le volant. Greta s'installa sur le siège passager pendant qu'Alexi mettait la clé pour allumer le contact. Elle cala deux fois avant de parvenir à mettre la marche arrière pour quitter sa place.

— Quelle direction dois-je prendre ? demanda-t-elle.

— La route de Reading.

Elle suivit les instructions de Greta, abandonnant l'idée d'entretenir une conversation lorsqu'elle ne reçut que des monosyllabes pour réponse. Alexi se retint à peine de sourire en se demandant s'il existait une bonne façon de discuter pour passer le temps avec une potentielle meurtrière.

— Tournez à gauche ici, puis prenez la seconde à droite, indiqua Greta lorsqu'elles approchèrent les abords de Reading et s'arrêtèrent à un feu rouge.

Alexi s'enfonça dans un véritable dédale de rues constituant un parc HLM délabré. Heureusement, Greta semblait savoir exactement où elle allait. Des groupes de jeunes traînaient partout, observant la voiture passer avec beaucoup de méfiance. Quelques femmes promenaient des poussettes. Elles n'avaient pas l'air beaucoup plus âgées que les autres gamins.

— Joli quartier, commenta-t-elle.

— Vous n'imaginez même pas, répliqua Greta avant de montrer une maison du doigt. Garez-vous dans cette allée.

Alexi s'exécuta et coupa le moteur. La maison semblait légèrement en meilleur état que ses voisines. Au moins, il n'y avait pas de voiture posée sur des parpaings dans l'allée, et pas de déchets dans le jardin de devant. Quelqu'un avait tenté de l'entretenir, comme en témoignaient les quelques arbustes robustes qui se battaient contre les éléments pour survivre.

Alexi suivit Greta en sortant de la voiture. Greta ouvrit la porte avec sa propre clé et se recula pour laisser Alexi entrer en premier. Elle marqua une pause, se demandant de nouveau s'il était vraiment malin d'être venue là. Sa curiosité de journaliste allait peut-être avoir sa peau, cette fois. Pourtant, elle avait toujours l'impression que Greta était plus nerveuse que dangereuse. Alexi se rappela la présence de son téléphone dans son sac, rassurée de savoir que les secours étaient à la portée d'un simple bouton.

Avec ce léger réconfort, elle pénétra dans le salon et cligna des yeux sous la surprise. Il était parfaitement propre, avec un mobilier luxueux et harmonieux.

— Ce n'est pas ce à quoi vous vous attendiez ? demanda Greta avec une note de défi dans la voix.

— Je ne sais pas vraiment ce que j'attendais, Greta, ni ce que cette maison a à voir avec la mort de Juliette.

— Suivez-moi dans la cuisine, je vais essayer de vous expliquer, répondit Greta.

*

— Merde ! s'exclama Jack en assenant un coup sur le volant. J'aurais dû lui dire qui je soupçonnais et la prévenir.

— Lui dire quoi ? À qui ? l'interrogea Mike.

Jack ignora le jeune homme et appuya sur le raccourci du numéro d'Alexi. Il tomba directement sur son répondeur, et Jack lui laissa un message succinct, lui demandant de le rappeler au plus tôt.

— Bordel !

Plutôt que perdre du temps à appeler Drew, Jack se concentra pour arriver à Hopgood Hall le plus vite possible en grillant les feux rouges. Évidemment, il se retrouva bloqué derrière une file de chevaux de course qui semblaient mettre une éternité à libérer son chemin. L'un d'eux fit un écart de l'autre côté de la route, son jockey manquant de tomber. La route finit par se dégager, et Jack enfonça la pédale d'accélération, sans se soucier de la limitation de vitesse ou de tomber sur d'autres chevaux.

Il arriva sur le parking de Hopgood Hall avec un crissement de pneus et vit que la place d'Alexi était vide. Il lâcha un juron en sautant de sa voiture et franchit les trois marches de l'entrée d'une enjambée.

— Où est Alexi ? demanda-t-il en débarquant dans la cuisine à la surprise de Cheryl.

— À l'étage, elle travaille sur son ordinateur.

— Sa voiture n'est pas là.

— Ah bon ? Elle ne m'a rien dit, et je ne l'ai pas vue sortir.

Le visage de Cheryl pâlit.

— Quelque chose ne va pas ? Tu me fais peur, Jack.

— Désolé, pas le temps de t'expliquer. Où est Greta ?

— Sûrement dans la cuisine de Marcel.

Jack sortit par la porte arrière en courant. Cosmo se prélassait par là et le suivit avec un miaulement pitoyable. Jack se rua dans la cuisine, où le service du midi était en effervescence. Son cœur tressaillit lorsqu'il s'aperçut que Greta était absente. Gerry Salter était là cependant, et s'occupait des caméras. Elles étaient fixes, réglées automatiquement, mais il devait être sur place pour vérifier les images en cas de problème. Jack ignora le regard interrogateur de Marcel et attrapa le bras de Gerry.

— Greta a emmené Alexi, annonça-t-il laconiquement.

— Oh, merde ! Je pensais… Je me suis posé la question quand Marcel a dit qu'elle avait appelé pour annoncer qu'elle était malade, mais je ne pouvais pas partir.

— Il faut qu'on les trouve.

— Qu'est-ce qu'il se passe ? demanda Marcel.

Jack ne lui prêta pas attention, heureux de ne pas avoir à traîner Gerry derrière lui. Il avait tenté sa chance avec Gerry Salter, et il avait eu raison. Si Gerry et Greta étaient de mèche, Gerry ne serait pas resté travailler à l'émission en sachant que Greta avait enlevé Alexi. Il faudrait néanmoins attendre d'avoir retrouvé cette dernière pour découvrir pourquoi il avait aidé à protéger Greta.

— Où a-t-elle pu l'emmener ? demanda Jack.

Ils se dirigeaient tous les deux en courant vers la voiture de Jack. Cosmo sauta à l'intérieur au moment où Jack ouvrit la portière et s'installa sur la banquette arrière.

— Allons vérifier chez Alexi d'abord, continua-t-il, mais si elle n'est pas là…

— Il y a peu de chances qu'elles soient là-bas. Greta a un logement social à Reading. Elle se sent plus à l'aise en terrain connu.

Une dizaine de questions se bousculaient dans l'esprit de Jack, même s'il avait compris une grande partie du mystère pendant la visite à l'école, où il avait découvert combien Greta s'était sentie humiliée par la malveillance de Juliette. Il était prêt à parier toute sa fortune que Juliette avait coupé les cheveux de Greta pour se venger de quelque chose. Greta était très fière de sa chevelure. Les gens manquant de confiance en eux ou ayant des problèmes d'image se raccrochaient bien souvent au seul aspect de leur apparence qui leur plaisait. Juliette avait détruit la fierté de Greta dans ses cheveux, simplement car elle était trop gâtée et rancunière.

Jack se demanda pourquoi les parents de Greta n'avaient rien fait pour protéger leur fille lorsqu'ils avaient vu à quel point elle devait être triste. Greta ne leur avait peut-être pas raconté ce qu'il s'était vraiment passé. Si la dispute avec Juliette qui s'était soldée par une coupe drastique de ses cheveux était le résultat d'une querelle pour l'affection de Gerry Salter, elle ne leur avait probablement pas tout dit. Ce n'était pas le genre d'histoire qu'on partage avec ses parents, pensa Jack, même à cette époque supposée ouverte d'esprit.

Une flopée d'insultes diverses et variées traversèrent l'esprit de Jack pour avoir refusé de prévenir Alexi.

— Les images du moment du meurtre. Vous les avez trafiquées.

Ce n'était pas une question, et Gerry se contenta d'acquiescer.

— Je ne m'attends pas à ce que vous compreniez, mais je devais bien ça à Greta. La mort de Juliette était un accident, mais si… lorsque leur passé serait révélé, personne ne le croirait. Greta était désespérée, et elle avait besoin de mon aide. Je l'avais déjà laissée tomber une fois. Je n'allais pas refaire la même erreur.

— Greta et vous, à l'école ?

— Oui, vous avez deviné.

— Ça me semblait un peu exagéré, mais j'avais visiblement raison.

— Quelles étaient les chances que Greta, Juliette et moi nous retrouvions ensemble dans cette émission ?

Jack s'était posé exactement la même question. En faisant attention à ne pas tirer de conclusions hâtives qui correspondraient à la pile grandissante de preuves contre

Greta et Gerry, il avait demandé le nom des paysagistes. Ils avaient vérifié leurs archives, confirmant ainsi ses soupçons. Greta, Juliette et Gerry s'étaient bel et bien retrouvés ensemble pour l'émission dix ans après l'incident à l'école, et Greta n'était pas d'une nature clémente, d'autant que Juliette n'avait pas changé et ne respectait pas les règles de la compétition.

Comme prévu, il n'y avait pas de traces de la voiture d'Alexi chez elle.

— Vous savez où se trouve la maison de Greta ? demanda Jack d'un ton sec.

— Oui, prenez la route de Reading. Je vais vous guider.

L'idée d'appeler Vickery lui traversa l'esprit. C'était la chose à faire, mais il allait attendre d'arriver chez Greta avant de prendre une décision. Greta devait être nerveuse et instable, mais Jack n'était pas persuadé qu'elle soit une meurtrière sans pitié, une hypothèse confirmée par l'insistance avec laquelle Gerry avait affirmé que la mort de Juliette était un accident, un peu plus tôt. Le résultat d'une bagarre, peut-être. Jack finirait par découvrir la vérité, mais pour le moment, cela lui importait peu. La seule chose qui comptait était de retrouver Alexi, vivante et en un seul morceau. La présence de nombreux policiers pourrait effrayer Greta si elle se sentait acculée, et Alexi se retrouverait en première ligne. Il n'était pas prêt à courir le risque. Il tenta de rappeler Alexi, mais tomba immédiatement sur sa messagerie une nouvelle fois.

— Elle n'a pas tué Juliette, n'est-ce pas ? s'enquit Jack.

— Non, répondit Gerry en secouant la tête. Elles se sont disputées, ont commencé à se battre, et Juliette est tombée. Elle s'est cogné la tête. C'est ça qui l'a tuée. C'était un accident, et je peux le prouver. J'ai les images.

Jack quitta la route des yeux un instant pour lui lancer un regard stupéfait.

— Alors pourquoi diable n'avez-vous pas…

— Je filme souvent le jardin, au cas où les producteurs auraient besoin de plus d'images. Les candidats sont souvent moins sur leurs gardes quand ils ne savent pas qu'ils sont filmés. C'est comme ça que j'ai commencé à avoir autant d'images de Cosmo, je m'amusais avec les paramètres de l'appareil. Les producteurs ont adoré, et ils m'ont dit de continuer à filmer au hasard, surtout Cosmo.

Jack dépassa une file de voiture à pleine vitesse.

— Donc vous et Greta étiez ensemble quand vous travailliez à Eversham.

— Oui, Greta se doutait que vous alliez le comprendre si vous alliez à l'école. On en a parlé, hier soir, expliqua-t-il avec un long soupir. Notre relation n'était pas une simple amourette adolescente, si c'est ce que vous pensez. Nous étions amoureux. Nous avions prévu d'emménager ensemble dès qu'elle aurait fini l'école.

— Drôle de preuve d'amour de l'avoir trompée avec Juliette, fit remarquer Jack en haussant un sourcil.

— Ce n'était pas censé se passer comme ça ! Je l'ai regretté pendant dix ans et j'en ai payé le prix, soupira Gerry. Enfin, regardez-moi. Je ne suis pas un canon de beauté, et j'ai du mal à parler aux femmes en société. D'accord, j'avais quelques kilos en moins à l'époque, et plus de cheveux, mais j'étais quand même loin de faire tourner les têtes. Mais Greta et moi… on s'est tout de suite entendus. On était peut-être jeunes, mais on n'était pas dupes. Elle n'avait rien à faire dans cette école, et je ne deviendrais jamais producteur de films. On s'aidait mutuellement à garder les pieds sur terre. On a découvert qu'il n'y avait pas besoin d'être beau ou populaire pour être satisfait dans la vie. Il suffit d'avoir quelqu'un avec qui tout partager.

— Et concernant Juliette, lui rappela Jack.

— Vous avez vu à quoi elle ressemblait ?

Jack hocha la tête.

— Un jour, elle ne m'a pas lâché d'une semelle, elle blaguait, disant qu'elle me rejoindrait dans la remise un peu plus tard. Je ne l'ai pas prise au sérieux, mais quand je suis arrivé là-bas, elle m'attendait, et… Ce n'était pas la décision la plus brillante de ma vie, je l'avoue. Mais j'étais jeune et flatté, et la testostérone me travaillait, comme souvent à cet âge. Je n'étais pas assez bête pour ne pas me rendre compte que ça n'arriverait qu'une fois. Je pensais que les autres filles l'avaient mise au défi, ou quelque chose comme ça. Vous savez comment sont les adolescentes. Bref, Greta n'était pas censée l'apprendre, et elle ne l'aurait jamais su si Juliette n'avait pas tiré un malin plaisir à s'assurer qu'elle allait nous prendre sur le fait.

— Elle vous avait tendu un piège ?

— Oh que oui, et elle a tout gâché entre Greta et moi. Greta a refusé de m'adresser la parole ensuite, mais je n'ai jamais réussi à l'oublier. Je regrette toujours de lui avoir fait vivre ça, et je n'ai trouvé personne qui lui arrive à la cheville. J'aurais pu utiliser mon travail à la télé pour impressionner les femmes, comme beaucoup de gars, mais ce n'est pas mon genre. Je veux que les femmes m'aiment pour ce que je suis, pas pour ce qu'elles pensent que je peux leur apporter.

— Vous vous êtes proposé pour l'émission quand vous avez appris que Greta et Juliette avaient atteint la finale, je suppose. Ce n'était pas le hasard que vous aviez laissé entendre.

Gerry acquiesça.

— Vous saviez aussi qu'elles avaient des choses à régler, et que ce serait une bonne occasion de plaider votre cause auprès de Greta.

— C'est ça, répondit Gerry avec une moue. Greta m'a reconnu tout de suite. On a parlé, je me suis expliqué, et elle m'a enfin pardonné. Juliette, au contraire, est passée à côté de moi comme si je n'existais pas. Mais pourquoi j'aurais existé dans son monde ? Il n'y avait rien que je puisse faire pour l'aider à remporter la compétition. Elle ne se souvenait pas de moi ou de mon nom. Je crois qu'elle n'a jamais su mon nom de famille, et j'en suis bien content. J'ai pensé que si elle avait su qui j'étais, elle aurait trouvé un moyen d'utiliser ma relation avec Greta pour la ridiculiser devant les caméras.

— Mais vous avez mis en péril les chances de Greta en travaillant sur l'émission et en croisant les doigts pour que Juliette ait mauvaise mémoire.

— Non, je savais qu'il n'y avait quasiment aucune chance que Juliette se souvienne de moi. C'était un risque à prendre pour retrouver Greta.

Jack ralentit enfin après avoir roulé à tombeau ouvert lorsqu'il s'engagea sur la route que Gerry lui indiqua, et il vit la Mini d'Alexi, difficile à oublier, garée dans une allée. Plusieurs jeunes traînaient autour en observant les enjoliveurs. Jack était bien content d'avoir pris Cosmo en stop.

Il s'arrêta derrière la voiture d'Alexi et réfléchit un moment.

— Dois-je appeler des renforts ?

— Il ne vaut mieux pas. Je ne pense pas qu'elle fasse quoi que ce soit de stupide. Surtout si je suis là pour la rassurer.

— Je vous fais confiance, dit Jack. S'il arrive quoi que ce soit à Alexi…

Jack laissa Cosmo sortir de la voiture, et le chat endossa immédiatement son rôle d'agent de sécurité. Il fit le gros dos et feula sur les adolescents qui battirent rapidement en retraite. Redoutant ce qu'ils risquaient de trouver à l'intérieur de la maison, Jack s'apprêta à demander à Gerry la meilleure façon d'approcher la situation. Mais Gerry prit les devants en sonnant tout simplement à la porte.

À la stupéfaction de Jack, ce fut Alexi qui ouvrit.

— Entrez, dit-elle. On se demandait quand vous arriveriez, tous les deux.

*

Jack attrapa sa main pour la serrer.

— Tu vas bien ? lui demanda-t-il.

— Tu le savais, répondit-elle d'un ton accusateur. Tu aurais pu me prévenir.

— Désolé, je ne m'attendais pas à ça. Je pensais que tu étais hors de danger. On en parlera plus tard. Où est Greta ?

— Dans la cuisine.

Jack eut l'air surpris lorsqu'il découvrit qu'elles étaient en train de boire du thé en partageant un paquet de biscuits au chocolat. Gerry se dirigea immédiatement vers Greta et la prit dans ses bras.

— Mais qu'est-ce que tu as fait ? demanda-t-il en secouant la tête. Je ne peux pas te laisser seule cinq minutes.

— Je t'avais dit qu'ils allaient comprendre, répondit-elle en sanglotant contre l'épaule de Gerry.

— On savait depuis le début que c'était une possibilité, et on était d'accord pour dire la vérité si ça arrivait. Tu n'avais pas besoin de kidnapper qui que ce soit.

— Je ne l'ai pas kidnappée. Alexi a accepté de venir avec moi.

Jack jeta à Alexi un regard signifiant clairement qu'elle avait perdu la tête.

— J'ai pensé que si elle voyait cet endroit, qu'elle comprenait comment j'avais grandi, elle pourrait voir les choses de mon point de vue.

Gerry lui caressa les cheveux, ce qui sembla calmer Greta.

— Plus de peur que de mal.

Il marqua une pause lorsque son regard se posa sur une pommade antiseptique et des pansements sur la table.

— N'est-ce pas ?

— J'ai eu un petit accident, expliqua Alexi en levant la main. J'ai fait tomber une tasse et je me suis coupé le doigt en ramassant les morceaux. Greta m'a aidé à tout nettoyer.

— Reprenons un peu de thé, dit Gerry en attrapant la bouilloire. Ensuite, on leur racontera tout, mon amour.

Alexi avait déjà entendu une partie de l'histoire avec Greta, et supposa que Jack avait lui aussi reçu des explications de la part de Gerry. Ils attendirent dans un silence pesant que l'eau bouille. Jack lui serra la main, mais Alexi le connaissait déjà suffisamment pour sentir qu'elle aurait droit à un bon savon une fois qu'ils seraient seuls. *Balance la sauce !* Ils étaient peut-être ensemble, mais elle demeurait responsable de sa propre personne et pouvait prendre ses décisions toute seule. De plus, elle avait eu raison ; Greta ne s'était pas montré le moins du monde menaçante.

— Mes parents ont vécu dans cette maison toute leur vie d'adultes, commença Greta quelques instants plus tard avec une nouvelle tasse de thé entre les mains. C'est ce que je voulais qu'Alexi comprenne, et c'est pour ça que je l'ai amenée ici. Imaginer un logement social miteux et y pénétrer sont deux choses très différentes. Ce que j'essaye de dire, c'est que ce n'était pas le meilleur départ dans la vie, mais que j'ai réussi à le dépasser et à aller dans cette école de bourges, tous les jours, depuis cette maison.

— Vous deviez sortir du lot, fit remarquer Jack.

— Oui, et j'adorais être différente. J'adorais me dire que j'avais bousculé les codes grâce à mon intelligence. Peu de gens y arrivent, dans le coin. Mais j'aurais pu faire encore mieux sans cette sale garce de Juliette. Elle avait tout. Et moi, rien. Je savais pourquoi elle voulait être amie avec moi, je n'étais pas bête. Ça ne me dérangeait pas, jusqu'à ce que je fasse une erreur un jour, quand elle et ses amies m'ont invitée à participer à un jeu. Il fallait dire deux choses que nous appréciions et deux choses que nous détestions physiquement chez nous. J'avais le choix pour ce que je détestais, mais c'était très facile de répondre pour ce que j'aimais. Mes cheveux et ma poitrine.

— Vous avez révélé vos points faibles, dit Alexi d'une voix compatissante.

Elle ne se souvenait que trop bien de jeux d'adolescentes similaires lors desquels elle s'était couverte de honte en étant trop honnête.

— Oui. J'aurais dû m'en rendre compte quand Juliette a froncé les sourcils. Elle avait des cheveux décents, mais ils étaient fins et clairsemés. Et même avec tous ses soutiens-gorges rembourrés, elle était plate comme une planche à pain.

— Ah, souffla Jack. Le couteau dans la prothèse. Je savais que c'était un symbole.

— J'ai aussi eu la bêtise de lui parler de Gerry et moi. Beaucoup de filles de sa classe n'avaient jamais eu de relations sexuelles, et encore moins dans l'enceinte de l'école. C'était le summum de l'audace, et je suis devenue le centre de l'attention pendant un moment. Évidemment, elle n'allait pas me laisser lui voler la vedette comme ça, donc elle s'est mise à draguer Gerry, juste parce qu'elle le pouvait, grogna Greta. Ça ne lui a pas suffi de me l'avoir volé, elle a tout fait pour que je tombe sur eux la main dans le sac avant de me raconter les détails.

Greta secoua la tête, des larmes coulant sur ses joues.

— J'étais dévastée. Il n'y avait qu'une chose qui comptait pour moi, et elle avait tout gâché.

— Comment avez-vous réagi ? demanda Jack.

— J'ai fait semblant de ne rien en avoir à faire, et j'ai saboté son projet en histoire. Je faisais toujours ses devoirs, et j'ai délibérément mis des éléments faux dans sa rédaction. Elle devait la réécrire à la main elle-même, donc les erreurs auraient dû lui sauter aux yeux, même pour quelqu'un de peu brillant comme elle. Bien sûr, elle ne s'en est pas rendu compte, et elle a eu une mauvaise note à un examen important auquel son père s'attendait à ce qu'elle réussisse. Elle a rejeté la faute sur moi, et…

— Et elle vous a coupé les cheveux, termina Alexi à sa place.

— C'est ça, répondit Greta en frissonnant. Elles m'ont bloquée dans le vestiaire. Trois de ses copines me maintenaient en place pendant qu'elle utilisait les ciseaux. Je n'oublierai jamais cette humiliation, ni ces quatre pestes qui riaient comme des hyènes.

— C'était plus que cruel, compatit Alexi en effleurant la main de Greta.

— C'était il y a longtemps, soupira cette dernière.

— Pas suffisamment pour que vous l'ayez oublié, répondit Jack. Comment vous êtes-vous sentie quand vous avez découvert que vous passeriez toutes les deux ensemble à la télévision ?

— Ma première réaction a été d'abandonner. Mais après, je me suis demandé pourquoi je devrais partir. C'était un hasard cruel, mais mon côté un peu naïf s'est dit qu'elle avait peut-être changé et qu'elle ne tricherait pas. Ah ! Comme si c'était possible, s'exclama Greta en levant les mains au ciel.

— Quand Greta a vu que je faisais partie de l'équipe de production, j'ai réussi à la persuader que ce qu'il s'était passé entre Juliette et moi n'était pas entièrement ma faute, expliqua Gerry d'un air penaud. Pourtant, c'était le cas. J'aurais pu dire non et passer les dix dernières années à regretter de ne pas avoir accepté.

— Je le savais, à l'époque, mais je n'arrivais pas à lui pardonner.

Greta tendit la main pour attraper celle de Gerry.

— Mais dix ans plus tard, j'étais prête à lui laisser une seconde chance.

— On s'est vite rendu compte que Juliette n'allait pas jouer selon les règles, poursuivit Gerry, donc j'ai promis à Greta que je surveillerais ses faits et gestes. C'était facile pour moi. Personne ne fait attention aux cameramen, d'autant que je reste en retrait. Je savais qu'elle était allée dans la chambre d'hôtel de Dakin plusieurs fois, mais on ne s'inquiétait pas trop à ce propos. Il était seulement présentateur. Il ne pouvait pas voter. Mais Greta était sûre que ce n'était qu'une question de temps avant qu'elle se tourne vers Marcel. Pour accéder à son appartement, elle était obligée de passer par la cour. Donc à chaque fois qu'elle quittait l'annexe, Greta m'envoyait un message, et je la suivais avec ma caméra.

Greta acquiesça.

— J'étais furieuse quand j'ai appris qu'elle était restée chez Marcel plus d'une heure. Pas besoin d'être un génie pour savoir ce qu'ils avaient fait, et j'étais décidée à m'expliquer avec elle une bonne fois pour toutes. Mais Dakin l'a trouvée avant moi. Je pense qu'il avait deviné où elle était, et ils ont commencé à se disputer. Il est parti furieux, et c'était à mon tour de sortir pour lui faire face. Elle m'a ri au nez quand je l'ai accusée d'utiliser des tours sournois. Elle a dit que je devrais savoir depuis le temps que c'était chacun pour soi… ou plutôt, tout le monde pour elle. J'étais tellement énervée que je me suis approchée d'elle, et elle m'a poussée. Je l'ai poussée à mon tour, elle est tombée, et elle ne s'est pas relevée.

— Je me suis précipité dehors pour essayer d'aider, de désamorcer la situation avant que ça dégénère, continua Gerry. Mais Juliette était morte. Elle n'avait plus de pouls. On ne pouvait rien faire.

— À part appeler les urgences et signaler l'accident, fit remarquer Jack.

Greta hocha la tête.

— C'est ce que j'aurais dû faire, je le sais maintenant, mais… Oh, je ne sais pas ce qui m'a pris. Je pense que j'ai eu un accès de folie. Encore une fois, elle m'avait gâché la vie, mais je n'étais plus l'adolescente perdue et sans repères que j'étais. J'ai vu rouge et j'ai voulu mettre les points sur les i, d'une façon que je serais la seule à comprendre, j'imagine. Pour me débarrasser des démons qui m'avaient hantée si longtemps.

Elle essuya ses larmes du revers de la main.

— Je n'aurais jamais dû impliquer Gerry dans cette stupide quête de vengeance.

— C'est moi qui voulais être impliqué, mon amour, répondit-il en caressant les doigts de la main qu'il tenait toujours. La seule chose que je voulais, ces dix dernières années, c'était faire partie de ta vie. Me racheter pour t'avoir fait souffrir.

— C'est tout, au final. Je n'ai jamais réussi à oublier Juliette et tout ce qu'elle m'avait fait subir, juste parce qu'elle était vindicative. En grandissant, les enfants se développent sous l'influence des traumatismes qu'ils ont vécus pendant leurs années les plus fragiles. C'est ce que j'ai toujours pensé.

Greta avait l'air résignée.

— Ce n'est pas une excuse, d'ailleurs. Juste une observation.

— J'aurais tendance à être d'accord avec vous, acquiesça Alexi.

Elle repensa à Natalie Parker dont les démons avaient fini par causer sa mort.

— Est-ce que vous avez vu où vivait Juliette ? demanda Greta d'un air désormais plus furieux que pensif.

Alexi et Jack hochèrent tous les deux la tête.

— Mes parents étaient des gens honnêtes et travailleurs, qui ont fait de leur mieux pour moi. Ils étaient fiers de moi quand j'ai été acceptée à Eversham, et ils disaient à qui voulait l'entendre que j'allais devenir quelqu'un. Mais comme vous pouvez le voir, je suis toujours bloquée ici. Papa est mort il y a cinq ans, maman, l'année dernière. J'ai pu reprendre le logement…

— Et l'entretenir, ajouta Alexi.

— J'essaye. Ce n'est pas facile, par ici. Personne n'enquête sur les cambriolages. La zone est officieusement en dehors du contrôle de la police, continua Greta en secouant la tête. Je sais qu'on dirait que je me cherche des excuses, et c'est peut-être le cas. Mais ce que je veux dire, c'est que Juliette aurait pu devenir ce qu'elle voulait, avec l'argent de son papounet pour lui faciliter la tâche. Moi, j'ai dû me débrouiller toute seule. Je ne lui arrivais pas à la cheville, mais elle m'a humiliée alors que j'étais à un âge fragile, et… j'imagine que quand j'ai découvert qu'on allait travailler ensemble dans l'émission, j'ai pensé que nous étions toutes les deux adultes et que j'arriverais à laisser ça derrière moi. J'avais besoin de tourner la page, et je pensais pouvoir être avec elle. J'imaginais qu'on pourrait être polies. Mais j'étais trop naïve. Son mode opératoire n'avait absolument pas changé.

— Je comprends comme ça a dû être difficile pour vous, Greta, de revivre tous ces douloureux souvenirs, dit Alexi. Les adolescentes peuvent se montrer très cruelles. Mais je ne saisis pas pourquoi vous avez essayé de faire porter le chapeau à Marcel.

— Vous ne comprenez donc pas ?

Greta écarta les mains, comme s'il s'agissait d'une évidence.

— L'histoire se répétait. J'étais prête à lui donner le bénéfice du doute et à passer l'éponge. Mais elle continuait à manipuler les hommes pour obtenir ce qu'elle voulait, et quand je l'ai vue sortir de chez Marcel en sachant qu'elle avait utilisé ses charmes sur lui, j'ai eu l'impression que mon crâne allait exploser sous l'effet de la colère. J'étais tellement énervée que j'avais la tête qui tournait, et j'ai cru que j'allais m'évanouir. J'ai toujours pensé que les gens exagéraient quand ils disaient ce genre de choses. Maintenant, je comprends.

— Mais pourquoi vous donner tant de mal pour piéger Marcel ? insista Alexi.

— J'aimais bien Marcel, en réalité, répondit Greta. C'est un peu une diva, mais c'est un bon chef, il est passionné par la nourriture. Je pensais qu'il resterait professionnel et qu'il nous jugerait sur nos talents en cuisine. Je pensais aussi qu'il était trop futé pour se laisser avoir par la sournoiserie de Juliette.

Elle haussa les épaules.

— J'aurais dû le savoir, pourtant. Bref, c'était juste une décision sur un coup de tête pour le faire souffrir. Juliette était morte, et je n'avais que quelques secondes pour agir. J'ai convaincu Gerry de m'aider à mettre en scène son corps pour faire croire que Marcel était coupable.

— En plantant le couteau de Marcel dans la poitrine de Juliette ? demanda Jack en fronçant les sourcils.

— Oui, je sais, avec du recul et en n'étant plus en état de choc, ça paraît très rancunier, je suppose, expliqua Greta d'un air contrit. Je voulais juste que le monde entier sache qu'il n'y avait pas que son sourire qui était faux. Dès que j'ai recommencé à avoir les idées claires, j'ai su que je m'étais montrée stupide et que je devais dire la vérité, mais je n'arrêtais pas de me dire que j'allais avoir l'air pathétique si je le faisais. Tout le monde doit porter le poids de ses émotions, mais on est censé tourner la page sur les querelles de jeunesse en devenant adulte. Je savais que nos photos, celle de Juliette et la mienne, seraient mises côte à côte à la télévision. Comme à chaque fois, je serais dans son ombre, et Juliette serait décrite comme la gentille fille qui avait essayé de devenir mon amie. Personne ne dit jamais du mal des défunts. Même quand ils le méritent. Tout le monde aurait pensé que j'étais juste jalouse et que j'avais saisi l'opportunité de me venger. Je n'étais pas jalouse. C'était sa manière d'agir qui me rendait folle.

— Et le verre avec l'empreinte de Marcel ? s'enquit Jack.

— Je l'ai vu dans la cuisine quand j'ai pris son couteau, répondit Greta. Je savais que ça devait être le sien. Personne d'autre n'oserait laisser un verre sale dans le domaine de Marcel. Je savais aussi qu'il ne serait pas arrêté parce que Marcel n'était absolument jamais allé dans la chambre de Juliette. Il n'aurait pas fait ça, même s'il avait été tenté, parce qu'il savait que les caméras étaient toujours allumées. Enfin… je voulais juste qu'il souffre un peu…

— Il aurait très bien pu être inculpé lorsqu'on a trouvé son empreinte sur la table de chevet, fit remarquer Alexi.

— On aurait dit quelque chose s'il avait été arrêté, intervint Gerry. On espérait juste ne pas en arriver là, et que l'affaire soit abandonnée par manque de pistes. On aurait alors été hors de danger.

— C'était stupide, continua Greta. Je n'ai pas suffisamment réfléchi, et je suis prête à en assumer les conséquences. Mais qu'on soit bien clairs, c'était mon idée. Gerry a essayé de m'en dissuader, il ne m'a aidée que parce qu'il se sent coupable d'avoir couché avec Juliette il y a dix ans.

— Ce que je ne comprends pas, c'est pourquoi vous avez persuadé Alexi de venir ici, poursuivit Jack.

— Comme je l'ai déjà dit, je voulais qu'elle voie comment j'ai grandi et pourquoi je suis toujours ici. Et puis, ma fierté a pris le dessus. Je savais qu'elle savait, et je ne voulais pas être escortée de Hopgood Hall avec des menottes aux poignets, sous l'œil des caméras. Elle a son téléphone. Elle aurait pu appeler à l'aide n'importe quand.

— Tu aurais pu répondre à mes appels, dans ce cas, murmura Jack. J'étais en train de devenir fou.

— Mon portable n'a pas sonné, s'étonna Alexi en clignant des yeux de surprise.

— Ah, oui, je l'ai éteint quand je l'ai mis dans votre sac, lança Greta avec un air penaud. Désolée. Je ne voulais aucune interruption.

Alexi attrapa son téléphone dans son sac et le ralluma. Il y avait quatre appels manqués de Jack et deux de Cheryl.

— Qu'est-ce qui va nous arriver ? demanda Gerry.

— Eh bien, répondit Jack, je vous conseille de vous rendre à Vickery, de lui dire tout ce que vous venez de nous raconter. Si vous avez filmé l'accident, il n'y aura peut-être pas d'accusation de meurtre.

— Surtout si c'est Juliette qui a donné le premier coup, ajouta Alexi.

— C'était elle, affirma Gerry. C'est clair comme de l'eau de roche sur la vidéo.

— Très bien. Vous serez accusés d'avoir mis un crime en scène, caché des informations, et gaspillé le temps de la police, probablement.

Greta déglutit, le teint pâle et les yeux humides.

— Je vais aller en prison ?

— Il n'y a aucune certitude, répondit Jack. Je vais demander à Ben Avery, un avocat du coin, de vous accompagner lorsque vous irez vous rendre. Si vous lui racontez toute l'histoire d'abord, que vous lui montrez la vidéo, il pourra monter un bon dossier pour demander la liberté conditionnelle. Mais vous avez quand même essayé de piéger Marcel. Ce ne sera peut-être pas facile de régler ce problème-là.

— Sauf si j'arrive à convaincre Marcel de ne pas compliquer les choses, intervint Alexi.

— Le problème sera surtout ce que la police aura à dire par rapport au fait que Greta lui a fait perdre son temps en l'induisant en erreur, renchérit Jack. Mais on verra.

— Merci beaucoup, dit Greta d'une voix douce. J'ai été bête. Aussi méchante et vindicative que Juliette de plus d'une façon. Comment ai-je pu m'abaisser à son niveau ?

Greta enfouit son visage dans ses mains.

— Mais, si je devais recommencer, je pense que je ferais exactement la même chose. C'est vous dire à quel point Juliette a gâché ma vie. Mon seul regret est d'avoir impliqué Gerry.

— Arrête de te flageller, mon amour, répliqua Gerry en lui serrant la main. On est ensemble dans cette galère, il n'y a rien à rajouter.

— Retournons tous à Hopgood Hall, pour appeler Ben, regarder la vidéo, et décider de la suite des événements, reprit Jack. Vickery peut attendre demain.

— J'espère que nos voitures sont toujours là, s'inquiéta Alexi. Sans vouloir vous vexer.

— Pas de problème, répondit Greta.

— Ne t'inquiète pas, dit Jack en passant un bras protecteur autour des épaules d'Alexi. Cosmo est de garde.

20

Alexi était allongée de tout son long sur son canapé devant une belle flambée dans la cheminée, sa tête posée sur les genoux de Jack. La mi-décembre était arrivée, la folie de Noël battait son plein, et cela faisait deux semaines que Greta et Gerry avaient avoué leur crime. L'émission continuait avec trois candidats. Les journaux étaient remplis de spéculations sur l'implication de Greta dans le meurtre de Juliette. Le gagnant de la compétition serait annoncé lors d'un épisode spécial, plus long, la veille de Noël. Alexi pariait sur Anton. L'audimat avait crevé le plafond grâce à tout ce qui s'était passé en parallèle de l'émission.

Dakin avait été remplacé en tant que présentateur et se cachait quelque part en attendant que la presse se lasse de lui. Les résultats de l'ADN du fœtus avaient fini par arriver, prouvant qu'il était le père, et la chaîne l'avait renvoyé. Sa femme, selon les rumeurs, avait demandé le divorce ; beaucoup d'eau aurait coulé sous les ponts avant que le visage hypocrite de cet homme réapparaisse sur les petits écrans.

— Je me demande comment la presse a découvert que Dakin s'était disputé avec Juliette quelques minutes avant qu'elle soit assassinée, pour la forcer à avorter, réfléchit Alexi à haute voix avec un sourire espiègle sur les lèvres.

— Heureusement que Gerry avait tout filmé. Il a aussi bien capté le son que les images de sa dispute avec Juliette. Elle avait demandé à Paul de venir, pas pour une partie de jambes en l'air, mais pour pouvoir lui annoncer la bonne nouvelle. Malheureusement pour elle, Paul n'était venu que pour la première, et il n'était pas franchement heureux de devenir papa.

Alexi renifla.

— Au moins, la détermination de Juliette à garder le bébé est un aspect de sa personnalité que le public avide de ragots ne pourra pas condamner.

— Elle avait quelques bons côtés. Il fallait juste beaucoup creuser pour les trouver.

Alexi fit la grimace.

— D'ailleurs, comment se débrouille le père de Juliette avec Melody ?

— J'ai parlé à Dean hier. Il n'est pas très content, mais il dit que sa mère est une nouvelle femme depuis que Hammond est revenu dans sa vie.

— Et il a une vie à lui, maintenant ?

— Oui, acquiesça Jack. Il est encore tôt, mais Melody passe maintenant plus de temps chez Hammond que chez elle, avec Dean. Dean a accepté à contrecœur de passer Noël avec lui. Il dit que ce vieux bonhomme a pris de l'âge depuis la mort de sa fille, et il a bon espoir que lui et Melody s'entraident sur le chemin de la guérison.

— Plus vieux, et plus sage, répondit Alexi en tendant la main pour caresser le visage de Jack. Ils méritent une seconde chance, et Dean mérite l'opportunité d'accéder à l'éducation qu'il n'a pu recevoir lorsqu'il devait s'occuper de sa mère.

— Exactement. Hammond a déjà proposé de l'aider, et à cheval donné, on ne regarde pas les dents. Par contre, si Hammond pense remplacer la fille qu'il pouvait manipuler comme bon lui semblait avec un fils du même acabit, il sera sacrément surpris.

— En tout cas, je suis contente que Dean ait une nouvelle chance.

— On dit qu'aucune bonne action ne reste impunie. Dans le cas de Dean, c'est une mauvaise action pour une bonne raison. Son vol à Cash Out a changé sa vie, pour le meilleur.

— Au moins, Hopgood Hall et Marcel sont hors de cause, continua Alexi, et c'est tout ce qui m'importe.

— Encore un exemple de curiosité morbide, renchérit Jack en se penchant pour l'embrasser. Cheryl et Drew m'ont dit qu'ils sont complets pour la période de Noël et du nouvel an, et qu'ils ont des réservations pendant plusieurs mois l'année prochaine.

— On a aussi beaucoup de demandes de réservation pour l'annexe.

Alexi lui lança un regard angélique.

— Qui suis-je pour refuser à ces pervers leurs cinq minutes de gloire indirecte ? Le seul problème, c'est que beaucoup d'entre eux ont mentionné Sa Majesté, continua-t-elle.

Elle désigna du menton Cosmo, qui était allongé de tout son long devant la cheminée.

— Ils veulent savoir s'ils auront l'occasion de prendre des photos. Tu imagines ce que ça donnerait ? demanda-t-elle avec un frisson. Un vrai bain de sang.

— Je ne pense pas. Il adore être une star. Je suis sûr qu'il se conduira parfaitement.

— J'admire ton optimisme, répliqua Alexi avec une grimace avant de se tortiller pour s'installer plus confortablement. Bref, Marcel nous a promis le meilleur déjeuner de Noël qui ait jamais existé pour nous remercier de l'avoir blanchi.

— Il ne continue quand même pas à se montrer gentil, hein ? s'enquit Jack en feignant la panique. Ça me hérisse le poil.

— Ne t'inquiète pas, répondit Alexi en riant, il a recommencé à crier et à jouer les gros bras.

— Tout revient à la normale, dans ce cas. Dieu merci.

— Qu'en est-il de Greta et Gerry ? demanda Alexi. Tu as des nouvelles du parquet ?

— Il semblerait que la liberté conditionnelle les attende tous les deux, répondit Jack. Ben Avery a pris des dispositions pour que Greta parle à un psychologue des séquelles laissées par Juliette pendant leurs années d'école. Le rapport du psy va beaucoup peser dans la balance lorsque le juge rendra son verdict. Il y a aussi le fait qu'ils se soient rendus volontairement seulement deux jours après le début de l'enquête parce qu'ils se « sentaient coupables ».

Jack mima des guillemets avec ses doigts pour souligner ces deux derniers mots.

— Mais j'ai encore envie de t'étrangler pour avoir suivi Greta de ton plein gré alors que tu savais qu'elle était liée à la mort de Juliette.

— Oui, mais journaliste un jour…

— Alexi !

— Jack, honnêtement, tu parles toujours de ton instinct. Eh bien cette fois-là, j'ai utilisé le mien. J'avais mon téléphone et je ne ressentais aucune hostilité de la part de Greta. En plus, je sais me défendre, surtout contre une autre femme.

— Peu importe ce que tu penses, grogna Jack, elle a déguisé un meurtre et a essayé de piéger quelqu'un. Je fais encore des cauchemars quand je pense à ce qu'elle aurait pu te faire.

— Oui, eh bien, elle ne m'a rien fait. Sois indulgent, Jack. Elle a commis des erreurs. On a tous nos démons, et Greta n'avait pas réussi à se débarrasser des siens jusqu'alors.

— Tu as raison.

Elle sentit Jack abandonner la bataille.

— Pour en revenir à Vickery, une fois qu'il a réussi à passer outre le fait d'avoir perdu du temps, il s'est montré compatissant vis-à-vis de Greta. En plus, ça lui fait une bonne publicité d'avoir résolu une enquête aussi médiatisée, même si techniquement, c'est nous qui l'avons résolue.

— Pourquoi la police n'a-t-elle pas remarqué que les images de surveillance avaient été trafiquées ?

— Un manque de personnel, répondit Jack en haussant les épaules. C'est un civil qui les a regardées, il a vérifié que les horodatages avaient l'air réels, et c'est toute l'attention qui a été accordée aux vidéos. Les techniciens auraient fini par se pencher dessus, mais ils avaient d'autres priorités.

— Au moins, Greta et Gerry se sont retrouvés, et Greta a enfin pu laisser le passé derrière elle.

— J'ai toujours du mal à digérer le fait qu'elle a essayé de piéger Marcel. C'était tout simplement méchant.

— Oui, mais il n'aurait pas dû dépasser les limites avec Juliette. Quant à Greta et Gerry, la presse réclame leur histoire, et j'ai promis de l'écrire pour eux une fois le procès terminé.

— Ce qui veut dire qu'ils recevront la sympathie du public.

— Et juste pour que tu le saches, j'écrirai cette histoire d'un point de vue objectif, et je montrerai que Juliette n'était pas entièrement mauvaise. Ce n'est pas parce qu'elle était une pauvre petite fille pourrie gâtée qu'elle avait la vie facile. On a tous les deux rencontré son père.

— C'est vrai, répondit Jack en lui caressant les cheveux. Mais est-ce que Greta et Gerry méritent de la sympathie après ce qu'ils ont fait ?

— Ils ne sont pas des meurtriers en série, Jack. Je pense vraiment que Greta n'avait pas toute sa tête quand elle a mis en scène la mort de Juliette, et j'ai de la sympathie pour elle. J'ai fait un reportage sur les conséquences à long terme du harcèlement, et tu n'as pas idée des séquelles que ça peut laisser. Et puis, tout le monde mérite une seconde chance.

— Très bien, on a résolu l'affaire et sauvé l'avenir de Greta et Gerry. Ce qui veut dire que tu n'as plus d'excuses pour ne pas prendre une décision à propos de nous deux.

— À quoi tu penses ?

Jack prit alors une expression sérieuse.

— Je veux être une présence permanente dans ta vie, Alexi. Pas faire les choses à moitié.

Alexi se redressa et lui lança un véritable regard de surprise. Elle se demandait à quoi il avait réfléchi, mais elle n'avait jamais envisagé la possibilité d'emménager ensemble.

— Tu veux t'installer avec moi ?

— Elle est un peu longue à la détente, hein Cosmo ?

Le félin ouvrit un œil noisette perçant, fixa Jack paresseusement un instant, puis le referma.

Alexi éclata de rire.

— Il n'a pas encore pris de décision.

— Mais moi, si. Je ne dis jamais rien sans le penser. Je ne suis pas Patrick, et je ne te ferai pas de mal.

— Sauf qu'à chaque fois que tu apparais dans ma vie, on se retrouve avec un cadavre.

— Arrête de tourner autour du pot. Je t'aime, Alexi. Voilà, je l'ai dit.

Il la fixa d'un air déterminé.

— Tu n'as rien à répondre à ça ?

Oh que si, elle avait beaucoup de choses à dire. Elle l'aimait aussi, le savait depuis quelque temps, mais elle se débrouillait toujours mieux à l'écrit qu'à l'oral. Et puis elle avait toujours pensé que les actes parlaient plus que les mots ; elle le fit donc taire grâce à un baiser torride.

Remerciements

Je remercie comme toujours
la fantastique équipe de Boldwood,
et surtout ma talentueuse éditrice,
Emily Ruston.

À propos de l'autrice

E.V. Hunter a écrit de nombreux romans à succès, des romances historiques sous le nom de plume de Wendy Soliman, et des thrillers de vengeance en tant qu'Evie Hunter. Elle utilise maintenant ses talents pour écrire des *cosy mysteries*. Elle a passé les vingt dernières années à vivre une existence de nomade, parcourant le monde entier *via* des modes de transports parfois étranges, mais s'est maintenant réinstallée au Royaume-Uni.

twitter.com/wendyswriter
facebook.com/wendy.soliman.author
bookbub.com/authors/wendy-soliman

UN RENDEZ_VOUS À MOURIR

E. V. HUNTER

Quand Alexi, journaliste d'investigation, perd son emploi dans l'un des plus grands quotidiens de Londres, elle fuit la ville et se rend à la campagne pour panser ses plaies. Direction Hopgood Hall, un magnifique petit hôtel tenu par un couple d'amis.
Mais à son arrivée, ces derniers sont désemparés : leur amie Natalie a disparu depuis plusieurs jours sans donner signe de vie. Est-elle partie en voyage sans prévenir personne ? Ou bien lui est-il arrivé quelque chose après avoir utilisé une application de rencontres ?
Avec l'aide de Cosmo, son chat grognon et légèrement asocial, Alexi décide de trouver le fin mot de l'histoire. C'est pile ce qu'il lui fallait pour lui faire oublier qu'elle n'a plus de travail ! Mais en déterrant des secrets que certains veulent garder enfouis, elle risque bien de mener sa dernière enquête…

Le premier tome d'une série de cosy mysteries *so british* !

city-editions.com

Retrouvez-nous sur les réseaux sociaux :

City Editions

www.city-editions.com

@cityeditions

www.facebook.com/cityeditions/

@CityEditions

@cityeditions

Achevé d'imprimer en juin 2025
sur les presses de la Nouvelle Imprimerie Laballery
58500 Clamecy

Numéro d'impression : 506152

Imprimé en France

La Nouvelle Imprimerie Laballery est titulaire de la marque Imprim'Vert®